COLLECTION FOLIO

Jean-Michel Barrault

Magellan : la terre est ronde

Gallimard

Jean-Michel Barrault, écrivain de la mer et circumnavigateur, a parcouru à la voile le détroit et les eaux sillonnés par Magellan et ses équipages avant de retracer, en une biographie animée, le passionnant récit de leur épopée.

1

Lisbonne

QUELQUES MOTS D'HISTOIRE

1443 : *Henri le Navigateur crée à Sagres la Vila do Infante. Il meurt en 1460.*

1480 : *naissance de Fernão de Magalhães, dit Magellan.*

1481-1495 : *règne de João II.*

1488 : *Bartolomeu Dias découvre le cap des Tempêtes.*

1492 : *Christophe Colomb découvre l'Amérique.*

1495-1521 : *règne de Dom Manuel, cousin germain de João II, mort sans descendance.*

1498 : *Vasco de Gama ouvre la route maritime des Indes.*

1500 : *Pedro Álvares Cabral découvre le Brésil.*

« Le roi ! Voici le roi !... »

Dans la Rua Nova dos Ferros, la rumeur enfle, couvre le brouhaha de la foule. Au bout de la ruelle résonne la sonnerie des trompettes qu'égaie le tintement des cymbales. Les passants se serrent contre les murs, se tapissent dans l'encoignure des porches. Les orfèvres, les passementiers, les drapiers sortent sur le pas de leurs boutiques et, derrière les patrons, les employés dressés sur la pointe des pieds s'efforcent de voir. Le spectacle, s'il se reproduit souvent, ne manque pas de pittoresque. En tête du cortège, le pas mal assuré sur le pavage, s'avance un rhinocéros. Puis viennent quatre éléphants caparaçonnés de brocart, un cheval de Perse mené par un esclave enturbanné et monté par une panthère apprivoisée. Parait enfin, sur un palefroi au harnais tissé de fils d'or, Sa Majesté Manuel le Fortuné. Une cour de seigneurs et de belles dames, tous vêtus de soies aux vives couleurs, l'accompagne. Des musiciens l'entourent, des danseurs virevoltent, les bouffons en chausses jaune et vert, des grelots sur leurs bonnets, s'essaient à des galipettes, lancent des mots d'esprit, quêtant un rire du roi.

Dissimulé dans l'angle d'une poterne, soucieux de ne

pas être vu dans ses vêtement râpés, un homme a regardé, l'air sombre, défiler cette mascarade qui évoque plutôt les fastes des rajahs que le prestige d'un souverain de l'Occident. La ruelle reprend son animation usuelle, les passants s'interpellent, les marchands hèlent les chalands. Par la Rua do Ouro, la rue de l'or, l'homme reprend sa promenade. Petit, trapu, le visage large, la bouche épaisse et sensuelle, les joues et le menton cachés par une barbe noire, Fernão de Magalhães fait plus que ses trente-deux ans avec ses traits burinés, son masque figé, vide d'expression. Seul le front révèle l'obstination ; les yeux petits, enfoncés dans leurs orbites, dardent sur les passants un regard dominateur. L'homme n'a pas haussé les épaules au passage du cortège : un délateur pourrait rapporter un geste de colère. Magalhães est prudent, il connaît trop bien la cour et ses usages.

*

À l'origine, ce n'était pourtant qu'un rustre : le domaine familial où il est né se situe dans les montagnes de Trás-os-Montes, à l'extrême nord du Portugal. L'année, dit-on, s'y partage entre neuf mois d'hiver et trois mois d'enfer. Le manoir est modeste, délabré, et seules les armes au-dessus de la poterne attestent la noblesse de la famille. Les Magalhães, apparentés aux Sousa, s'enorgueillissent d'un ancêtre français, un croisé venu de Bourgogne au XIe siècle. Mais la noblesse ne signifie pas la fortune. La charge d'alcade d'Alveiro qu'exerce le chef de famille n'est qu'honorifique et le petit bien, la Quinta de Souta, à Sabrosa, ne procure que de maigres ressources pour le père Rodrigo, sa femme, née Alda de Mesquita, et leurs cinq enfants : Fernão, ses trois grandes sœurs, son petit frère Diogo. Lorsqu'il atteint ses douze ans, le garçon part pour Lisbonne muni d'une recommandation auprès du roi João II. Fernão est admis parmi les pages de la reine Eleonor. Vêtu de noir, chaussé d'escarpins pointus, le cou entouré d'une fraise, il partage son temps entre le service de la souveraine et l'école où il apprend à la fois les bonnes manières, le latin et les mathématiques. Plus chanceux que ses camarades restés à la campagne, il a le privilège d'être initié aussi bien à l'algèbre, la géométrie, l'astronomie qu'à la musique, la danse et les arts martiaux. Celui qui veille sur l'éducation des pages n'est autre que le propre frère de la souveraine, Manuel, duc de Beja.

Lorsque le roi rejoint son épouse, le page ose, à la dérobée, jeter un regard sur João II, le « prince parfait », formé selon les conseils d'un diplomate florentin, un certain Niccolo Macchiavelli. Fernão voit un homme d'une grande force physique, vêtu sans souci d'élégance. Le page est trop inexpérimenté encore pour deviner que, derrière l'apparence de ce roi qui parle d'une voix nasillarde en traînant les mots, se cache un esprit vif, curieux de tout, et que son austérité dissimule une ambition dénuée de scrupules. Sa Majesté est redoutée, si elle n'est guère aimée. Les pages plus âgés ont joué à faire peur à leur nouveau camarade :

« Tiens-toi bien. Il pourrait te faire décapiter comme le duc de Bragança, ou t'assassiner de ses mains comme le duc de Viseu ! »

Ce roi qui abhorre le luxe est capable de munificence lorsque la raison d'État l'exige. Afin d'unir sous un même sceptre toute la péninsule Ibérique, il a marié Afonso, son fils unique et bien-aimé, à la fille de Fernando et Isabelle de Castille. João II, pour une fois sorti de sa réserve, a financé une noce somptueuse. Les convives ébahis ont vu arriver, transporté sur une estrade, un char attelé à des bœufs : les bœufs étaient rôtis sur pied, les oreilles et les pattes dorées ; le char était empli de moutons également rôtis, les cornes enduites de poudre d'or.

Le mariage porteur de si vastes espérances n'a duré qu'un an : Afonso s'est tué lors d'une chute de cheval, sans laisser d'héritier, et c'est dans une cour atterrée par ce drame qu'a débarqué le jeune provincial. Le roi s'est rasé le crâne, se vêt désormais de drap noir, comme la reine qu'accompagne le jeune page. La vie est austère, ce qui convient à l'adolescent, d'un caractère réfléchi, taciturne et qui lui-même porte le deuil : peu après son arrivée à Lisbonne, il a appris la mort de son père. Par chance, pour le distraire de sa tristesse, la suite de la reine est égayée par un garçon plein de fantaisie avec lequel se lie Magalhães : Francisco Serrão, son nouvel ami, est tout le contraire de Fernão. C'est un boute-en-train, toujours prêt à rire, à inventer des farces, à prendre la vie du meilleur côté.

« As-tu entendu parler, dans ta lointaine province, de Bartolomeu Dias ? Jamais ? Figure-toi que, voici deux ans, ce capitaine a navigué jusqu'à l'extrémité de l'Afrique. On pourrait par ce chemin aller jusqu'aux Indes, rapporter les épices que les Arabes nous vendent bien trop cher. Dom João II a commencé à armer une flotte. Dès que nous serons assez grands, nous pourrons embarquer. À nous l'aventure et l'or ! »

Fernão se tait, sceptique.

Pourtant, quelques mois après son arrivée à la cour, une étonnante nouvelle se répand dans les rues de Lisbonne : trois nefs espagnoles, parties vers l'ouest, sont arrivées jusqu'aux Indes par une route bien plus courte que celle ouverte par Dias. L'expédition aurait atteint des îles inconnues. C'est un certain Colon, ou Colomb, qui serait l'amiral de cette flottille, un beau parleur dont on se souvient bien dans l'entourage de Dom João II. Près de dix ans auparavant, ce marin, qui se disait originaire de Gênes, avait rendu visite au roi, à Vale de Paraíso, affirmant qu'on pouvait atteindre Cipango et l'Orient en mettant le cap à l'ouest à partir des îles Canaries. Le roi avait été séduit par les affirmations de cet étranger, bien que ses prétentions aient été aussi exorbitantes qu'épaisse la brume de mystère dont il entourait ses intentions. Mais João II avait alors d'autres soucis : le premier était de savoir qui lui succéderait. Le roi souhaitait céder sa couronne à son fils naturel Jorge alors que l'héritier légitime était Manuel. Deux clans s'affrontaient, et la famille Magalhães n'avait pas caché que, fidèle à João II, elle soutenait Jorge. D'autres préoccupations sollicitaient le souverain : il lui fallait à la fois combattre les Maures et rabattre l'orgueil des Fidalgos, ces seigneurs qui prétendaient régner en maîtres sur leurs immenses domaines. En 1488, le retour victorieux de Bartolomeu Dias avait rendu inutile l'expédition que proposait Colomb. Quatre ans plus tard, les événements avaient confirmé que le souverain avait eu raison : les gens du port, toujours les mieux informés, racontaient en riant que les petites caravelles du Génois n'avaient rapporté ni or ni épices.

Mais l'expédition avait nourri l'imagination des deux gamins. Ils avaient quatorze ans lorsque le pape lui-même, à Tordesillas, en partageant l'univers entre Portugal et Castille, avait ouvert aux rêveurs les portes du monde. Il ne restait qu'à le conquérir : Dom João II n'avait pas oublié la route découverte par Dias. Libéré de ses autres soucis, il armait une flotte confiée à Vasco de Gama. Serrão en était tout excité :

« Lorsque nous aurons dix-huit ans, disait-il à son ami, nous serons trop âgés pour rester pages. Grâce à nos relations, nous obtiendrons un embarquement. Vive l'aventure ! »

*

Mais, lorsque tous deux ont dû quitter la cour, la mère de Fernão, malade, a réclamé la présence de l'aîné de ses fils. Magalhães est retourné dans ses montagnes, y a retrouvé deux de ses sœurs mariées. Il s'est acharné à cultiver une terre ingrate, a tenté de subsister dans le quasi-dénuement familial, s'est ennuyé dans ce cadre sans avenir qui ne satisfaisait ni son orgueil ni son besoin de grandes actions. Une lettre de son ami resté à Lisbonne lui a appris le succès de l'expédition de Vasco de Gama. Le bon choix de João se confirmait : la flotte est revenue chargée d'épices et d'or, ridiculisant les piètres résultats des Espagnols. Mais João II a ignoré ce fabuleux butin : à jamais attristé par la mort de son fils légitime, déçu que cette disparition ait anéanti ses rêves de réunir les deux royaumes, il a perdu toute envie de vivre. En 1495, le souverain s'est éteint, laissant le trône à son cousin Manuel. Cinq ans plus tard, une nouvelle lettre de Serrão ravive les nostalgies de Fernão :

« *Connais-tu la dernière nouvelle qui court ici ? Un capitaine nommé Cabral aurait abordé loin dans le sud de l'océan Atlantique, sur une terre qu'il a nommée Brésil, d'après le bois rouge qu'il y a trouvé. Pourquoi restes-tu enterré dans tes montagnes ? Pendant que tu t'épuises à tenter de tirer subsistance de ta rocaille, d'autres découvrent le monde. Une flotte se prépare à partir pour les Indes. Dépêche-toi de me rejoindre, que nous puissions nous engager ensemble.* »

Entre ses devoirs de jeune chef de famille et les tentations de l'aventure, Magalhães n'hésite pas : il lègue sa part de biens à Teresa, l'aînée de ses sœurs, rédige son testament, priant son beau-frère d'ajouter à ses armes celles des Magalhães, « *l'une des familles les plus anciennes, les plus éminentes et les meilleures du royaume* », ne craint-il pas d'affirmer. Il emplit un sac de ses moins mauvais habits et gagne Lisbonne. Depuis le retour, l'année précédente, des premiers navires des Indes, la fièvre des épices a envahi la capitale. Les fructueux bénéfices des comptoirs de Guinée, de la Côte de l'Or, paraissent soudain dérisoires face aux rendements que laissent espérer les trésors de l'Orient. Les rumeurs courent les ruelles de Lisbonne. Dans les arrière-salles des échoppes, les commerçants rêvent d'incroyables bénéfices. Les marins retour des Indes racontent des histoires étonnantes et, face aux sceptiques, soulignent leurs récits à coups de poing sur les tables des bouges. Les armateurs font leurs comptes, vérifient leurs additions : dix fois la mise ! Plus encore, peut-être. Dans les tavernes se colportent les légendes les plus folles :

« Là-bas, je le tiens d'un marin qui en revient, les toits des maisons sont en or, l'or est partout, si commun que les sauvages le donnent pour leur poids de fer. Les rivières roulent des pierres précieuses. Le poivre, la girofle se vendent pour presque rien. »

Cadets de petite noblesse et gueux de la campagne, capitaines d'aventure et soldats de fortune, marchands avides et traîne-savates du port, tous veulent partir à la conquête des richesses de l'Orient. En amont de la ville, les rives du Tage comme, plus au nord, celles du Douro, fourmillent d'activités : par dizaines se construisent les *naus* qu'on s'impatiente d'envoyer quérir épices, bois précieux et joyaux. Les forêts de l'arrière-pays résonnent du tintement des haches qui abattent les arbres, du grincement des charrois qui mènent le bois vers les chantiers navals. Chaque automne, ce sont plus de dix navires qui, à peine achevés, appareillent vers Bonne-Espérance, le cap bien nommé.

La foi seconde le lucre. Chez le roi très-catholique, les évêques, les prêtres, les moines comme dans la plupart des familles, dans les sermons du haut des chaires comme chez les missionnaires sur le pont des navires, domine la volonté de convertir les infidèles, de leur enseigner la Vérité, de les baptiser par milliers, de sauver leurs âmes dévoyées par de fausses croyances.

Plus que tout autre, Magalhães rêve de partir. Mais le roi donne toutes les bonnes places à ses favoris. Le jeune souverain n'aime pas Fernão, son ancien élève dont il n'appréciait guère le caractère difficile, sa façon abrupte de reprendre ses maîtres lorsque ceux-ci se trompaient. Il n'oublie pas non plus que les Magalhães ont pris parti contre lui lors de la querelle pour la succession du souverain. Fernão et Francisco n'obtiennent que des places d'employés, médiocrement rémunérées, à la Casa da India. Du moins cette position leur donne-t-elle accès aux cartes, aux rapports des pilotes, leur permettant de fréquenter armateurs et capitaines, d'apprendre comment s'arme un navire. Les deux garçons consacrent leurs loisirs à traîner sur le port, enrageant d'y contempler nefs et caravelles en partance pour les Indes avec à leur bord des centaines de marins, soldats, marchands, tous avides de s'approprier les trésors d'au-delà des mers.

En 1505, Manuel commence à manquer de soldats et accepte enfin d'engager Fernão, son ami inséparable

Francisco Serrão, et son frère cadet, formé lui aussi comme page, et qui a pris le nom de Diogo de Sousa. À vingt-cinq ans, embauché comme *sobresaliente*, grade modeste d'officier subalterne, le jeune Magalhães n'est que l'un des mille cinq cents hommes embarqués sur vingt-deux caravelles, aux ordres de l'amiral Francisco d'Almeida nommé vice-roi des Indes. Il fuit la pauvreté, la médiocrité et aussi une passion cachée. S'il conquiert aux Indes richesse et gloire, sans doute celle qu'il aime le regardera-t-elle avec de plus tendres yeux. Cet amour passionné est un secret que Fernão cache au plus profond de lui-même, que seul connaît Francisco. Lorsqu'ils ont quitté le corps des pages, les deux garçons ont cheminé ensemble, Francisco vers la résidence familiale proche de Porto, Fernão en direction de Trás-os-Montes, plus au nord. Les Serrão, chez qui Fernão de Magalhães a été reçu, donnaient l'image d'une famille heureuse, riche des vignes de son domaine. La sœur de Francisco, de deux ans sa cadette, était une toute jeune fille fraîche comme une primevère. Francisco voulait tout montrer à son ami, les caves et le pressoir, la campagne environnante, la plage où ils allaient se baigner. Maria-Dolores les accompagnait dans la plupart de leurs escapades. Fernão avait prolongé son séjour au-delà de la décence. À la veille de partir, un soir, dans le jardin, il s'était trouvé seul avec la jeune fille. D'un coup, le timide garçon s'était enhardi et, la voix tremblante, avait avoué :

« Maria-Dolores, je vous aime. »

Elle l'avait regardé, comme stupéfaite puis, secouant ses cheveux dans un rayon de lune, était partie d'un grand rire. Elle avait pivoté, s'était enfuie en courant, toujours riant.

Fernão était parti tôt, le matin suivant, sans l'avoir

revue. Sept ans plus tard, ce rire tinte encore à ses oreilles avec toute sa charge de cruauté, ce rire qui signifiait : « Tu es laid. Tu es pauvre. » Le jeune homme s'était réfugié à la Quinta de Souta. Sa mère, consciente de sa mélancolie, lui avait présenté les meilleurs partis de la région, les jeunes filles qui offraient, outre une dot avantageuse, des hectares de bonne terre. Rien n'était parvenu à distraire Fernão de sa tristesse.

Il s'était juré de conquérir Maria-Dolores. Par des actions éclatantes il lui démontrerait sa valeur. Lorsqu'il avait regagné Lisbonne, il s'était confié à Francisco qui, dès le premier séjour à Porto, avait deviné la passion de son ami.

« C'est une écervelée. Lorsque tu t'es déclaré, elle était trop jeune pour apprécier toutes tes qualités. J'ai tenté de lui parler. Peut-être plus tard, lorsque tu reviendras des Indes, couvert de gloire... » avait-il laissé entrevoir.

Mois après mois, Magalhães a servi sous les ordres d'Almeida nommé vice-roi des Indes. Dès son arrivée, il a participé à la bataille de Cananore contre la flotte du Zamorin de Calicut. Serrão s'y est fait remarquer pour son courage, Magalhães y a récolté sa première blessure.

*

Pendant sept ans, le jeune officier ne cesse de naviguer et de se battre. Le 26 décembre 1506, dans un rapport qu'il adresse au roi, Almeida annonce l'envoi d'une flotte pour renforcer la forteresse de Sofla, et Fernão a acquis suffisamment d'importance pour que l'amiral le cite parmi les capitaines à qui il a confié un *bergantim*, sorte de barge utilisée pour le transport des hommes et des vivres. Le 2 février 1509, à bord de *Santo Espirito*, il est l'un des lieutenants de Pereira lors d'une bataille au large de Diu. L'affaire est chaude, Pereira est tué, Magalhães blessé pour la seconde fois : en paiement de ses services, il reçoit vingt sacs de blé, médiocre rémunération. Au moment où il y achève sa convalescence arrivent à Cochin quatre nouveaux navires commandés par Diego Lopes de Sequeira, avec l'ordre de s'emparer de Malacca, position clé pour le trafic des épices. Une flotte se constitue, soixante-dix soldats sont recrutés : Serrão et Magalhães sont du nombre. Le 11 septembre 1509, les nefs portugaises mouillent devant Malacca. Le sultan semble accueillir avec faveur les arrivants, accepte une vierge en or, offre à ses visiteurs un spectacle de bayadères parmi lesquelles Francisco, toujours prêt à s'amuser, se trouve une petite amie. Les tractations commencent. Le sultan propose aux Portugais un stock de poivre à condition que Sequeira en fasse assurer par ses hommes le transport entre l'entrepôt et les barges de chargement. Les trafiquants arabes et chinois sont inquiets : le commerce des épices va-t-il leur échapper ? Malgré les avertissements proférés par les marchands, Sequeira envoie cent hommes à terre pour transporter les sacs de poivre. Serrão est l'un des responsables de l'opération. Son amie malaise l'avertit : une embuscade se prépare.

Francisco hausse les épaules, se moque de ses craintes, conduit ses hommes de corvée jusqu'à l'entrepôt. Autour des navires mouillés en rade s'accumulent les sampans. Sous prétexte de commercer, les hommes montent à bord des vaisseaux. Leur nombre devient préoccupant. Sur le navire qu'il commande, le capitaine de Sousa s'inquiète, chasse les importuns, envoie Magalhães alerter Sequeira. Dans un léger canot, Fernão gagne le navire amiral. Il y trouve le commandant de la flotte fort absorbé devant un échiquier : pour le distraire du danger qui le menace, un noble malais l'a invité à disputer une partie. Huit indigènes armés guettent l'amiral, sont prêts à bondir au premier signal. Averti, Sequeira chasse les Malais, envoie un maître dans la mâture. Le rapport est alarmant : une grande foule a envahi la grève. Voyant que l'accès à la plage est coupé, la plupart des Portugais se replient vers l'entrepôt. Serrão et les quelques hommes qui l'entourent préfèrent tenter de regagner leur navire. À coups d'épée, ils s'efforcent de se frayer un chemin au milieu d'une multitude excitée, hurlant des insultes.

À bord de sa nef, Magalhães entend les cris, aperçoit, au milieu de la foule, le groupe des combattants pressés de toutes parts, menacés de succomber sous le nombre. Avec deux autres courageux, il saute dans une embarcation, fonce à force de rame vers le rivage. À grands moulinets de leurs armes, les trois hommes venus à la rescousse dégagent une partie de la plage, s'emparent d'une barge, assurent l'embarquement de Serrão et de ses compagnons. Ils sont saufs ! Ce n'est pas le cas de ceux restés à terre : tous seront tués ou capturés. Plus que jamais, entre les deux amis, c'est « à la vie, à la mort ».

Pour se venger de cet échec, sur la route du retour vers Cochin, Sequeira arraisonne une jonque. Mais les marins abordés se défendent avec vigueur, se battent au corps à corps. Serrão, blessé, est en grand danger lorsque Magalhães bondit à la rescousse.

Au large des îles Laquedives, Sequeira attaque une autre jonque, qui se révèle richement approvisionnée. Le navire capturé est pris en remorque, aux mains de quelques matelots sous les ordres du maître Teixeira. Les vaincus, enfermés dans la cale, préfèrent mourir que d'être réduits en esclavage. Ils percent la coque, provoquent une voie d'eau. Voyant la jonque commencer à couler, Sequeira ordonne de couper la remorque, abandonnant à la dérive Teixeira et ses marins. Magalhães et un autre officier, Castelo-Branco, s'indignent :

« Jamais nous n'aurons une meilleure prise. Et il faut sauver les hommes. »

Méprisant, Sequeira jette :

« Allez-y donc ! »

Aidé par quelques volontaires, Fernão parvient à réduire la voie d'eau, à récupérer la jonque et sa cargaison.

*

Une fois encore, sans se soucier des conséquences, Magalhães a démontré les insuffisances des officiers de la conquête des Indes. Le médiocre Sequeira repart pour le Portugal. Albuquerque est nommé vice-roi. Fernão n'apprécie guère son nouveau chef, vaniteux, sanguinaire et cupide. Albuquerque a décidé que Goa serait la capitale de son empire. Il a conquis la ville par surprise en février 1510, l'a perdue au mois d'août. Le 10 octobre, le nouveau vice-roi convoque un conseil. Aux seize personnes qui le composent, capitaines, marchands, fonctionnaires, il expose son plan pour reprendre Goa d'où partent les boutres arabes chargés d'épices. Magalhães, convié à cette réunion, se lève. Fort de son expérience de cinq ans de navigation dans ces eaux, il raisonne en marin :

« Votre Excellence ne semble pas avoir tenu un compte suffisant des contraintes de la brise. En raison du vent contraire, nos navires ne parviendront pas à Goa avant le 8 novembre. Après la victoire, il risque d'être trop tard pour mettre les navires en état et y charger leur cargaison afin qu'ils repartent avant la renverse de la mousson. »

La petite cour qui entoure Albuquerque n'a pas manqué de se gausser de ce petit capitaine qui a le front de contester les décisions du vice-roi. Pas étonnant qu'il soit ami avec Serrão : celui-ci s'est aussi attiré l'hostilité d'Albuquerque qui, sous prétexte qu'il n'avait pas rempli une mission avec assez de diligence, l'a condamné aux arrêts.

Au mois de novembre, Goa est reprise dans un bain de sang. Albuquerque entend régner par la terreur : plus de six mille Maures des deux sexes, de tous âges, sont tués. Ceux qui se sont réfugiés dans la mosquée sont brûlés vifs.

Écœuré par les exactions, les massacres, les pillages, la prévarication, Fernão désire partir. Au fil des ans et des batailles, il a gravi tous les échelons de la hiérarchie, de simple officier subalterne à capitaine. Ses états de service sont brillants. Mais le courage ne suffit pas. Ses camarades, une bande de jeunes gens turbulents, n'apprécient guère son caractère renfermé, son mutisme, son absence de gaieté. Lorsque Serrão entraîne toute cette compagnie de joyeux drilles, Magalhães reste à bord, seul devant ses livres d'astronomie et de mathématiques. Tandis que ses compagnons descendent à terre, ripaillent et ne se privent guère de violer les belles indigènes, il étudie la géographie. Lorsqu'ils rentrent, à demi ivres, tout farauds de leurs exploits, exhibant les bijoux dont ils se sont emparés, les saris de soie dont ils ont dénudé les sveltes Indiennes, sa mine affiche la réprobation. Ce rabat-joie n'est pas plus apprécié par ses chefs. Il est trop fier pour s'abaisser à courtiser. Sérieux et réfléchi, il croit toujours avoir raison et ne se prive pas de critiquer, d'un ton cassant qui indispose, manœuvres ou stratégies. Ce blanc-bec, obscur nobliau sorti du rang, n'a-t-il pas eu l'outrecuidance de donner un avis contraire aux ordres du grand Albuquerque, de désapprouver la cruauté avec laquelle l'amiral impose la domination portugaise ? N'a-t-il pas désavoué l'attaque de Malacca et son bain de sang ? Ce sont des insoumissions que les amiraux n'admettent pas : dans son rapport, Albuquerque n'évoque ni son courage ni ses blessures, mais mentionne l'indiscipline, l'insubordination, la médiocrité de cet officier subalterne.

Il y a pire encore. Déjà, une première fois, en janvier 1510, Magalhães a embarqué sur une nef chargée d'épices afin de rentrer au pays. Du moins le croyait-il. Le navire n'a parcouru qu'une vingtaine de lieues lorsque, par une erreur du pilote, il se met au plain sur un banc de sable. Il n'y a aucun danger, le temps est beau, la mer calme. Il suffit d'organiser la remise à flot. Officiers et marchands ne l'entendent pas ainsi ; pris de panique, ils débarquent, capitaine en tête, et s'apprêtent à fuir. Magalhães s'insurge : on ne va pas abandonner ainsi le vaisseau et sa cargaison. Il décide :

« Je reste ici avec les marins. Jurez seulement d'envoyer des secours. »

Capitaine et officiers, malgré leur lâcheté, respectent leur promesse. Ils dépêchent une caravelle qui récupère les marins restés à bord du navire naufragé et, mieux encore, toutes les précieuses épices.

Albuquerque n'a pas pardonné à ce malotru mal embouché d'avoir mis en évidence la couardise des officiers empanachés aux brillants quartiers de noblesse.

Dépité, déçu, aigri, Magalhães a récolté plus de blessures et de rebuffades que de maravédis. En octobre 1510, il a prêté toutes ses économies de cinq ans de service et de privations, cent cruzados d'argent, à un certain Pedro Annes Abraldez. Le contrat qui lie les deux hommes stipule que cette somme servira à acheter du poivre que ce capitaine d'un navire marchand peut espérer revendre à Lisbonne cinq fois son prix d'achat. Il remboursera au prêteur cent quarante cruzados auxquels s'ajoutera un intérêt de dix pour cent l'an. Pour percevoir le bénéfice de cette transaction, Magalhães est impatient de regagner Lisbonne. En vain Serrão a-t-il tenté de le convaincre :

« Reste. Ce pays me plaît. Il regorge de terres à explorer, de richesses à conquérir. Nous visiterons ensemble ces îles où l'air est doux, les fruits juteux, les femmes belles et accueillantes. »

C'est sans son habituel compagnon que Francisco a appareillé pour les Moluques : il est le capitaine de l'un des trois navires confiés à Antonio de Abreu pour une expédition vers les îles les plus à l'est.

Magalhães refuse les douceurs qu'a choisi de poursuivre son ami. Il cultive aussi, peut-être, un autre projet. À mots couverts, cet homme taciturne a laissé entendre à Serrão qu'il pourrait le rejoindre un jour, par un autre chemin. Et à Lisbonne, il espère qu'enfin le roi Manuel rendra justice à ses mérites, à son courage, le nommera capitaine d'un galion et, pourquoi pas, d'une flotte ? À trente-deux ans, conscient de sa valeur, le capitaine formé par Albuquerque se doit d'obtenir les honneurs et prébendes qu'il revendique.

Sinon, grâce aux bénéfices que lui versera Abraldez, il armera lui-même des navires marchands et, fort des connaissances acquises, tirera grand profit du trafic des épices.

*

Il est rentré plein d'espérance, au terme de ces années de navigation, de batailles, de souffrances, fier de son auréole de capitaine, de héros blessé dans les combats. Maria-Dolores n'a pas attendu son retour, elle a épousé un gros marchand tenant boutique sous les arcades. Il l'a aperçue, de loin, sortant de son magasin, vêtue de riches dentelles, suivie de sa duègne. Elle est toujours aussi belle, plus épanouie sans doute. En dépit des années écoulées, sa passion demeure douloureuse, au point qu'il en tremble. Il n'a pas osé l'aborder, honteux de ses déboires, de ses vêtements élimés, de ses chaussures aux semelles usées.

Le Magalhães d'aujourd'hui est bien différent du jeune homme qui, sept ans plus tôt, répondant à l'enthousiasme que lui communiquait Serrão, partait pour les Indes avec l'ambition d'en revenir riche et célèbre. Ses joues se sont creusées, sa peau est hâlée, des fils blancs se mêlent aux poils de ses cheveux et de sa barbe. Son corps, toujours aussi maigre, s'est endurci, musclé. Son visage s'est creusé, ridé. Il toise avec un rien de mépris ces hommes et ces femmes trop élégants qui le bousculent, jette un regard sans complaisance à ces échoppes qui proposent les soieries chatoyantes, les plus séduisants vêtements, les cuirs ouvragés, les bijoux ciselés, les livres enluminés, les épices récoltées au-delà des mers. Il n'a que dédain pour ce luxe, faute d'y avoir accès ; mais si ces Lusitaniens étalent aujourd'hui leur opulence, n'est-ce pas à des hommes comme lui qu'ils doivent leur richesse, à ceux qui sont allés chercher les trésors des Indes, ont combattu, risqué leur vie, enduré mille souffrances, aux soldats qui y sont morts ou, comme lui, ont reçu plus de mauvais coups que d'émeraudes, récolté plus d'indifférence que de gloire ?

Il comptait sur l'argent confié à Abraldez. Mais le marchand est mort et son père s'est enfui en Espagne pour échapper aux dettes contractées par son fils. Intenter un procès ? Encore faudrait-il pouvoir le financer. En désespoir de cause, Magalhães adresse une supplique au roi afin d'être remboursé : la couronne doit au marchand une livraison de poivre qu'elle n'a jamais payée. Pourquoi ne réglerait-elle pas directement Magalhães ?

Pendant l'absence de Fernão, Lisbonne s'est modifié. De nouvelles rues se sont ouvertes, des palais, des églises partout se construisent. Dans les ruelles tortueuses, étroites, qui grimpent vers la colline, les charrois peinent. De leur poitrail, les chevaux fendent la cohue. Sans trop de vergogne, les voitures des nobles écrasent les manants contre les murs. Dans la ville grouille une foule jacassant en dix langues, Portugais et Espagnols, Maures à la peau brune, nègres ramenés de Guinée, Indiens embarqués aux Amériques, mendiants en guenilles, moines en froc, négresses qui, seins orgueilleusement dressés, portent leurs paniers sur leur tête. Le monde entier semble s'entasser désormais dans cette capitale dont la population dépasserait, dit-on, les cent mille âmes.

Son départ pour les Indes a épargné au *sobresaliente* d'assister aux drames qui ont endeuillé la ville. Depuis le début du siècle, la famine règne, décime les classes les plus pauvres. Au mois d'octobre 1506 apparaît un autre fléau, la peste : cent personnes meurent chaque jour. Le peuple affligé de tant de malheurs cherche la cause de la colère divine : pourquoi Dieu inflige-t-il à ses fidèles de si terribles châtiments ? Les responsables sont bientôt désignés : ce sont les Juifs. Dom João II avait accueilli au Portugal les Juifs chassés de Castille. Dom Manuel les avait d'abord protégés. Puis il a arraché à leurs parents et baptisé de force les enfants de moins de quatorze ans. Les adultes avaient le choix : se convertir ou quitter le Portugal. Entassés sur les quais de Lisbonne, les élus de Jéovah avaient en vain attendu les navires qui leur permettraient de s'enfuir. Le 19 avril, la foule s'était déchaînée. Aux cris de « Hérésie ! Hérésie ! » la chasse aux Juifs, causes de la famine et de la peste, s'était transformée en tuerie. Des bûchers avaient été dressés. Les moines brandissant leur crucifix poussaient au massacre les commerçants envieux, les pauvres au ventre vide, les mégères, les marins avinés, la lie du port. Poursuivant les Juifs affolés, défonçant les portes des demeures où ils tentaient de se réfugier, les plus furieux saisissaient les enfants par les pieds, leur fracassant le crâne contre les linteaux. Le sang coulait dans les rues, sur le seuil des maisons. Les scènes d'horreur s'étaient accompagnées d'orgies, d'ivresse, de pillage. Dans une odeur de vinasse et de chair brûlée, pendant trois jours et deux nuits, la folie meurtrière avait causé plus de deux mille morts.

*

Six ans plus tard, lorsque Magalhães regagne Lisbonne, la ville semble oublieuse de ces jours de sauvagerie. La capitale a retrouvé tous les signes de la prospérité, les rues grouillent de monde et, au sein de la foule, la petite taille du capitaine se frayerait un chemin avec difficulté n'était le grand diable de Malais qui lui ouvre la route. Dans toute autre ville que Lisbonne, cet homme demi nu, au regard noir, portant dans sa ceinture un long poignard courbe, le kriss de son pays, étonnerait. Mais plus rien ne surprend dans ces rues où tout personnage qui a quelque moyen s'enorgueillit de ses esclaves, où le comble de l'élégance exige de se promener avec un perroquet sur l'épaule ou un singe en laisse. En 1509, Magalhães, séduit par l'allure du Malais, l'a acheté à Malacca. Fernão et Francisco avaient remarqué, au marché aux esclaves, cet adolescent svelte, adroit. Depuis lors, converti au christianisme, baptisé Enrique du nom du saint fêté le jour de son acquisition, l'Asiatique est à la dévotion de Fernão.

Cédant à cette inclination qui anime tout homme de mer, Magalhães et son domestique se dirigent vers le port. Sur le Tage, la cohue ne le cède en rien à celle de la rue. Sur les bords du fleuve, les tailleurs de pierre dressent la tour Saint-Vincent afin de protéger Lisbonne et le monastère tout proche de Jerônimos de Belém. En un trafic incessant, *naus* et caravelles montent et descendent le bras de mer, et les marins ne manquent pas de saluer Notre-Dame du Bon Retour érigée sur la rive. Car l'heureuse issue des voyages demeure incertaine. Les navires de tous pays s'entassent devant Lisbonne, manœuvrent avec difficulté sur le fleuve encombré, s'amarrent à couple faute de place à quai, attendent à l'ancre. Caravelles agiles, lourdes galiotes venues de Normandie et des Flandres, *trabacolos* d'Italie, tartanes, chaloupes à voiles latines, canots menés à l'aviron, galions où brille le bronze des canons, tous animent les flots. Fernão, en marin débarqué depuis seulement quelques mois, observe en connaisseur une *muleta* : sous son étrange gréement, immense voile latine, minuscules voiles carrées au bout du beaupré qu'équilibrent, à l'arrière, des artimons triangulaires débordés par une longue queue de malet, elle louvoie avec adresse pour débarquer, tout frais, le poisson pêché durant la nuit. Planté au bord du Tage, le capitaine critique la maladresse d'un virement de bord, admire l'habileté des lamaneurs touant un vaisseau chargé à ras bord, et dont la peinture écaillée, le faible franc-bord et les oriflammes flottant dans le gréement racontent pour l'œil averti de Magalhães que ce gros trois-mâts arrive tout juste d'une expédition lointaine, portant dans ses flancs rebondis les épices des Indes, l'or de Guinée ou le bois rouge du Brésil.

D'un navire à quai, en une constante procession, les portefaix extraient des cales les ballots d'étoffes, les sacs de cannelle, gingembre, muscade et clous de girofle, les tonneaux de poivre, l'encens dont le parfum montera vers le ciel, le camphre et l'opium pour les apothicaires. Pieds nus sur les passerelles, trottinant sur les pavés ronds, ployant sous la charge, ils portent leur fardeau jusqu'aux entrepôts sous le contrôle des subrécargues tandis que les gros marchands négocient leurs transactions, déversant sur les comptoirs de pleins sachets de pièces d'or et d'argent.

Debout au bord du quai, Magalhães hume à l'envi les fortes senteurs des épices, s'enivre des relents du chanvre, du goudron, de la toile à voile, de la peinture fraîche et du suif rance. Que fait-il là, contraint de rester à terre ? Il devrait être debout, au poste de commandement, sur le château arrière d'une de ces caravelles ! Sa compétence acquise rudement aux Indes et sur l'océan, son courage, ses blessures, les épreuves endurées lui en donnent cent fois le droit.

Mais Magalhães est plus habile à manier le quadrant que le compliment, plus exercé à mener un navire qu'une supplique. Il ne sait ni sourire ni séduire. Son langage abrupt ne provoque que la gêne chez ceux qui l'écoutent. À son retour des Indes, le capitaine s'était mêlé aux courtisans. Au passage du souverain, il s'était avancé d'un pas :

« Plaise à Votre Majesté de m'accorder le commandement d'un navire. »

Dom Manuel, agacé, oublieux, ingrat, avait renvoyé l'importun d'un geste, d'un mot : parce qu'il ne pouvait faire moins pour un homme qu'il avait connu tout jeune, avait servi aux Indes, s'était bien battu, avait été blessé, il lui avait accordé, d'un ton méprisant, le titre de Fidalgo Escudeiro assorti d'une rente mensuelle de mille reis. Une misère qui permet à peine de survivre dans cette capitale où l'argent facile, le déferlement des richesses, la mode et l'exotisme font sans cesse monter les prix.

L'étalage de cette insolente prospérité exaspère le marin, parti avec l'espoir de conquérir gloire et fortune, revenu pauvre et mal noté. Ce n'est pas pour lui que, sous les arcades qui bordent le Rossio, dans la rue de Bestegua, les marchands étalent les passementeries, proposent les brocarts que se disputent bourgeois et bourgeoises, exposent les épices qui donnent du piment aux fades nourritures, les oiseaux multicolores, les perroquets qui parlent, les mainates qui sifflent, les chimpanzés aux cent facéties. À Belém, à Tomar s'édifient des bâtiments ornés de guirlandes où les tailleurs de pierre sculptent fleurs, ancres, filins. De toute part l'or coule à flot comme une insulte à son dénuement de demi-solde. Parmi ces caravelles qui appareillent, ces galions armés pour le combat, comment n'y aurait-il pas un navire dont il assurerait le commandement ?

Par les fenêtres des troquets du port, les marins buvant le vin épais ont pris l'habitude d'apercevoir la silhouette de ce capitaine qui arpente à grands pas les quais bordant le Tage. Certains ont même servi sous ses ordres :

« Un homme dur pour les marins comme pour lui-même, dit l'un.

— Exigeant mais capable », rectifie l'autre tout en levant la main afin que le tavernier apporte une nouvelle bouteille.

Las de ronger son frein alors que le Portugal manque de marins, le capitaine ose auprès du roi une nouvelle démarche.

« Débarrassez-moi de ce fâcheux, ordonne le souverain. Puisqu'il tient tant à en découdre, qu'il aille donc au Maroc combattre les Maures. »

Voici quelques mois, le gouverneur d'Azemmour, Muley Zayam, a refusé de payer le tribut annuel imposé à la ville depuis sa prise par João II et a recruté une armée pour affirmer l'indépendance de la cité. Manuel décide de monter une expédition punitive : sous les ordres du duc de Bragance, le neveu du roi, le 13 août 1513, une flotte immense appareille pour le Maroc. Forte de cinq cents navires, treize mille fantassins, deux mille cavaliers, c'est la plus puissante expédition que le Portugal ait jamais organisée. Magalhães, affecté à la cavalerie, n'a même pas les moyens de s'acheter un bon cheval et doit se contenter d'une haridelle acquise à bas prix. Sous le commandement du capitaine Aires Tellos, l'unité de Magalhães est l'une des premières à débarquer et, sans attendre le gros de la troupe, se porte sous les remparts de la ville. La première escarmouche est fatale à la monture de Fernão, lui-même échappe de peu à la mort. L'intendant chargé d'indemniser l'officier pour la perte de son cheval tué d'un coup de lance n'offre que trois mille sept cents reis alors que le tarif habituel est de treize mille reis. Indigné, Magalhães, sans passer par la voie hiérarchique, écrit au roi, demande que justice lui soit rendue : « Le cheval fut tué à votre service, en un combat honorable, avec un grand danger pour ma personne. » Le souverain ne se donne pas la peine de répondre à ce fâcheux, sans cesse à réclamer.

Azemmour s'est rendu : un boulet a tué le général des Maures, Cid Mansour, ce qui a provoqué le désarroi et la reddition de ses troupes. Mais la prise de la ville n'empêche pas les bandes indigènes de mener des raids contre les Portugais. Chaque jour ou presque, la cavalerie doit combattre les rebelles. Au cours de l'un de ces combats, Magalhaes reçoit sa troisième blessure, un coup de lance dans le genou. La jambe raide, il boitera le reste de ses jours.

Son courage et son honnêteté l'ont fait remarquer par João Soares, qui a pris le commandement en remplacement du duc de Bragance reparti pour Lisbonne dès la reddition d'Azemmour. Magalhães est nommé *quadrilheiro-mór*. Ce poste lui donne la haute main sur les prises de guerre et suscite la jalousie d'officiers qui, plus haut placés dans la hiérarchie, ambitionnaient cette distinction. La responsabilité que Magalhães partage avec un autre *quadrilheiro-mór*, le capitaine Álvaro Monteiro, comporte des risques. Les Maures ont levé une armée à Fès et à Meknès afin de reconquérir Azemmour. Soares mobilise ses troupes, recrute des indigènes pour les renforcer. Les Portugais repoussent l'attaque. En s'enfuyant, les Maures ont abandonné un énorme cheptel : trois mille chameaux et chevaux, deux cent mille chèvres. Les vainqueurs manquent d'enclos, de moyens pour parquer, compter, contrôler un tel troupeau d'animaux affolés. Magalhães et Monteiro estiment loyal de partager le butin entre les vainqueurs et autorisent les tribus indigènes qui ont aidé les Portugais à conserver une partie du cheptel. Aussitôt, les envieux se déchaînent, accusent Magalhães d'avoir dilapidé un bien appartenant à la couronne. Il aurait même vendu, affirment-ils, quatre cents chèvres à l'ennemi et empoché l'argent.

En mai 1514, Soares meurt. Son remplaçant, Pedro de Sousa, prête une oreille complaisante aux calomnies et envoie un rapport au roi Manuel. Magalhães est furieux de ces perfidies : lui qui, aux Indes, pouvait piller, s'enrichir, se serait compromis pour quelques chèvres puantes ? Sans même en solliciter l'autorisation, il abandonne son poste et part pour Lisbonne afin de se justifier.

Grâce à la noblesse de sa famille, à son appartenance à la maison royale, Magalhães obtient une audience du roi. Persuadé que le souverain n'accorderait aucun crédit aux rumeurs, fort de son honnêteté, l'officier ne tente même pas de récuser les accusations dont il est l'objet, mais, avec son habituelle maladresse, réclame une augmentation de sa *moradia*. Cette rente n'est pas seulement source de revenu, elle est avant tout, aux yeux des courtisans, le signe de l'estime dans laquelle vous tient le souverain. Une *moradia* de bon niveau aiderait Magalhães à soutenir son rang. Elle lui apporterait la considération et le prestige que poursuit en vain ce mal-aimé qui souffre de sa laideur, de sa petite taille et maintenant de sa boiterie parmi les courtisans richement vêtus et de belle allure. Manuel, agacé par ce soldat indiscipliné, toujours à réclamer de l'argent, lui montre le rapport envoyé par Soares, et lui ordonne de retourner au Maroc. Indigné par ces rebuffades, Magalhães démissionne de l'armée. Bon débarras ! pensent ses chefs. Le voici à nouveau en disgrâce, demi-solde désœuvré.

Par nature, le marin est un être patient, obstiné. Il sait qu'il suffit d'attendre : toujours le vent tourne, la marée monte, le courant se renverse, la tempête s'apaise. Fernão, plus renfermé que jamais, se tourne vers ses pairs, les hommes de mer. Esprit avide de connaissances, il étudie.

Avec assiduité, il fréquente la Tesouraria, la Casa da India : c'est ici que sont rassemblés les ouvrages nautiques, les rapports des pilotes, les cartes marines, ici que se rencontrent les capitaines, les géographes, les astronomes. Sous l'impulsion de Dom Henrique, puis de João II, les savants sont venus livrer au Portugal le fruit de leurs recherches, de leurs calculs, y confronter les informations glanées dans les ports. Le roi a eu beau, le 13 novembre 1504, interdire la publication de toute information précise et chiffrée sur les rivages découverts au-delà de l'équateur, la documentation demeure accessible aux capitaines et aux pilotes. Parmi les géographes dont l'apport séduit le plus Magalhães figure un Juif d'Allemagne, un certain Martin Behaïm, natif de Nuremberg. Attiré par Dom João II, il est apparu à Lisbonne en 1484. Le souverain, impressionné par ses connaissances, l'a promu chevalier, lui a confié une mission aux Açores où le savant a rencontré et épousé la fille du gouverneur. Magalhães étudie les cartes, les écrits laissés par l'Allemand. Malgré la complexité de la navigation par les astres, il cherche à comprendre les calculs qu'Abraham Zacuto a présenté dans son *Almanach perpetuum*, la méthode des hauteurs méridiennes pour se situer par rapport à l'équateur, les tables de déclinaison qui fournissent la hauteur du soleil selon les saisons. Il ne se lasse pas de rêver devant la mappemonde conçue par Behaïm en 1492. Comme sur les autres représentations du monde dressées par ses confrères, l'Allemand y a situé une île appelée Antalia et au-delà, tout proches, Cipango et l'Asie.

« Que regardez-vous là ? »

Fernão sursaute et, instinctivement, tente de cacher la partie du portulan dont il étudiait le tracé. L'homme éclate de rire, se présente :

« Ruy Faleiro, cosmographe. »

Magalhães lève la tête, scrute l'importun qui s'est permis d'épier, par-dessus son épaule, quels documents il consultait : l'homme est de grande taille, ventripotent, les traits enrobés de mauvaise graisse. Sa mise est négligée, sa propreté douteuse, et sa personne exhale un relent aigre de transpiration. Le rire bruyant de ce Faleiro a provoqué le murmure indigné des autres occupants de la bibliothèque. L'astronome, indifférent à l'agacement de celui qu'il a dérangé, l'invite à le suivre :

« Sortons un moment. J'ai à vous parler. »

Autant Magalhães est peu bavard, autant le nouveau venu est volubile. Ses propos passionnent le marin. Faleiro le captive par l'étendue de ses connaissances. Avec son frère Francisco, auteur d'un traité de science nautique, explique-t-il, il a mis au point une méthode pour résoudre ce casse-tête des navigateurs, se situer en longitude malgré l'absence d'une heure exacte. Il a étudié les mouvements de la lune. Il ricane :

« J'ai bien vu ce que vous regardiez sur les cartes de Behaïm, ce passage qu'il a indiqué entre l'extrémité du Brésil et le continent du sud, une sorte de détroit semblable à celui de Gibraltar qui livrerait passage vers les îles aux épices, bien plus proches par cette route qu'en contournant le cap des Tempêtes comme vous l'avez fait pour atteindre les Indes. Toutes les cartes le prouvent. On murmure même qu'un marin portugais aurait aperçu ce passage. »

Démasqué, Magalhães avoue : il veut, lui aussi, découvrir cette nouvelle route.

« Vous n'êtes pas le seul ! ricane l'astronome. Les Espagnols viennent d'envoyer une expédition confiée à Juan de Solis. »

Magalhães le sait. Mais il cache à son interlocuteur le contenu de la lettre qu'il vient de recevoir. Son ami Serrão lui écrit :

« *Tu ne saurais imaginer ce qui m'est arrivé. Nous revenions chargés d'une riche cargaison lorsqu'une tempête m'a séparé des autres navires de la flotte. Ma jonque a fait naufrage. Avec mes marins, nous nous sommes d'abord réfugiés sur une île déserte, puis des indigènes nous ont recueillis, transportés jusqu'à l'île de Ternate, aux Moluques. J'y ai découvert le paradis sur terre ! C'est de là que viennent la plupart des épices que revendent les marchands à gros bénéfices. Je ne saurais te décrire la splendeur du pays, ses plages de sable blanc, l'agrément d'un climat toujours d'une exquise tiédeur, les odeurs musquées, la simplicité des mœurs. J'ai aidé le sultan Abdul Hanan, en guerre avec son voisin. Il m'a nommé son vizir. J'ai épousé la fille du sultan de Tidore. Quitte le Portugal et ses hivers pluvieux. Rejoins-moi. Nous fonderons tout un empire allié au Portugal.* »

Ce drôle de Serrão ne change pas : toujours insouciant, avide de plaisirs. Il fait naufrage, perd son navire et se réjouit de son sort ! Son ami d'enfance lui raconte encore que l'île où il est devenu le conseiller du sultan abonde en clous de girofle qui s'achètent deux ducats aux Moluques, se vendent en Europe mille fois plus cher. Mais c'est la dernière phrase, plus que toutes les autres, qui retient l'attention du marin. Serrão lui aussi affirme qu'on peut arriver aux Moluques par le sud du Brésil. La position des Moluques, a-t-il calculé, les placent tout proches sur cette mer qu'un aventurier du nom de Balboa a aperçue au terme d'une épuisante traversée dans la jungle, juste un an après le retour de Fernão à Lisbonne.

Ce n'est pas la première fois que Serrão se manifeste. Dès son installation à Ternate, il a expédié des rapports à ses supérieurs restés à Goa. Il a décrit les îles, leurs ressources, envoyé la copie de cartes dressées par les pilotes locaux. Le vice-roi n'a pas tenu compte des suggestions de Serrão. Bien au contraire : il a ordonné au marin de rallier la flotte. Depuis son refus d'obéir, Serrão est considéré comme un déserteur.

Pour rejoindre Serrão, établir de nouveaux et prospères comptoirs dans cet archipel aux prometteuses ressources, il suffirait que le roi fournisse les navires. Mais Magalhães est *persona non grata* auprès du souverain et de son entourage. À son retour du Maroc, Sa Majesté n'a daigné lui accorder qu'une infime amélioration de sa pension : une aumône, plus insultante qu'un refus. Sans doute la couronne a-t-elle versé au marin deux cent quatre cruzados, remboursement du prêt accordé jadis à Abraldez : mais cette provende trop longtemps attendue ne lui a servi qu'à rembourser ses dettes, à aider sa famille, le laissant lui-même toujours aussi pauvre.

La cour de Manuel le Fortuné excite la colère de Magalhães. Lui qui a connu le règne de Dom João II, son austérité, son ambition clairvoyante, est dérouté par la façon dont son successeur assure ses hautes fonctions. Chacun à la cour ne songe qu'à s'amuser, s'enrichir, jouir. Tout ce qui paraît sérieux ennuie. Le souverain donne l'exemple : il s'abandonne aux plaisirs faciles, s'entoure de musiciens, de danseurs, de chanteurs. Le roi dort, mange, reçoit ses conseillers sans que jamais s'interrompe la musique. Sans cesse, les orchestres de harpes, cornets, violes et tambourins donnent à danser aux jeunes fidalgos. Les ménestrels content leurs ballades en s'accompagnant au luth. Les bouffons s'ingénient à s'attirer un sourire du roi. Rares sont les nuits sans bals, concerts, déguisements, joutes pédantes où tentent de briller les jouvencelles qui forment la suite de la reine.

Les trésors de l'Orient semblent inépuisables : ce sont vingt mille quintaux d'épices qui, chaque année, envahissent les quais, poivre de la côte du Malabar et du Decca, gingembre et muscade de Banda, clous de girofle de Ternate et Tidor. Ils nourrissent cette vie sans soucis du lendemain. Tout est prétexte à s'esbaudir, les éléphants, les tigres, les léopards, les chevaux de Perse que débarquent les nefs d'Albuquerque, les oiseaux rares, les pierres précieuses, un tissu nouveau, une soie brillante, un fruit inconnu.

Enivré par les trésors qui se déversent sur son royaume, Manuel s'est baptisé Seigneur des Navigations, Conquêtes et Commerces d'Éthiopie, de Perse et d'Inde. Ce n'est pas suffisant encore : il a tenu à étaler sa richesse et sa puissance face à la plus haute autorité de l'univers, le pape. En 1514, il a envoyé à Rome une ambassade somptueuse. Tristão da Cunha, qui représentait le roi, lui en a rendu compte : le cortège a pénétré dans la ville par la Porta del Popolo. Tout le long du parcours se massait une foule de Romains médusés. Trois cents palefreniers vêtus de soie menaient trois cents chevaux caparaçonnés de brocart frangé d'or. Venaient ensuite domestiques, Portugais vivant à Rome, ecclésiastiques, personnels des ambassades, précédant cinquante fidalgos rivalisant de luxe et de morgue. Montés sur des palefrois qu'ils faisaient piaffer et virevolter, ils montraient à l'envi leurs chapeaux ornés de plumes, leurs habits semés de perles, leurs rubans, leurs éperons d'or, leurs bijoux. Ils précédaient les musiciens à cheval, les arbalétriers, les archers suisses, les lanciers grecs. Ce n'était que l'avant-garde. L'écuyer du roi, Nicolau de Faria, paraissait alors, monté sur un cheval au harnais recouvert de perles et d'or, suivi d'un éléphant que menait un cornac de l'Inde, d'une once dressée en croupe d'un cheval de Perse, de deux léopards en cage. Ces animaux servaient d'escorte au trésor que Sa Majesté offrait à Sa Sainteté.

Une telle ostentation avait suscité plus de réprobation que d'admiration. Désormais, lorsque le cortège royal s'exhibe dans les rues de Lisbonne, la foule murmure dans son sillage. Dans les maisons bourgeoises, on ne se fait pas faute de critiquer la mollesse du souverain, l'inconstance de sa politique. On le dit vénal, superficiel, plus soucieux de choisir un vêtement raffiné que de réfléchir à l'avenir de son pays. On déplore qu'il traite ses capitaines et intendants avec les vues étroites d'un marchand. Tandis que le roi du Portugal règne sur une partie du monde, ses détracteurs, à mots couverts, en se défiant des espions que répand ce souverain cruel, énumèrent ses défauts : selon eux, il est injuste, mesquin, ingrat. Ses folies ruinent le royaume. Les dettes de l'État s'accumulent.

Magalhães est trop prudent pour manifester sa rancune. Il n'en pense pas moins : une toute petite part de cette gabegie suffirait à financer le voyage qu'il veut accomplir. Mais le marin peu loquace cache l'idée qu'on risquerait de lui voler. Ce n'est qu'avec son nouvel ami Faleiro qu'il aborde son grand projet. Les deux hommes ont conclu une sorte de pacte, se sont juré le secret, ourdissent leurs plans. C'est, en quelque sorte, le mariage de l'eau de mer et du feu du ciel. Car on n'imagine pas plus dissemblables. L'un est petit, maigre, claudique, l'autre est grand et fort. L'un porte la barbe, l'autre est glabre. Le marin parle peu, d'une voix sourde, l'astronome claironne ses affirmations. L'un est mesuré dans ses propos, l'autre parle d'abondance. Le marin est dépité que sa valeur ne soit pas reconnue. Le savant est ulcéré de n'avoir pas été nommé astronome royal. Ils ont en commun l'orgueil et la pauvreté car, malgré ses connaissances, Faleiro est contraint de ressemeler des chaussures pour gagner de quoi vivre. Et ils ont besoin l'un de l'autre, Faleiro du capitaine apte à conduire les navires, Magalhães du cosmographe capable de lire dans les astres et de tracer la route sur l'océan.

Passionnés par leur idée, l'un et l'autre dévorent tous les ouvrages qui la confortent, l'*Imago Mundi* de Pierre d'Ailly, la *Géographie* de Ptolémée : la terre est une sphère de quatre mille lieues de circonférence, ce qui place Cipango et l'Asie tout proches de ces nouvelles îles découvertes par les Espagnols. Les deux associés scrutent une carte dressée par deux Portugais, le père et le fils, Pedro et Jorge Reinel, qui font autorité à la Casa da India : l'Asie s'y étend loin vers l'est.

Ils collationnent les informations collectées par les pilotes, les rapports des navigateurs espagnols dont les secrets ont été captés par les espions ou grâce aux confidences surprises dans les auberges. Au sud des Indes occidentales de Colomb semble s'étendre un vaste continent qui équivaudrait à l'Afrique. Alonzo de Hojeda dès 1499, Pinzón l'année suivante y ont aperçu les embouchures de deux très grands fleuves. Après que Cabral eut baptisé Santa Cruz la côte sur laquelle il avait atterri par hasard, Amerigo Vespucci a poursuivi l'exploration vers le sud : si cette terre nouvelle est similaire à celle d'Afrique qui lui fait face, elle devrait s'achever vers le trente-cinquième parallèle, donnant ainsi accès à la mer qui conduit aux Moluques. Vespucci a remonté un bras de mer, dans l'espoir qu'il ouvre un passage vers l'ouest. Ce n'était qu'un grand fleuve. L'expédition dirigée par Juan de Solis vient de rentrer, endeuillée : le chef et nombre de ses hommes ont été attaqués par les sauvages et dévorés sous les yeux de leurs compagnons. Mais ils ont découvert que la côte s'inclinait vers l'ouest. Ce n'est pas parce qu'ils n'ont pas trouvé le passage qu'il n'existe pas. Les ouvrages des géographes allemands l'affirment, comme la *Cosmographiæ Introductio* qu'a fait paraître un ecclésiastique de Lorraine : sur la carte dressée par le père Waldseemüller, un chanoine de Saint-Dié, figure un continent qu'il a nommé Amerigo et qu'il suffit de contourner.

La mer qui conduit vers Cipango appartient-elle à l'Espagne ? Selon le traité imposé par le pape Alexandre VI Borgia à Tordesillas, la limite entre les terres accordées à l'Espagne et au Portugal est fixée à trois cent soixante-dix lieues à l'ouest des îles du Cap-Vert. Mais, aux antipodes, quelle est la longitude des Moluques ? De quelle nation dépendent leurs richesses ? Le planisphère dressé par les Reinel situe les Moluques dans la zone attribuée à l'Espagne mais, dès 1512, Antonio de Abreu a pris possession de cet archipel pour le compte de Manuel.

Dans le secret de la petite chambre qu'habite Magalhães, loin des oreilles indiscrètes, les deux comparses mûrissent leurs plans. Entraîné par la passion, le marin taciturne devient volubile, presque lyrique : que le roi accorde les moyens d'armer quelques navires et il partira trouver le passage et atteindre les Indes par l'ouest. Si la flotte revient par la route habituelle des galions, elle aura réussi le tour du monde. L'astronome et le marin préparent un placet que Faleiro, plus habile calligraphe, trace sur un parchemin. Magalhães, qui, par sa qualité de noble, garde son accès à la cour, le remettra lors d'une prochaine audience. Comment le roi ne soutiendrait-il pas un si glorieux projet ?

À la Tesouraria, à la Casa da India, l'entreprise que l'astronome et le capitaine croient préparer dans une totale discrétion n'est qu'un secret de polichinelle. Dans les bibliothèques, les chambres des cartes, on a bien vu quels ouvrages ils consultaient. On a épié leurs conciliabules. L'idée d'atteindre l'Orient en contournant le nouveau continent a déjà effleuré plusieurs capitaines, et les seigneurs de la Casa rient des mines de comploteurs qu'affichent Faleiro et Magalhães.

Les hommes qui règnent sur la route des Indes se sont réunis dans une salle haute de la Tesouraria. Tout en dégustant un vin de Porto, cosmographes, géographes, chef pilote, intendants discutent avec l'autorité que leur confèrent leurs hautes fonctions, avec la suffisance de gens nantis, avec la componction attachée au sentiment de leur puissance. Ils détiennent la connaissance, disposent des navires de la flotte, désignent les capitaines, contrôlent la compétence des pilotes, fournissent les équipements et les vivres, perçoivent les taxes sur les marchandises débarquées :

« Contourner le continent nommé Amérique par le sud ne semble guère possible.

— Pourtant, certains documents l'affirment, il existerait un canal donnant accès à la mer de Chine. Un géographe allemand, Schoner, l'a indiqué sur son globe.

— Balivernes ! Pinzón et Solis ont exploré la côte sans rien trouver. Cette Amérique est sans aucun doute soudée au continent antarctique qui équilibre les terres d'Europe et d'Asie. S'il n'existait pas, le globe basculerait.

— Et la terre ne pourrait pas tourner autour de son axe. Pythagore le confirme.

— Entreprendre une expédition sur cette mer que Balboa a vue indisposerait les Espagnols.

— Le projet a bien peu de chances de réussir. Il serait coûteux et le Royaume n'a pas d'argent.

— Pourquoi tenter une aventure pleine d'aléas alors que la route des Indes suffit à mobiliser les capacités de nos chantiers navals ? Nous manquons déjà de capitaines, de pilotes, de marins, de bois pour construire les *naus*. Notre pays, avec son million d'habitants, est au bout de ses efforts. La population ne comprendrait pas une telle expédition. »

Un intendant renchérit :

« À son retour du Brésil, Vespucci n'a-t-il pas déclaré : "Nous ne vîmes rien dont on pût tirer profit" ? »

Seul de son avis, un cosmographe tente de défendre le projet :

« Souvenez-vous que nos prédécesseurs ont déjà commis une lourde erreur en déconseillant l'expédition de Colomb.

— Aucun rapport ! Faleiro est une outre gonflée d'orgueil et ce Magalhães est affublé d'un caractère impossible.

— Il s'est montré courageux, énergique, obstiné.

— Il est désagréable, prétentieux, odieux ! Aucun capitaine ne voudra naviguer sous ses ordres. Il suffit de le regarder, il est bien trop petit pour diriger une grande expédition ! »

Tout le monde rit. Magalhães l'ignore, mais il a suffi de ce mauvais jeu de mots pour que son sort soit scellé. C'est en vain que, depuis cinq ans, le marin condamné à l'inaction a nourri sa conviction en lisant les ouvrages de la Casa da India. Sa silhouette de boiteux, son visage peu avenant le desservent plus que jamais. Les déconvenues ont accentué son air sombre, son regard froid, son orgueil. La certitude de pouvoir offrir au Portugal un nouveau titre de gloire a encore accru le caractère dominateur qu'il affiche sans retenue. Inconscient du mépris, voire de la haine qu'il suscite, enfermé dans ses certitudes, il va tenter auprès de Manuel une ultime démarche. Dans la grande galerie du palais, il se place sur le chemin du souverain, parmi les courtisans. Les musiciens annoncent l'arrivée du monarque. Entouré de ses familiers, le souverain paraît. Il a encore engraissé. Tout son visage respire la fatuité, la mollesse, l'abus des plaisirs. Le luxe de ses vêtements et son obésité exaspèrent le marin amaigri, déformé par les blessures subies au service de ce roi, le soldat famélique qui doit économiser chaque maravédis de sa sordide pension. Manuel approche. Pour Fernão, c'est la dernière chance. Il avance d'un pas :

« Sire, j'ai élaboré un projet, pour votre plus grande gloire : me rendre vers les richesses des Moluques par la route de l'ouest, emprunter au sud de l'Amérique un passage que je connais, accomplir, pour le Portugal, la première navigation autour du monde. Si Votre Majesté m'accordait quelques navires… »

Le roi s'est arrêté un instant. Il toise l'ancien page et, derrière la petite taille du capitaine, l'esclave malais qui le suit partout. Il secoue la tête d'un air dédaigneux, repousse le parchemin que lui tend Magalhães. Celui-ci veut, comme l'exige l'étiquette, saisir la main du roi afin de la baiser. Le souverain retire sa main. Le marin blêmit sous l'insulte, retient d'un geste le jeune et impulsif Enrique qui a posé les doigts sur son kriss. Pris de colère, il s'exclame, d'une voix qu'il veut contenir mais qui résonne sous la voûte de la grande salle :

« Si Votre Majesté refuse mon projet, qu'elle m'autorise du moins à le proposer à une autre nation. »

Manuel se retourne vers ce capitaine décidément odieux, laisse tomber, la bouche méprisante :

« Allez au diable ! »

2

Séville

QUELQUES MOTS D'HISTOIRE

1474-1504 : *Isabelle la Catholique règne sur la Castille.*

1479-1516 : *règne de Ferdinand d'Aragon.*

1492 : *fin de la guerre de Reconquête et prise de Grenade.*

1500 : *naissance du futur Charles Quint.*

1516-1556 : *Charles Quint roi d'Espagne.*

1517 : *Luther affiche les quatre-vingt-quinze thèses qui marquent le début de la Réforme.*

1518 : *Cortés part à la conquête du Mexique.*

1519 : *Charles Quint est élu empereur du Saint Empire romain germanique.*

« Je leur montrerai ! Je leur montrerai ! »

Magalhães marmonne sa colère. Il enrage. Son roi l'a humilié devant toute la cour qui, servile, a éclaté de rire. Chacun, avec ostentation, lui a tourné le dos. Il grommelle :

« Les imbéciles. Ils m'ont rejeté comme ils avaient rejeté Colomb. En trente ans, ils n'ont rien appris, rien compris. »

Il n'a pas été long à rassembler ses maigres possessions. Il a confié à une nef en partance pour les Indes une lettre pour son ami Serrão :

« *Si Dieu veut, je te rejoindrai bientôt, soit par le chemin du Portugal, soit par celui de la Castille car c'est la direction que prennent mes affaires.* »

Il a quitté Lisbonne, jurant de ne plus jamais revenir dans cette ville d'ingrats. Il a renoncé à sa notoriété de capitaine retour des Indes, à son titre de Fidalgo Escudeiro, à sa médiocre pension. Comme Colomb, c'est à l'Espagne qu'il proposera sa grande idée. Le roi lui a dit : « Allez au diable ! » Il ira. Et plus loin encore s'il le faut. L'équipage qui s'éloigne des rives du Tage n'a rien d'une glorieuse cavalcade de seigneurs conquérants. Avec son genou raide, Fernão de Magalhães ne peut marcher longtemps, ni vite. Il n'a guère les moyens de s'offrir un cheval et c'est une mule qu'il chevauche. Son esclave Enrique, lui, préfère aller à pied. Sa peau couleur acajou, son corps musclé, son regard noir et le kriss à sa ceinture suffisent à écarter les pillards de grands chemins. Avec la souplesse de ses vingt-deux ans, le Malais a l'art de se déplacer en silence, de surgir tel une ombre. Une seconde mule porte le sac du marin. Magalhães a laissé à Lisbonne le trop encombrant Faleiro qui, avec ses vêtements râpés, ses enthousiasmes puérils, ses démonstrations ennuyeuses, ses emportements, sa susceptibilité de génie méconnu, risquerait de créer un effet déplorable sur les grands d'Espagne. Magalhães lui a raconté d'une voix vibrante de colère contenue l'entrevue avec Manuel. Il lui a promis d'attendre sa venue à Séville pour révéler leurs projets communs. Leurs fortunes, a-t-il juré, demeuraient liées et il ne tenterait pas sa chance sans l'appui de l'astronome. Celui-ci a rappelé à son comparse ce que Pinzón déclarait au découvreur des Indes occidentales : « Partez. Ici, vous êtes dans la misère. Vous trouverez des maisons avec des tuiles en or et vous reviendrez riche. » Mais si Ruy Faleiro rêve de faire fortune grâce à la justesse de ses calculs, l'ambition du marin est tout autre.

Deux fidèles, conquis par son projet, l'accompagnent : João de Carvalho qui a déjà navigué jusqu'au Brésil, et un autre pilote portugais, Estevão Gomez. Au début de l'année, cet homme de mer de bonne expérience s'est rendu à Valladolid, cherchant à persuader les Espagnols de lui confier une expédition vers les Moluques par la route qu'avait déjà tenté d'emprunter Juan de Solis. Sa demande a été repoussée. Son ralliement à Magalhães n'est peut-être qu'une façade, une façon de garder un œil sur le projet et, à la première occasion, de le reprendre à son compte.

Sur la route de Séville, Magalhães presse sa monture. Il est impatient de convaincre les Castillans, d'infliger le plus cinglant démenti au roi Manuel, à ses piètres savants, à sa cour frivole. Le regard fixe, la tête basse, il ne cesse de répéter, au rythme de la marche :

« Je leur montrerai ! »

Prudent, Fernão n'est pas parti totalement à l'aventure. Il s'est souvenu d'un lointain cousin passé au service de l'Espagne, Diego Barbosa, Portugais comme lui. Il lui a écrit. Barbosa a répondu :

« Venez. Je vous attends. »

Depuis dix jours, la petite troupe chevauche par les sentiers poussiéreux. En ce mois d'octobre de l'année 1517, la beauté de l'arrière-saison laisse Magalhães indifférent. À marches forcées, il traverse le Portugal, cette patrie désormais honnie. En franchissant la frontière, le capitaine mal-aimé prend une décision riche de symboles. Il change de nom. Fini le Fernão de Magalhães si fier de porter son titre de noblesse. Il s'appellera désormais Fernand de Magellan. Pour économiser son pécule, le marin accoutumé à l'inconfort des navires s'arrête dans de médiocres auberges, se nourrit de pain trempé dans l'huile d'olive. Enrique dort dans les écuries, entre les sabots des mules. Parfois, surpris par la nuit, ils couchent à la belle étoile. Pour ne pas avoir à acheter de fourrage, le capitaine n'accorde à ses montures que l'herbe et les chardons poussant au bord des chemins.

Tout annonce enfin l'approche de Séville, le grand port d'où partent les expéditions. L'homme de mer, dressé sur sa mule, respire le vent venu d'Afrique, chargé des senteurs du large. Au loin, il aperçoit la Giralda, la tour maure qui domine la cathédrale. Sur la route, les rares paysans et les quelques voyageurs de rencontre ont fait place à une succession de charrois, voitures emplies de légumes et de fruits à destination du marché, de sacs de farine pour les boulangers. La chaussée est encombrée par les bœufs et les moutons qu'on mène aux bouchers et, dans l'autre sens, par les mules chargées de poisson frais. Parfois, sur son cheval, un hidalgo entouré de ses esclaves force son chemin au milieu de la cohue. Ce mouvement, ces signes de prospérité, l'abondance des nourritures, les tuniques des cavaliers ont attiré un sourire sur les lèvres de Magellan. Ici, il le sent, il le sait, son destin tournera. Barbosa va l'aider. Les Espagnols le soutiendront comme ils ont soutenu Colomb. Sans doute, vingt-cinq ans après la découverte du Génois, les expéditions lointaines ont-elles perdu de leur attrait dans l'esprit des hommes amollis qui jouissent sans grands efforts des richesses de la toute nouvelle Amérique. Mais une dernière grande aventure demeure, celle qu'il propose.

Le 20 octobre, la petite troupe s'arrête dans une auberge à l'entrée de la ville : Magellan secoue la poussière du chemin, se lave des sueurs de la route, défripe son habit le moins râpé. Il tient à présenter à son parent sa meilleure figure. Même s'il a encouragé sa venue, Barbosa, qu'il n'a côtoyé que quelques mois au temps de son adolescence, acceptera-t-il de l'aider ou le repoussera-t-il avec mépris, comme les autres ? Pour donner un peu de prestance à sa démarche, le marin se fait accompagner par Enrique : l'esclave rappelle son passé de conquérant des Indes et ajoute à son prestige de capitaine une touche exotique. Sur le chemin, tout l'enchante, les multiples fontaines, la propreté des rues, les hautes mâtures sur les rives du Guadalquivir. Un passant lui indique la demeure de Barbosa :

dans le Barrio de Santa Cruz, derrière une grille ouvragée, dissimulée par un jardin planté d'orangers, la Casa Barbosa témoigne de la réussite du Portugais. Un portier introduit le visiteur dans un patio revêtu de marbre, orné par une pièce d'eau. Tout respire l'aisance et le bonheur : les esclaves qui passent, les servantes dont on perçoit le babil, le pépiement des oiseaux dans les arbres, le parfum des fleurs. Un majordome a prié Magellan d'entrer dans un salon, l'a invité à s'asseoir sur l'un des nombreux coussins de soie qui jonchent la pièce protégée du soleil et où, dans une semi-pénombre, règne une plaisante fraîcheur. Il lui a demandé d'attendre, lui a apporté un plateau de fruits. L'inquiétude du marin cède peu à peu. L'amabilité de l'accueil le rassure. Mais Barbosa tarde à venir. Magellan s'impatiente. L'opulence de la maison, l'épaisseur des tapis, les tentures en riche tissu accroissent son malaise d'homme pauvre, ravivent les rancœurs accumulées par toutes les rebuffades qu'il a subies.

« Mon très cher cousin ! »

Dom Diego tend les bras à Magellan, se complaît à évoquer les souvenirs de leur jeunesse. Si Barbosa est plus âgé que Fernand, il n'a pas oublié son passé de marin : voici quinze ans, capitaine de João de Nova, il a participé à la découverte des îles de l'Ascension et de Sainte-Hélène. En dix ans, le Portugais émigré à Séville a engraissé : son visage replet, sa tunique plissée aux manches froncées selon la mode du jour témoignent de sa prospérité. L'officier qui servait aux Indes est, de toute évidence, devenu un homme puissant. Avec complaisance, il en étale les signes, énumère les responsabilités qu'il assume : il est désormais l'alcade de l'arsenal de Séville, commandeur de l'ordre de Saint-Jacques...

« Et vous, cher ami ? »

Face à ce notable, Fernand de Magellan est contraint d'avouer ses déboires, ses blessures, sa disgrâce. Il ne lui reste que ses projets. Tout en demandant à son hôte de garder le secret, il s'anime, conte ses recherches, la certitude qu'il a acquise de l'existence d'un passage menant aux Moluques par une route plus courte. Les deux transfuges du Portugal sourient. Une connivence s'établit. Ces îles à épices, pourquoi en abandonner l'exploitation au pays qui les a si mal traités ? Et sur la route inconnue conduisant vers les Indes, sur cette mer ignorée qu'a vue Balboa existent sans doute d'autres terres à découvrir, peut-être plus riches encore.

« Où logez-vous ? »

Dom Diego se récrie : la modeste auberge est indigne d'un noble Portugais. Fernand de Magellan doit affirmer son rang. Il viendra habiter ici, la place ne manque pas. Barbosa prend le nouveau venu sous sa protection. Le projet que son visiteur lui a exposé aboutira, il s'en porte garant. Avec fierté, il mentionne ses entrées à la Casa de Contratación, les amitiés qu'il entretient avec les plus hauts personnages de la ville comme Dom Álvaro de Bragança, oncle du roi Manuel, devenu la figure marquante de la colonie portugaise de Séville.

Dom Diego a sonné. À un domestique, il ordonne :

« Conduisez le capitaine de Magellan à la chambre bleue. »

Il ajoute :

« Le souper sera servi à dix heures. »

*

Accompagné par un homme de confiance de Barbosa, Enrique est retourné quérir à l'auberge le bagage de son maître. Magellan s'est installé : ce que son nouveau protecteur appelle la chambre bleue est tout un appartement. Enrique pourra dormir dans l'antichambre. À l'heure dite, le marin rejoint son hôte et son épouse, María Caldera. Barbosa s'empresse de souligner :

« Sa famille l'apparente à la plus haute noblesse d'Andalousie. »

Une jeune fille entre :

« Beatriz, ma fille. L'un de ses frères, Duarte, qui est soldat, est parti pour les Indes voici trois ans. Il ne devrait pas tarder à revenir. Si Dieu veut. »

Beatriz Barbosa, que Fernand observe à la dérobée, semble timide. Le regard baissé, elle demeure silencieuse. Sans doute n'est-elle pas très belle, ce qui expliquerait qu'à près de vingt-cinq ans elle n'ait pas encore trouvé de mari malgré la fortune de son père. Mais son teint est plaisant, le corps bien tourné.

Le lendemain, Barbosa provoque une réunion. L'alcade veut en savoir plus. Fernand de Magellan déploie ses cartes, celle dressée par les Reinel, cette autre envoyée par Serrão. Il montre le *paso* qui, selon les géographes, devrait ouvrir la voie vers l'autre mer. Il s'échauffe. Beatriz, qui a tenu à être présente, sort de sa réserve, ose une première question. Maintenant Magellan parle aussi pour elle, démontre, argumente. Possédé par son sujet, il s'enflamme, devient loquace et, mieux encore, convaincant. La foi qui le soutient fait oublier sa laideur, ses grosses lèvres dont sortent des propos passionnés. Ses yeux brillent d'excitation, son large visage exprime la volonté, l'ardeur, l'énergie.

Au fil des jours, Barbosa et Magellan cernent les détails de l'expédition qu'il faudra monter, le nombre de navires nécessaires, les équipages, la date de départ la plus favorable, les risques, les chances. Beatriz assiste à tous les entretiens. Comme son père, elle croit au projet. Lorsque le marin développe ses idées, la jeune fille est fascinée et Fernand ne reste pas insensible à l'intérêt qu'elle lui manifeste.

Depuis son amour de jeunesse, Magellan, conscient de ses traits disgracieux, s'est tenu à l'écart des femmes qu'il n'espérait guère séduire. Lorsque le besoin en était trop pressant, il se soulageait auprès d'une putain des ports, montait dans la soupente d'une fille à matelots prête à se donner pour quelques maravédis. Une jeune fille de bonne bourgeoisie le regarde désormais avec des yeux tendres... Le célibataire prend conscience de l'importance d'une famille. À trente-sept ans, il serait grand temps qu'il fonde un foyer, s'assure une descendance.

Barbosa, non sans arrière-pensée, épouse la cause de son compatriote. Il n'est pas mécontent de cette occasion de montrer aux notables de la Casa de Contratación toute la valeur des marins portugais. Face au capitaine malmené à Lisbonne, Dom Diego est satisfait d'affirmer son entregent, l'efficacité de ses relations. Et si le succès couronne l'entreprise, comme il en a la conviction, il compte bien y acquérir prestige et bénéfices !

Avec une générosité quelque peu ostentatoire, Barbosa a remis une bourse à Magellan :

« Visitez mon tailleur, mon chemisier, mon bottier. Le noble Portugais que vous êtes se doit de faire bonne figure face aux Espagnols pleins de morgue. Ne me remerciez pas, ajoute-t-il avec un rire de maquignon, ce n'est qu'un investissement. Vous me rembourserez au centuple lorsque nous aurons réussi. »

Il a dit « nous », remarque in petto Magellan qui à la fois s'en irrite et s'en réjouit. Barbosa a pris l'affaire en main :

« Faites-moi confiance. Avec moi, les choses ne traînent pas. »

Dessaisi de son projet, Magellan se sent désœuvré. Beatriz en profite pour le conduire à travers Séville au port animé, aux somptueuses maisons entourées d'arbres et de fleurs. Accompagnée par une duègne, elle lui montre l'Alcazar, ses hauts murs, ses jardins. Ensemble, ils vont prier sous les voûtes gothiques de la cathédrale qui vient d'être achevée. Il la suit au marché où elle choisit les légumes, les fruits, les poissons frais ou salés, les viandes, les pâtés de leurs repas. Cet homme rude devient galant pour offrir à la jeune fille confiseries, raisins secs, fruits confits, pâtes de fruits dont, à l'image des Andalouses, la Portugaise raffole. Au bord du Guadalquivir, le marin nomme les navires qui, comme sur le Tage, s'entassent, manœuvrent tandis que les mariniers se hèlent, s'insultent, plaisantent.

Beatriz est tombée amoureuse du capitaine. Les récits de ses batailles, l'évocation de ses aventures et même ses blessures témoins de son courage l'ont séduite. Le grand dessein la captive. Devant le globe terrestre placé dans la pièce où ils se réunissent, elle rêve. L'homme qui a souffert de n'être pas aimé est ému par l'attention dont il est l'objet. Il pense aussi que devenir le gendre du puissant Barbosa améliorerait sa position au sein de la société de Séville.

Bientôt, Fernand et Beatriz sont fiancés en « épousailles par paroles du futur », comme on dit en Espagne. Dom Diego accorde à sa fille une dot de six cent mille maravédis. Jamais Fernand n'avait possédé une pareille somme ! Et Barbosa peut annoncer à son futur gendre la bonne nouvelle :

« Mardi, vous serez reçu à la Casa de Contratación. À vous de convaincre. »

À la mi-novembre, Duarte, le frère de Beatriz, est rentré à Séville. Il est allé au Siam, a fréquenté les rivages qu'a connus Magellan. Entre les deux hommes, malgré la différence d'âge, une amitié est née : ils ont en commun leurs souvenirs des mers lointaines, et le futur beau-frère a tout de suite adopté les ambitieux projets d'expédition.

« Par le diable, j'en serai ! » a-t-il juré.

Pour se présenter devant les notables, Magellan bénéficie désormais du prestige de son futur beau-père. Sera-ce suffisant pour réussir ? Au fil des ans, la Casa qui régit tout le commerce des Indes est devenue une lourde machine administrative gérée par des fonctionnaires imbus de leur pouvoir. Duarte, qui ne les aime guère, en a tracé un portrait peu flatteur :

« Ce sont des hommes corrompus, vitupère-t-il. Ils ont mis la main sur tout, régentent tout, les fournitures de vivres, les équipements, les instruments de navigation. Ils règnent sur les cartes, gardent jalousement les secrets confiés par les capitaines. Ces bourgeois qui ne quittent guère leur fauteuil se sont mis en tête de contrôler la compétence des pilotes, de nommer les capitaines, d'établir les licences d'embarquement. Non contents de percevoir les taxes, ils prélèvent leur dîme. Leur vénalité me dégoûte mais nous avons besoin d'eux. Sébastien Cabot, le *piloto mayor* qui a succédé à Vespucci, commande une escouade de cosmographes, de cartographes. Leurs documents nous seront nécessaires. À toi de les convaincre, Fernand, mais ne te fais aucune illusion : ce ne sera pas facile. »

Si Diego Barbosa a accompagné son cousin jusqu'à la porte de la Casa de Contratación, il l'a ensuite laissé entrer seul, lui recommandant, non sans ironie :

« Soyez diplomate ! »

Dom Diego craint-il de se compromettre, ou est-il moins influent qu'il le prétend ? Magellan est introduit dans une salle ornée de cartes, où sur les étagères s'entassent rapports de mer, documents, portulans, mappemondes, compas, sabliers, quadrants et astrolabes. Côte à côte siègent trois personnages dont la mine avantageuse et le raffinement des vêtements affirment l'importance. Le directeur de la Casa, Juan de Arenda, a tenu à présider lui-même la réunion. Barbosa a affirmé que c'était bon signe. Deux armateurs assistent Arenda. Ces trois hommes disposent des navires et des moyens nécessaires à une expédition. Accepteront-ils de les aventurer dans l'entreprise que suggère ce capitaine venu d'ailleurs ?

« Nous vous écoutons », dit seulement le président.

Magellan expose les grandes lignes du voyage qu'il veut entreprendre, sans en révéler tous les détails. Il développe ses arguments, déploie ses cartes. Mais les trois hommes gardent le silence. Les armateurs affichent une moue dubitative ; Arenda, à demi somnolent, semble s'ennuyer. Agacé par l'apparente indifférence que rencontre son exposé, Magellan bâcle sa conclusion. Juan de Arenda sort enfin de son mutisme, demande à ses compagnons :

« Qu'en pensez-vous ? »

Les deux armateurs sont sceptiques. Ils s'étonnent que le roi du Portugal n'ait pas accepté un projet aussi mirifique. Le marin s'attendait à cette critique :

« Christophe Colomb aussi avait été repoussé. Vous ne vous êtes pas mal trouvés qu'il réussisse sa découverte sous votre pavillon.

— Votre idée n'est pas nouvelle. Gomez l'a déjà proposée. Si elle nous avait intéressés, nous lui aurions confié une flotte. Et est-ce à un Portugais de mener une telle expédition ? »

Magellan a du mal à dissimuler sa colère. Qu'importe sa nationalité face aux perspectives qu'il dévoile ! Les trois hommes ne cachent pas leur incrédulité : cette expédition serait ruineuse, ses chances de réussite bien faibles au terme d'une navigation hasardeuse alors que les routes connues satisfont les besoins du commerce et, sans risques excessifs, procurent de très abondants bénéfices. Une autre préoccupation tourmente ses censeurs :

« Ces îles, ces Moluques que vous prétendez atteindre par la route de l'ouest, le traité imposé par Sa Sainteté les place-t-elle sous la dépendance de l'Espagne ou du Portugal ? Nous ne voulons pas de conflit avec notre voisin.

— Pour le déterminer avec certitude, il est nécessaire d'y aller.

— Selon les cartes rassemblées par Cabot, ces Moluques seraient portugaises. C'est d'ailleurs ce qui résulte des mesures avancées par Ptolémée.

— Ptolémée a pu se tromper. Il avait bien rattaché l'Afrique au continent austral ! »

Un silence glacial accueille cette phrase maladroite. Quelle suffisance ! Ce capitaine disgracié par son souverain, venu en solliciteur, a l'outrecuidance de contester la science du grand Ptolémée ! D'un geste, Juan de Arenda signifie son congé à ce barbu boiteux, d'une insupportable prétention. Tandis que Magellan, à gestes nerveux, les mains tremblantes, rassemble ses documents, roule ses cartes, le directeur laisse tomber :

« Nous allons réfléchir, mais je ne pense pas que nous puissions être intéressés. »

À la Casa Barbosa, face à Dom Diego, à Duarte, à sa chère Beatriz, Magellan est contraint d'avouer l'échec de sa démarche. L'hôte est dépité : aurait-il en vain accueilli son compatriote, l'aurait hébergé, aidé financièrement, plaidé sa cause, lui aurait, suprême honneur, accordé la main de sa fille ? Se serait-il trompé sur la valeur du capitaine, sur la qualité de son projet ? Duarte s'indigne.

« Je t'avais prévenu ! Mais ne nous avouons pas battus. Il existe d'autres souverains, François Ier, si jaloux de la puissance de l'Espagne, les Anglais, si entreprenants... »

Même si chacun s'efforce de ne pas montrer l'étendue de sa déception, si Beatriz garde dans la sienne la main de son fiancé, la soirée est morose dans la demeure du Barrio de Santa Cruz.

Après une nuit d'insomnie, Magellan sort dès l'aube. Cet homme cache ses colères comme ses sentiments et, pour dissimuler les blessures infligées à son orgueil, se réfugie dans la solitude. Suivi par Enrique, de son pas claudiquant, il se dirige vers le port, hume avec une sorte de complaisance les effluves nauséabonds des marais qu'apporte le vent de sud-ouest. Les refus successifs de Manuel, puis de ces nantis de la Casa le condamneraient-ils à n'être qu'un gendre nourri à ne rien faire, un époux choyé par compassion ? Le long des berges grossièrement rectifiées pour qu'y accostent les nefs, parmi tous ces hommes qui vaquent, s'empressent, le bousculent, il souffre de n'être qu'un désœuvré. À trente-sept ans, débordant d'énergie, il offre à qui veut la prendre la plus extraordinaire des aventures. Planté au bord du quai, il s'indigne face à tant d'incompréhension.

Fernand de Magellan n'est pas capitaine à céder aussi longtemps qu'il n'a pas livré son ultime bataille. À Calicut, à Goa, à bord du navire échoué, il a prouvé son opiniâtreté. Même s'il est moins habile à convaincre qu'à combattre, il demeure persuadé que la hauteur de son ambition trouvera un jour un auditeur assez intelligent pour en mesurer l'immense intérêt. Tout en marchant, il songe à ces Génois qui, groupés dans le Barrio de Genova, forment dans Séville une colonie de marchands actifs, de financiers audacieux. Dans leurs caves et leurs échoppes, lui a raconté Duarte, ils accumulent les vins, les huiles, les céréales mais aussi la soie, la laine, le cuir, la cochenille pour les teinturiers, les épices, le drap anglais. Ils se sont installés de part et d'autre de la Calle de Genova, y trafiquent de toutes les monnaies, de l'or d'Afrique, se font changeurs, au besoin usuriers. Pourquoi ces compatriotes de Christophe Colomb ne le financeraient-ils pas ?

Il quitte le port, les masures de pêcheurs en pisé. Son regard s'attarde maintenant sur les demeures dont les pierres ont dû être amenées à grand frais de lointaines carrières. Les bourgeois y abritent leur opulence derrière les grilles ouvragées, à l'abri de murs percés de rares fenêtres. Le marin côtoie le marché où, à même la chaussée pavée de cailloux blanc et noir, sont offerts grains, œufs, volailles, fromages, charcuteries, cire pour les chandelles, sardines, thon en saumure, morue salée, saumon, truites, viande de vache et de mouton, perdrix, cailles. Le brouhaha est intense, marchandages des chalands, litanies des poissonnières, invites des porteurs d'eau. La foule grouille, cosmopolite. Les acheteurs sont nombreux, l'argent ne manque pas. Sauf à lui.

Il est midi lorsque Fernand regagne son domicile. Barbosa guettait son retour : Juan de Arenda a envoyé un messager. Il désire revoir Magellan pour parler plus avant de son projet. Que le capitaine veuille bien lui rendre visite. Il a précisé : à son domicile.

Le marin voudrait se précipiter chez le directeur de la Casa de Contratación. Barbosa l'en dissuade. L'alcade a été vexé par le médiocre accueil réservé à son protégé. Selon lui, laisser Arenda attendre serait une bonne tactique. Magellan est trop impatient pour s'accommoder de ces mesquines stratégies. Dès la fin du repas, sans même attendre la sieste qui le prolonge, il se présente à la Casa Arenda. Le majordome précise :

« Mon maître se repose. Il a laissé des instructions, il vous prie de bien vouloir patienter. »

Dans le salon où le valet l'a conduit, Magellan a tout loisir de contempler les signes qui affirment la réussite de son hôte. Les tapis de soie, les tentures de brocart, les coussins brodés, les coffres, les buffets en bois de noyer sur lesquels sont posés des bougeoirs d'argent, les crédences, une précieuse écritoire, témoignent d'un raffinement extrême. Les vitrines protègent livres rares et bijoux venus des Indes. Les murs sont revêtus de miroirs de Venise et de tableaux. Dans le patio s'alignent des statues, œuvres de sculpteurs italiens. C'est une maison semblable que je bâtirai lorsque je reviendrai, se promet Magellan. Elle abritera les trésors que je rapporterai de mon grand voyage.

Une heure passe. Voici Arenda, enfin. Il entre, s'excuse d'avoir fait attendre son visiteur :

« Je vous ai demandé de venir en dehors de la Casa. Ces armateurs sont pusillanimes. Moi, je pense que votre idée peut réussir. Je serais prêt à vous aider à monter votre expédition, à en rassembler le financement dans des conditions dont nous pourrions convenir. (Il précise :) À titre privé. »

Des trois interlocuteurs de la veille, le plus âgé, le mieux pourvu en titres et en pouvoirs, se révèle le plus audacieux. Pressé de questions, Magellan est contraint de préciser ses intentions. Il dévoile les secrets qu'il a surpris, affirme avoir vu à Lisbonne, sur les cartes de la Casa da India, le *paso* qui lui donnera accès à l'autre mer.

Arenda est riche, très riche. Sans doute sa fortune ne lui paraît-elle pas suffisante encore. Dans ce visage ridé, le capitaine surprend une expression d'avidité et dans les petits yeux dépourvus de cils, bordés de rouge, un peu larmoyants, brille une lueur qui ne trompe pas, celle de la cupidité. Mais peu importe au marin. Il est prêt à tous les arrangements. Partir. Réussir le tour du monde. Partager les bénéfices s'il est nécessaire. Se garder la gloire.

Le vieillard interroge. Il veut connaître les détails, le nombre de navires nécessaires, les besoins en hommes, en matériels, en vivres, la durée de l'absence. Avec Barbosa, Magellan a déjà dressé un inventaire, chiffré un budget. Juan de Arenda se tait. Le marin respecte son mutisme. Il laisse son vis-à-vis estimer la dépense, les chances, les espoirs. Certaines expéditions aux Indes, il le sait, ont rapporté en un seul voyage, tous frais payés, six fois la mise. Celle-ci pourrait être plus bénéficiaire encore. Et quelles perspectives si l'Espagne, écartée des richesses des Indes par le traité de Tordesillas, parvenait à en reconquérir une large part grâce à l'accès aux îles les plus productrices d'épices…

« Désormais, conclut Arenda, considérez-moi comme votre associé. »

L'accord de principe demeure vague, mais Magellan est trop heureux pour demander à son interlocuteur d'en préciser les conditions. Le notable ajoute :

« Pour mettre toutes les chances de notre côté, il faut obtenir le patronage du roi. »

En fonctionnaire inquiet, soudain, d'avoir pris à son compte une entreprise qui devrait relever de la Casa qu'il dirige, Juan de Arenda se dit qu'un parrainage royal faciliterait l'armement des navires, le recrutement des capitaines et fournirait peut-être même une bonne partie du financement. Reste à convaincre le souverain.

*

Comme il s'y était engagé, Fernand de Magellan adresse un message à Ruy Faleiro. Sans tout lui conter, il évoque ses espoirs, conseille à l'astronome de le rejoindre au plus vite.

En attendant l'arrivée de Faleiro, c'est avec autant d'enthousiasme que de discrétion que se réunissent, autour de Juan de Arenda, Magellan, Dom Diego et son fils Duarte. Ils dressent des listes de vivres, d'équipements, d'instruments de navigation, de bimbeloteries pour les sauvages de rencontre. Ils discutent de longues heures sur la flotte à rassembler, les équipages à constituer. Les financiers s'efforcent de chiffrer les prétentions des hommes de mer.

Deux mois après son arrivée à Séville, le 28 décembre 1517, à l'église Santa María de la Victoria, Fernand de Magellan épouse Beatriz Barbosa. Les *velaciones*, la prise du voile blanc par la jeune fille, sont célébrées de façon intime, sans ces longues festivités qu'aiment les riches Espagnols.

Faleiro est arrivé quelques jours avant le mariage, pestant contre les mauvais chemins, le froid, la fatigue, les risques qu'ont encourus les précieux documents de navigation et les instruments dont il a chargé l'une de ses mules. Mis au courant des démarches effectuées, l'astronome est devenu furieux : n'était-il pas convenu, hurle-t-il, que Magellan n'entreprendrait rien en dehors de lui, le savant ? Qu'il ne révélerait rien de leur secret ? Avec calme, Magellan attend que retombe la colère de son bouillant associé.

Plus important est l'établissement d'un document qui présente tous les arguments aptes à convaincre. Une recrue de poids est venue renforcer l'équipe : l'homme d'affaires Cristobal de Haro. Propriétaire avec sa famille de la banque allemande Fugger, le financier possède à Lisbonne un établissement. Ses navires marchands cinglent vers l'Orient et, grâce aux rapports de ses capitaines et de ses pilotes, il sait tout ou presque. Par ses informateurs, il n'a rien ignoré des sollicitations et des déboires du capitaine Fernão de Magalhães. Il connaît la teneur des messages expédiés par Serrão à Goa, à Lisbonne, qui recommandaient de renforcer l'installation des Portugais aux Moluques par l'envoi de troupes, la construction de forts, la création de comptoirs. Comme Magellan, il a déploré les courtes vues de Manuel. Cristobal de Haro a aussi un compte personnel à régler avec le roi : un pirate portugais, Estevão Yusarte, avait attaqué et coulé seize de ses navires sur la côte de Guinée. Cristobal de Haro a protesté auprès du souverain, a réclamé d'être indemnisé. En vain. Puisque ces Portugais ne comprennent pas où se situe leur intérêt, il soutiendra Magellan auprès des Espagnols. L'homme d'affaires peut aussi obtenir l'aide des puissants financiers que sont Welser, Fugger, et faire appel, si c'était nécessaire, aux banquiers vénitiens.

Avec ses arguments, le document est prêt à être soumis au roi. Duarte en a assuré la rédaction et Arenda n'a pas craint de s'engager en y apposant sa signature. Le directeur de la Casa de Contratación, en raison de son âge, voyage avec lenteur, et se met en route le premier. Il s'est fait précéder de messagers porteurs de billets annonçant sa venue et celle de Magellan, dévoilant déjà toute l'importance du projet qu'ils proposent.

Le souverain, dit-on, est influençable. Ici, à Séville, on

ne connaît guère ce jeune homme : à quatre ans, à la mort de sa grand-mère Isabelle, il a hérité de la couronne de Castille. Il est resté en tutelle en Flandre, où il est né. Voici juste trois ans, il a été émancipé. Le grand-père du jeune roi Charles Ier, Ferdinand d'Aragon, a disparu l'année suivante, le 23 janvier 1516. Jeanne, sa fille, aurait dû lui succéder. Mais celle-ci est folle : depuis la mort de son mari bien-aimé, Philippe le Beau, elle vit enfermée, couche sur le sol, se vêt pauvrement. Malgré les sollicitations, elle a refusé d'abdiquer en faveur de son fils. Celui-ci reste indécis : doit-il conquérir sa couronne par la force ? Son principal conseiller, Guillaume de Chièvres, a décidé d'agir. En grand secret, il a armé une flotte de quarante vaisseaux rassemblés dans un port de la mer du Nord sous la devise de Charles Ier, *Non plus ultra* (Rien de mieux). Après de longs préparatifs, il a convaincu Sa Majesté de quitter les brumes du Nord. Mais les vents contraires rivaient les navires au port. Excédé par cette attente, Charles a fait acte d'autorité et ordonné que la flotte appareille. Non sans conséquences : au milieu du golfe de Gascogne, les nefs ont été malmenées par la tempête. Plusieurs vaisseaux ont sombré, entraînant dans la mort cent cinquante hommes, douze damoiselles et, plus grave aux yeux de Charles amoureux de ses chevaux, la totalité de l'écurie royale. Les rescapés, que le coup de suroît a empêché d'atteindre Santander, ont débarqué à Villaviciosa, modeste port de pêche de la côte asturienne. Le jeune roi a dû coucher sur une botte de paille.

Ceux qui reviennent du León racontent la très lente progression de la petite troupe. Le nouveau roi d'Espagne découvrait son peuple, s'arrêtait dans les villages, recevait les ovations, participait aux fêtes organisées en son honneur, appréciait que de jolies filles viennent, en cortège, à la rencontre du jouvenceau que l'on disait fort amateur du sexe faible. Deux mois après son arrivée dans son royaume, le 18 novembre, le souverain, alors âgé de dix-sept ans, a fait son entrée à Valladolid : vêtu d'un manteau de brocart d'or, d'argent et d'écarlate, coiffé d'un béret de velours noir d'où pendait une énorme perle soutenue par un rubis, accueilli par une population enthousiaste, le roi est passé sous des arcs de triomphe, son palefroi piaffant sur des tapis de fleurs. Depuis lors, dans la cité aux rues tortueuses, ce ne sont que fêtes, bals, défilés, tournois, joutes et courses de taureaux. C'est dans cette ville du Nord où il réside pour le moment qu'il faudra aller présenter la requête.

Le 20 janvier, Magellan suivi par Enrique et Ruy Faleiro accompagné par son frère Francisco se sont mis en route pour Valladolid. Juan de Arenda a donné rendez-vous aux Portugais dans une auberge à Medina del Campo, quelques lieues au sud de la ville. Lorsque les voyageurs se trouvent réunis, Arenda joue les fastueux, se veut l'hôte du marin et de l'astronome, règle toutes leurs dépenses, les invite à sa table. Ce n'est qu'une manœuvre. Avant même la fin du repas, Juan de Arenda dévoile ses prétentions : il a noué des amitiés, échangé des missives. Il prétend s'être fait un allié d'un conseiller dont l'influence pourrait être décisive, le très savant Juan Rodríguez de Fonseca, évêque de Burgos.

« Mais auparavant, il reste un détail à régler », précise-t-il, l'air cauteleux.

Le détail n'est pas mince : Arenda réclame la cinquième partie de ce qui sera découvert. Faleiro, soutenu par son frère, s'indigne, propose le dixième. La nuit entière, le directeur de la Casa et l'astronome s'affrontent. La discussion est âpre, sordide parfois, pour partager des richesses qui ne sont encore que des espérances. À l'aube, les deux hommes, épuisés, ne sont toujours pas parvenus à un accord. Arenda décide pourtant :

« Je vous soutiendrai. Nous finirons bien par nous entendre. »

Si Ruy Faleiro est avide d'échapper enfin à l'extrême pauvreté dans laquelle il se débat, Fernand de Magellan jouit désormais de l'aisance que lui a procurée la dot de Beatriz. L'astronome revendique la moitié de l'éventuel bénéfice de l'expédition : n'est-ce pas ce dont ils étaient convenus lors de leur association, à Lisbonne ? Le marin rappelle que Colomb s'est voulu « amiral de toutes les îles et terres découvertes ou acquises pour sa vie durant et après sa mort pour tous ses héritiers et perpétuellement ». Le Génois avait reçu le titre de vice-roi et gouverneur, bénéficiaire du dixième de toutes les richesses que les terres nouvelles produiraient.

« Obtenons d'abord l'accord du roi », objecte Arenda.

Bien avant leur arrivée à Valladolid, Arenda a multiplié les démarches pour obtenir une audience de Charles Ier. Dès le 23 février, le roi a reçu, de façon brève, Magellan, Faleiro et Arenda. Ceux-ci attendent maintenant une véritable réunion. Le soir, lorsqu'il revient d'un ministère ou d'une conversation avec l'une de ses relations, Arenda rapporte à Magellan et Faleiro les ragots qui circulent à la cour : le souverain qui, voici deux mois, a fêté son dix-huitième anniversaire est un gros mangeur. Il lui faut, chaque matin, une écuelle de jus de poule additionné de sucre, de lait et d'épices. Puis il se rendort. À midi, il dévore toute une variété de plats, prend une collation après vêpres, dîne à une heure de la nuit. Il achève ses repas par de grandes quantités de confitures et, entre les repas, mange beaucoup de fruits. Toutes ces sucreries ont fini de gâter ses dents déjà fort mauvaises et, prévient Arenda, sauf le respect dû à Sa Majesté, sa bouche empeste.

« Une haleine de lion ! » disent ses familiers.

Le Sévillan s'est efforcé de rencontrer les conseillers du roi, son ancien précepteur Guillaume du Croy, un vieillard assoiffé de pouvoir, le grand chancelier Jean Sauvage, un homme loyal et de bon sens, l'évêque Hadrian, doyen d'Utrecht, moine fanatique de médiocre naissance qui, à force d'intrigues, s'est hissé jusqu'à l'épiscopat. À chacun d'eux, Juan de Arenda a fait tenir le rapport rédigé par Duarte. Il en a adressé aussi un exemplaire à Fonseca, l'évêque de Burgos, un homme aux vues plus larges que celles des Flamands. Ce sont eux qu'il faudra convaincre. Et, par-dessus tout, le souverain lui-même. Encore faudrait-il obtenir une véritable audience. À chaque demande, le représentant de la Casa de Contratación est invité à patienter : Sa Majesté est à la chasse, essaye de nouveaux chevaux, est à la messe, à vêpres, au bal, au tournoi, il se repose, peut-être en compagnie d'une dame, jeune ou moins jeune, servante ou noble ; le jeune homme n'est pas bégueule et prend qui lui plaît.

La grande affaire, surtout, est de préparer les Cortes. Déjà, le malin Chièvres a rendu visite à Jeanne la Folle, lui a présenté ses enfants, Charles le taciturne, son frère cadet Ferdinand le primesautier et a enfin obtenu son abdication. Il reste à s'assurer l'adhésion des Cortes. La réunion a lieu le 15 mars. Face à l'assemblée, le roi jure de respecter les privilèges accordés à ses membres. Les notables ont rédigé un cahier de vœux en quatre-vingt-huit articles. Charles Ier consent à tout, notamment à ce qu'aucune charge ne soit confiée à un étranger.

Ce sont vaines promesses, mais régner sur toute l'Espagne vaut bien quelques parjures. Guillaume de Chièvres, le plus proche conseiller du souverain, reçoit le titre fort lucratif de Contado Mayor de Castille, assorti du privilège de distribuer les offices des Indes. Même si ce Bourguignon cupide et d'esprit mesquin ne connaît rien à l'Espagne, il a su s'attirer la gratitude du roi : à Malines, il l'a soigné lorsqu'il était malade, couchant dans sa chambre, recevant les confidences de cet enfant malingre, mélancolique, orphelin d'un père tôt disparu et d'une mère démente.

Tandis que se nouaient ces intrigues de haute politique, l'évêque de Burgos a consulté les documents qui lui ont été présentés. Il a reçu Magellan. En savant passionné par la science nautique, il lui a posé cent questions sur l'expédition, les navires qu'il faudrait armer, les hommes à recruter, sur les approvisionnements, les sommes à investir. Il a vite compris tout l'intérêt financier d'une entreprise qui placerait les Moluques et leurs immenses ressources sous l'obédience de l'Espagne.

Enfin, au lendemain de la réunion des Cortes, un messager se présente à l'auberge où logent Magellan, Arenda et Faleiro :

« Sa Majesté vous accordera audience demain après vêpres. »

Pour entendre ce capitaine portugais, le roi s'est entouré de plusieurs conseillers : trois Flamands à l'air rébarbatif, Son Éminence l'évêque d'Utrecht, le vieux précepteur Guillaume du Croy, le fidèle Jean Sauvage et l'évêque de Burgos, dont l'opinion pourrait être déterminante : il s'était opposé naguère à l'expédition des trois caravelles de Colomb. Il en garde du remords. L'évêque est aussi un farouche adversaire du Portugal, un ardent défenseur des intérêts de l'Espagne, une intelligence ouverte à l'esprit de conquête.

Ses précepteurs ont appris au roi le flamand, l'allemand, le français et ont négligé de lui enseigner l'espagnol. C'est donc en latin que Magellan est contraint d'exposer son projet. Déjà maladroit lorsqu'il lui faut s'exprimer en public, le marin est en outre handicapé par la contrainte d'une langue qu'il pratique rarement. Il lui faut pourtant convaincre. Fort de son apprentissage de page, il s'incline devant Charles Ier, baise sa main avant d'oser lever les yeux sur l'homme qui, si jeune, tient son destin entre ses mains. Les cheveux raides, le long menton imberbe, le teint pâle, la bouche aux grosses lèvres entrouverte, le visage sans expression, le souverain se tient droit, silencieux, attentif, fixant sur le marin le regard de ses yeux globuleux. Conscient de l'intérêt que manifeste Sa Majesté, Magellan s'anime, s'adresse aussi à Fonseca dont il connaît l'influence. Il utilise un argument à ses yeux décisif :

« Si l'affaire réussit, tout le commerce portugais passera dans les mains de l'Espagne.

— Comment pouvez-vous être certain que les Moluques, dont vous nous vantez les ressources, dépendent des longitudes que Sa Sainteté a attribuées à l'Espagne ?

— Ces îles se situent entre deux degrés et demi et quatre degrés de longitude Est.

— Comment pouvez-vous l'affirmer ? »

Faleiro prend la parole :

« Ma méthode pour le calcul des longitudes permettrait aussitôt de déterminer si, contre toute attente, on se trouvait devant un territoire appartenant à nos rivaux. »

Magellan renchérit :

« Si Votre Majesté m'accorde les navires et les marins, je montrerai le chemin vers ces îles sans toucher nul pays, nulle terre qui soit au Portugal. Parvenu dans les îles aux épices, je nouerai des alliances au nom de Votre Majesté. »

Afin de forcer la conviction de son auditoire, le capitaine appelle Enrique. Il clame :

« Telle est ma preuve : cet homme que j'ai acquis à Malacca, je le reconduirai dans son pays. Voici par quel chemin. »

L'esclave a apporté le globe terrestre construit par Pedro et Jorge Reinel, sur lequel figurent les rivages connus ou imaginés, les continents dessinés, colorés, l'Amérique et, derrière elle, tout proche, l'Orient. Le capitaine pose la main sur l'extrémité du Nouveau Monde, se redresse :

« C'est par ici que je passerai. Je doublerai le cap Santa Maria et je longerai la côte jusqu'à trouver le passage.

— Quelle est la position exacte de ce passage ?

— C'est mon secret. »

Un silence accueille cette déclaration. Les trois Flamands haussent les épaules et, renfrognés, ne cachent guère leur hostilité. Magellan insiste :

« Le passage m'est connu. À Lisbonne, j'ai eu accès aux documents les plus confidentiels, aux cartes, aux travaux des géographes les plus savants. »

Ultime argument, il présente la lettre que lui a écrite son ami Francisco Serrão et conclut :

« La réussite de mon expédition laissera dans l'ombre toutes les découvertes de Vasco de Gama. »

Le roi a observé les interlocuteurs, s'est penché sur le globe, a écouté les explications de ce capitaine énergique et sûr de lui. Il a été impressionné par l'autorité et la compétence de l'homme de mer. Chacun se tait et attend. Charles Ier médite, réfléchit, rêve à la grande aventure que ces Portugais viennent de faire vivre devant lui. Il dit enfin :

« Mon appui vous est acquis. Votre proposition écrite sera favorablement examinée. »

Le 22 mars 1518, l'accord qu'ont préparé Fonseca et Arenda est prêt. Dans la salle du conseil, Charles Ier signe le document :

« *Étant donné que vous, Fernão de Magalhães, chevalier natif du royaume du Portugal, et Ruy Faleiro, bachelier, également natif de ce royaume, vous proposez de Nous rendre un grand service dans les limites de la zone de l'océan qui Nous a été attribuée, Nous ordonnons que l'accord suivant soit conclu avec vous dans ce but : vous disposerez pendant dix ans d'un droit exclusif d'exploitation de la route que vous aurez ouverte. Il vous sera accordé un vingtième de tous les revenus tirés des territoires que vous découvrirez, dont vous prendrez pour vous-mêmes et vos héritiers le titre de gouverneur et vous conserverez la libre exploitation de deux îles si vous en découvrez plus de cinq.* »

Afin d'éviter tout heurt avec le roi du Portugal, toute allusion à l'attribution des Moluques à l'un ou l'autre des royaumes est évitée avec soin et la mission confiée à la flotte n'a pour objectif que de chercher un passage vers la mer du Sud. Le document, la *Capitulación*, stipule encore que Magellan est nommé Amiral et Capitaine général d'une flotte de cinq navires au salaire annuel de cent quarante-six mille maravédis et précise : « *Tous les fonctionnaires du Royaume d'Espagne, du plus grand au plus petit, doivent vous accorder en tout et pour tout l'aide dont vous pourrez avoir besoin.* »

Le cupide Juan de Arenda ne s'est pas oublié : Magellan a transigé et accordé à l'Espagnol un huitième des bénéfices. Au demeurant, l'appui du directeur de la Casa de Contratación a été précieux et l'essentiel n'est-il pas désormais que l'expédition, très vite, hisse ses voiles vers les mers inconnues ?

3

Préparatifs

Au travail ! Après six ans d'inactivité forcée, de démarches, palabres, discussions, échecs et contretemps, Fernand de Magellan est revenu de Valladolid avec une énergie décuplée par la perspective d'un prochain appareillage vers l'aventure.

À Séville, les hauts fonctionnaires, vexés que le roi ne les ait pas consultés avant de prendre sa décision, ne montrent aucun zèle à aider le capitaine général dans ses préparatifs. Magellan est contraint à solliciter à nouveau l'appui du souverain. Le jeune roi est parti pour un long voyage à travers sa province d'Aragon, se complaît en tournois, fêtes, banquets, chasses et chevauchées, abandonne à Chièvres un pouvoir absolu, ne manifeste aucunement sa volonté de régner. Sur son écu est inscrit : NONDUM (Pas encore). Charles Ier se passionne pour les montres, les pendules, les horloges et son principal souci semble être de veiller à ce que toutes sonnent en même temps. Est-ce indifférence ou cache-t-il, par calcul ou timidité, ses ambitions ? Lorsque Magellan et Faleiro le rejoignent à Saragosse, les deux Portugais sont fort bien reçus. Le roi les décore de l'ordre des chevaliers de Saint-Jacques, renouvelle ses injonctions auprès de la Casa de

Contratación, autorise l'affectation de six mille ducats prélevés sur l'or qui arrive des Indes occidentales.

Enfin, au mois d'octobre, Arenda annonce :

« Voici vos cinq navires. »

Le directeur de la Casa de Contratación, s'il a respecté les instructions données par le roi, a démontré à nouveau sa mesquinerie : le capitaine général est saisi d'une grande colère lorsqu'il examine les *naus* qui lui sont allouées pour affronter les difficultés extrêmes de l'expédition. Ces vaisseaux ont déjà beaucoup navigué. Les coques sont fatiguées, les bordés disjoints crachent leur étoupe, dans certaines planches mangées par les tarets le couteau entre sans résistance, les pavois s'affaissent, les gouvernails jouent dans les fémelots rongés par la rouille. Les gréements sont relâchés, les voiles pourries par l'humidité. Aux protestations indignées de Magellan, Arenda rétorque :

« Tous les navires disponibles viennent d'appareiller avec la flotte dirigée par Cortés. Les autres sont requis pour des expéditions vers Darien et le Moyen-Orient. C'est tout ce que j'ai pu trouver. Il faudra vous en contenter ou différer votre voyage. »

Le nouvel amiral tourne le dos, sans répondre. Duarte avait raison de le prévenir contre ces bureaucrates ladres, tatillons, prévaricateurs. Puisque les Espagnols lui imposent ce défi, lui, Magellan, le relèvera ! Il se souvient de l'échouement aux Laquedives et comment, sous son impulsion, la cargaison du vaisseau endommagé a été sauvée. Il n'a pas oublié la jonque qui menaçait de couler et dont il a aveuglé la voie d'eau.

À Séville même, les moyens de radoub sont médiocres. Les cinq navires, *Trinidad*, *San Antonio*, *Concepción*, *Victoria* et *Santiago* sont conduits à San Juan de Aznalfarache, à trois lieues en aval de la ville, où, dans une boucle du fleuve, à l'abri du courant, est installé le principal chantier. Le Portugais recrute les charpentiers, les calfats, les gréeurs, les voiliers. Lui, si médiocre diplomate, se mue en séducteur afin de convaincre les corporations de récente création, les forgerons groupés sous le patronage de saint Éloi, les charpentiers qui se réclament de saint Joseph. Beatriz attend un enfant et lorsque, dès l'aube, Fernand quitte la Casa Barbosa, il s'efforce de ne pas troubler le repos de sa chère épouse. Sur les quais du Guadalquivir, il bouscule les flâneurs et se dirige vers la petite galère où l'attendent ses rameurs, et, à son bord, va de l'une à l'autre de ses nefs pour accélérer les préparatifs. Le travail à accomplir est immense. Mais, il est bien forcé de le constater, rien n'avance aussi vite que le souhaiterait son impatience. Magellan enrage devant la mollesse d'ouvriers nonchalants, et pire encore, face aux traquenards que lui tendent les fonctionnaires.

La faveur que l'amiral a obtenue du roi indispose les bureaucrates. Ses constantes interventions bousculent leurs habitudes de douillette somnolence. Fort de son bon droit, Magellan ordonne, exige, n'admet aucune excuse, n'accepte nul atermoiement. Pour qui se prend-il, cet étranger ? Si Séville ne lui convient pas, qu'il retourne à Lisbonne ! Avec la complicité de Recalda, le nouveau contrôleur de la Casa, si hostile que le capitaine général le soupçonne d'avoir été acheté par les Portugais, les gestionnaires et les intendants multiplient les obstacles, allongent les délais, opposent leur force d'inertie.

Magellan, isolé, ne peut guère compter que sur le soutien de son beau-père, de son beau-frère, de ses concitoyens Álvaro de Mesquita ou João de Carvalho. Son bonheur est de sauter dans sa barque, en aval du pont de bateaux qui franchit le Guadalquivir. Il salue ses marins, gagne le chantier. Malgré tout, la remise en état progresse sur les navires abattus en carène. Avec plaisir, il écoute le tintement des marteaux qui clouent les bordés de bon bois, le son des maillets sur les fers à calfat, hume l'odeur du brai coulé entre les lattes des ponts, respire le parfum du chanvre. Le couinement des poulies en buis sur lesquelles coulissent les drisses témoigne que les gréements s'achèvent. Les mois passent, mais le capitaine général ne tolère aucun compromis et tient à rendre les vieilles coques aptes aux plus sévères navigations.

Les difficultés ne se limitent pas aux retards sur le chantier ni à la mauvaise volonté des bureaucrates. Par les caboteurs qui trafiquent entre Séville et Lisbonne, la cour du roi Manuel a très vite su que le capitaine éconduit avait obtenu le patronage du nouveau roi d'Espagne. Les savants de la Casa da India n'avaient eu aucune peine à deviner le but de l'expédition qui se prépare.

Álvaro da Costa, l'ambassadeur du roi Manuel, a rendu visite à son compatriote Dom Diego Barbosa et a rencontré Magellan :

« Revenez à Lisbonne. Votre roi vous y attend.

— Mon roi, désormais, s'appelle Charles Ier.

— Vos souhaits seront tous comblés. Que désirez-vous ?

— Rien que je n'aie.

— Les Espagnols se moquent de vous, ils vous ont alloué de vieux navires, incapables de traverser un océan. À Lisbonne, vous bénéficierez de vaisseaux neufs, des meilleurs capitaines, des marins les plus expérimentés. Le roi est disposé à vous accorder le titre d'amiral, des avantages matériels bien supérieurs, un plus haut titre de noblesse. »

Les efforts de séduction du diplomate se heurtent au silence méprisant du marin. À défaut de convaincre, Álvaro da Costa tente l'intimidation, ose des menaces. L'amiral reste inflexible. Il jette un bref :

« Trop tard ! »

Dans son rapport, l'ambassadeur avoue au roi l'échec de sa démarche. S'il décrit Magellan comme un homme intelligent et compétent, le diplomate se montre plus sévère à l'égard de Faleiro qui, à son avis, est à moitié fou. Sa missive suggère de rappeler le marin à Lisbonne. Le roi réunit son conseil. Ceux qui naguère avaient accueilli avec dérision les projets de ce Magalhães crient maintenant à la trahison. Vasco de Gama, le plus virulent, reproche au souverain de ne pas l'avoir décapité lorsqu'il était à portée de hache. D'autres proposent de payer des spadassins pour l'assassiner. Le roi ordonne que les armes de la famille soient détruites sur la Quinta de Souta. En même temps, il envoie ses instructions : son représentant à Séville doit tout faire pour que l'expédition échoue ou s'accomplisse sous pavillon portugais. Après tout, l'idée de ce mal embouché n'était pas si stupide !

L'ambassadeur tente d'utiliser l'arme de la diplomatie : il demande audience à Charles Ier. Son propos est riche de sous-entendus fielleux sur la valeur du marin, ses échecs, son passé de petit capitaine, les soupçons qui ont pesé sur lui. Il argue des bons rapports entre les deux couronnes, des projets de fiançailles entre Eleonor, la sœur du jeune roi, et Manuel, veuf pour la seconde fois :

« Même si la réussite de l'entreprise paraît bien douteuse, mon souverain regretterait que le voyage projeté par un Portugais s'accomplisse sous un autre pavillon que celui de sa nationalité, surtout pour se rendre dans des îles que le pape a dévolues à mon pays. »

Le roi d'Espagne feint d'écouter avec distraction le langage de l'ambassadeur et Magellan ne cède ni à la séduction ni aux menaces. Reste la perfidie.

L'ampleur des préparatifs nourrit les rumeurs dans cette ville de cinquante mille âmes toute tournée vers son port et les expéditions qui en assurent la richesse. Vers quelle destination iront ces cinq navires que l'on arme à grands frais ? Qui est cet amiral débarqué de son Portugal ? Les bruits courent, inspirés par les hommes à la solde de da Costa, amplifiés par les mauvaises langues, grossis par les jaloux. Ce Magellan est un coquin, un charlatan. Le jésuite Maffei prétend avoir reçu, de ses confrères à Lisbonne, des informations inquiétantes. Il affirme :

« Ce capitaine a plus de présomption que de mérite. »

On dit aussi — mais que ne dit-on pas ? — que Magellan prépare une trahison : une fois l'expédition en mer, lui-même et les Portugais dont il s'est entouré hisseront sur les navires le pavillon de leur pays, contraindront toute la flotte à naviguer pour la gloire de leur roi Manuel. Face à ce travail de sape, Magellan ne peut guère compter sur Juan de Arenda : depuis la livraison des navires en piteux état, les rapports entre les deux hommes sont tendus. L'amiral ne s'adresse plus au directeur de la Casa que par l'intermédiaire de Duarte ou de Dom Diego. Il traite par le mépris les critiques, les allusions sournoises : il n'a pas de temps à perdre. Il décide. Il tranche d'une voix brève, impose sa volonté d'un ton sans réplique.

Juan de Arenda a une bonne raison pour ne plus guère accorder son aide à Magellan : le Conseil supérieur des Indes a découvert que le directeur avait exigé un pourcentage sur les bénéfices de l'expédition. Accusé d'avoir abusé de sa position, le directeur a été contraint à l'annulation du contrat qu'il avait discuté pied à pied.

*

Aux intrigues et aux calomnies, Magellan répond par le silence et l'orgueilleuse confiance qu'il place dans son destin. Il a hissé sa marque sur *Trinidad.* Ce vaisseau jaugeant cent dix tonneaux n'est pas, avec ses soixante pieds de long, le plus gros de la flottille, mais, en marin averti, le capitaine général en a décelé les capacités de vitesse, supérieures à celles du *San Antonio*, le plus grand, avec ses cent vingt tonneaux, plus prestigieux sans doute, mais probablement plus pataud. En remorque, *Trinidad* a quitté Cadix où il a été acquis, a gagné Séville. Amarré le long d'un quai, le navire échoue au gré des marées. Le 22 octobre, à trois heures du matin, Magellan est à bord, avec l'un des pilotes, Rodríguez de Mafra : dès que la nef soulagera au moment du flux, il la conduira au chantier. Malgré l'heure matinale, des badauds observent la manœuvre. Soudain, un homme ameute la foule :

« Regardez le pavillon qui flotte en tête de mât. C'est celui du Portugal ! L'amiral trahit l'Espagne ! »

Magellan connaît celui qui clame son indignation : c'est le senhor Sebastião Álvares, consul du Portugal à Séville. Sans rien perdre de son calme, le marin explique :

« Il s'agit de mon pavillon personnel, car c'est à bord de ce vaisseau que je commanderai l'expédition. »

Mais les justifications de Magellan se perdent dans les cris. Quelques excités cherchent à monter à bord afin d'arracher l'enseigne honnie. Les marins répliquent à coups de barres d'anspect. Les officiers du port, comme satisfaits de l'altercation, laissent se développer l'échauffourée. Magellan, avec un sang-froid qui impressionne les adversaires, se place entre les belligérants, modère leurs ardeurs, domine la rixe. Enfin, pour mettre fin à l'incident, il ordonne d'amener le pavillon litigieux.

À nouveau, l'amiral écrit au roi, se plaint des manœuvres qui entravent la préparation de l'expédition. Le même messager, au galop de ses chevaux de relais, apporte la réponse de Charles Ier : Sa Majesté tance les officiers, rappelle qu'il soutient l'entreprise, élève le capitaine général au grade de commandeur dans l'ordre de Saint-Jacques, invite chacun à aider le chef qu'il a désigné. La semonce ne contribue guère à la popularité de Magellan parmi les fonctionnaires du port contraints, de mauvais gré, à respecter la volonté du souverain.

Après avoir beaucoup voyagé dans ses provinces, au mois d'octobre, Charles Ier s'est installé à Barcelone. Le fidèle Jean Sauvage a succombé à l'épidémie de typhus qui sévit sur le nord de l'Espagne et Sa Majesté a désigné, pour le remplacer, l'Italien Gattinera. Cet humaniste ouvert aux notions d'Empire encourage le roi à diriger seul ses pays et ses peuples. Sous ses dehors timides, son apparente indifférence, le jeune souverain dissimule sa volonté de puissance. Avec le romantisme de ses dix-huit ans, il se passionne pour l'expédition. Son parrainage a été l'une de ses premières grandes décisions. L'aventure le captive. Il ne laisse à personne le soin de rédiger le règlement de soixante-quinze articles qui régira l'entreprise. Le document définit les droits et les devoirs des officiers et matelots, stipule la fréquence des offices religieux, précise quels signaux seront employés. Le souverain ne néglige rien, ni la composition des équipages en cas de descente à terre ni la façon de traiter les indigènes. Le règlement envoyé à l'amiral donne même des instructions sur la façon de jeter l'ancre, recommande de laisser le libre accès aux pompes. Les matelots ne doivent ni jurer, ni blasphémer, ni jouer aux cartes, ni porter la main sur les femmes de rencontre, mais agir en bons chrétiens. Soucieux du sort de chacun, Sa Majesté accorde aux pilotes et aux maîtres des privilèges semblables à ceux des nobles. Pendant l'absence de Magellan, son salaire sera versé à son épouse Beatriz. Très fier de son mémoire, le roi en fait tenir une ampliation aux archives de Séville.

*

Plus important sans doute : Charles Ier a signé les nominations qui lui ont été proposées. Chacun savait, à la cour, que Sa Majesté s'intéressait de fort près à l'entreprise. Y participer attirerait sur soi l'attention. Les intrigues se sont multipliées. Avec habileté, Fonseca, à qui avait été déléguée la désignation des capitaines, a manœuvré. Les capitaines ont été sélectionnés parfois à l'ancienneté, souvent en démontrant leur dévouement aux intérêts de l'archevêque. Rusé, prudent, le prélat de Burgos se garantit ainsi contre les menées des Portugais. Les capitaines, les trésoriers, les intendants affectés au service de Magellan surveilleront cet amiral venu de l'étranger et de petite noblesse. Ils ont même pour instruction secrète de le déposer et de prendre le contrôle de la flotte dès que son rôle ne sera plus indispensable.

Gaspar de Quesada commandera *Concepción*, un navire de quatre-vingt-dix tonneaux. Gaspar de Quesada est un petit bonhomme ventripotent de plus de cinquante ans, qui doit son prestige à sa participation, voici plus de dix ans déjà, aux voyages vers les Indes occidentales. À l'annonce de l'expédition, ce capitaine s'est senti saisi par une nouvelle jeunesse, une sorte de démon de midi maritime.

Victoria, avec ses soixante-quinze tonneaux, est un

navire solide et rapide. Avec le petit *Santiago*, a décidé Magellan, il sera chargé des tâches d'éclaireur de la flotte. Le long des côtes, il partira en avant-garde avec une mission d'exploration. L'amiral aurait préféré que son capitaine soit autre que Luis de Mendoza au tempérament orgueilleux, au caractère fourbe, qui, dès les premiers jours, a contesté l'autorité de Magellan, refusant de payer le salaire de l'un des maîtres recrutés par le capitaine général, qui a dû rappeler à l'ordre ce subordonné indiscipliné.

Satisfaction pour Magellan, si chargé de soucis, *Santiago* sera commandé par un pilote expérimenté, João Serrano.

San Antonio, avec ses cent vingt tonneaux, ses soixante-dix pieds hors tout, est le vaisseau le plus prestigieux de la flotte. Fonseca y a fait nommer un sien cousin, Juan de Cartagena, officier de la garde royale, grand d'Espagne jouissant de toute sa confiance. Le capitaine du *San Antonio* reçoit le titre de Veedor qui lui confère un rôle d'inspecteur général de la flotte, est en outre nommé Conjunta Persona, une appellation aux contours imprécis : sa mission de représentant du roi fait de lui une sorte de vice-amiral. Il exercera son contrôle sur Magellan, sera en pratique son égal, et prendra le commandement de la flotte si les circonstances l'exigent. La forte position de Juan de Cartagena est confirmée par les salaires qui lui sont alloués : soixante-dix mille maravédis comme Veedor, auxquels s'ajoutent quarante mille maravédis comme capitaine, tandis que sa solde d'officier de la garde royale continue à lui être versée. C'est presque autant que la somme accordée au capitaine général.

Fonseca multiplie les précautions : un homme à lui, Antonio de Coca, devient intendant de la flotte, lui-même accompagné par sept personnes qui vont du simple domestique à un prêtre français, Bernard Calmette.

Sur son propre navire, le capitaine général s'est entouré de Portugais : son beau-frère Duarte, son cousin Alvaro de Mesquita, le pilote Estevão Gomez. Magellan n'ignore pas que Gomez a proposé, voici trois ans, une expédition semblable à la sienne, et que, s'il feint le dévouement, il confie en privé :

« C'était mon idée. Il me l'a volée. »

L'amiral préfère garder à ses côtés ce marin à la loyauté incertaine.

Au moins, espère Magellan, les capitaines ainsi nommés pourront veiller à la préparation de leurs vaisseaux, commencer à recruter les équipages. Mais Juan de Cartagena n'est pas pressé de prendre ses fonctions. Sans s'excuser de son retard, le Veedor réside dans ses terres afin d'y régler ses affaires. Fier de sa noblesse, riche de rentes annuelles de plusieurs millions de maravédis, à la tête d'une cohorte d'écuyers, majordomes, chapelains, maîtres de vénerie, esclaves, le grand d'Espagne souffre de devoir se soumettre aux ordres d'un Portugais de médiocre naissance. Il a délégué la préparation de son vaisseau à son lieutenant, Juan de Elorriaga, un Basque. Chacun sait que les Basques sont de bons marins.

En juillet, un mois seulement avant la date prévue pour l'appareillage, Juan de Cartagena se présente enfin. Le Veedor est un homme grand, mince, le visage allongé prolongé d'une barbe taillée en pointe. Vêtu avec luxe de tissus de prix, suivi par ses domestiques, il toise avec morgue cet homme de petite taille, aux traits grossiers, en costume noir, aux mains robustes de manuel, qu'on lui dit être l'amiral de l'expédition. Magellan ne se laisse pas impressionner :

« Vous m'avez fait attendre, monsieur. Gagnez votre navire et veillez à ce qu'il soit prêt à appareiller à la date que je vous ordonnerai. »

Ainsi, par la volonté de Fonseca, la flotte est soumise à une hiérarchie confuse : les hommes nommés par la Couronne possèdent un rôle de diplomates, de chefs à terre, de responsables financiers, tandis que les pilotes et les maîtres désignés par la Casa sont, grâce à leur compétence, les véritables patrons des navires.

La personnalité de ceux qu'il devra commander dans des mers inconnues n'est que l'un des soucis du Portugais : les préparatifs coûtent cher. L'argent vient à manquer. Luis de Mendoza, chargé de la trésorerie, a sollicité de nouveaux crédits. En vain. Le souverain a d'autres préoccupations : le 12 janvier 1519, l'empereur Maximilien est mort. Charles Ier succédera-t-il à son grand-père ? L'Empire ainsi formé serait d'une formidable puissance, mais François Ier est aussi candidat à cette élection : en lui donnant la couronne des Habsbourg, elle éviterait à son royaume d'être entouré par les terres dépendant du roi d'Espagne. Toutes les ressources d'Andalousie, de Navarre, d'Aragon, de Flandre sont consacrées à acheter le soutien des électeurs. Chièvres refuse d'ajouter aux sept millions déjà alloués à Magellan le million de maravédis qui fait défaut. L'expédition va-t-elle s'arrêter là, faute de pouvoir payer les charpentiers, les gréeurs, les voiliers, l'approvisionnement en vivres, les salaires ? Le soutien du financier Cristobal de Haro sauve l'entreprise. L'homme d'affaires verse plus de sept cent mille maravédis que complète une contribution des banquiers Fugger et Guttiérez.

Comme si toutes ces difficultés ne suffisaient pas, l'amiral doit supporter Ruy Faleiro. Associé dès l'origine à l'entreprise, l'astronome, conseillé par son frère Francisco dont l'influence est désastreuse, se prétend l'égal de Magellan. Le gros homme est fat, bavard, brouillon, se mêle de tout, donne des ordres contradictoires, entre sans cesse en conflit avec l'un ou l'autre. Ses interventions exaspèrent Fernand qui n'admet pas d'autre autorité que la sienne. Il exige du bouillant astronome qu'il s'en tienne à son rôle. Faleiro ronge son frein, médite en secret sa revanche. Tandis que le capitaine général parcourt les chantiers, veille sur tous les détails d'armement, le cosmographe prépare les cartes, les documents, rédige un traité de navigation, veille à la construction des boussoles et des astrolabes. Il est très fier de ses théories, de sa méthode pour déterminer la longitude d'après la variation des boussoles d'un côté à l'autre de l'Atlantique. Il proclame :

« C'est sur moi que repose le succès de l'expédition. Moi seul sais calculer le chemin qui conduit aux Moluques. »

Il a raison. Si Magellan est un marin accompli, les complexités de la navigation astronomique lui échappent. Pour connaître la position de ses nefs sur l'océan, il a besoin de Faleiro, l'insupportable Faleiro avec ses colères et les crises de démence qui, par périodes, lui font perdre la tête.

Un rayon de bonheur éclaire cette période de constantes préoccupations : au mois de décembre, Beatriz donne à Magellan un héritier, baptisé Rodrigo. Et, à coups d'efforts, de soins, d'exhortations, le travail avance sur les navires. Leur remise en état est achevée lorsque, le 19 juin, le roi d'Espagne est élu empereur du Saint Empire romain germanique et prend le titre de Charles Quint. Hélas, l'élection a coûté cher : huit cent mille ducats, plus de deux cents kilos d'or. Rien d'étonnant à ce que Magellan ait dû recourir aux finances des banquiers.

Il reste désormais à recruter les équipages, à trouver

deux cent quarante hommes, pilotes, officiers, timoniers, matelots, gabiers, canonniers, charpentiers, gréeurs, métallurgistes, tonneliers, mais aussi médecins, chapelains, soldats, domestiques, interprètes. La tâche, pense Magellan, sera aisée : tandis que les nobles et les commerçants étalent leur richesse, toute une partie de la population endure une vie misérable. Il ne devrait pas manquer de volontaires attirés par la certitude d'être nourris, payés, même si le salaire est médiocre, avec en outre la perspective de connaître l'aventure et peut-être d'amasser une fortune : les exemples existent, que les rêveurs citent avec complaisance. Pourtant, parmi les marins de profession, personne, ou presque, n'accepte d'embarquer. La rumeur court le port : le capitaine général est dur, exigeant. Et vers quoi, vers où conduira-t-il son escadre ? Les curieux ont découvert que l'on chargeait deux ans de vivres. Les malins racontent que les nefs se dirigeront vers l'autre pôle, qu'elles s'y fracasseront contre les glaces. D'autres affirment que la terre est un disque plat comme une assiette : arrivés à son extrémité, les navires tomberont dans le vide. Les capitaines ont envoyé sans grand succès leurs recruteurs dans les rues de Séville, à Cadix, à Malaga, dans les villages de l'arrière-pays. Ils ont eu beau offrir à boire, promettre la découverte de pays aux fruits juteux, aux filles faciles et aux rues pavées d'or, il a fallu, en désespoir de cause, se rabattre sur la lie des ports pour compléter les équipages, embaucher des hommes appartenant à sept nations, traîne-savates et laissés-pour-compte, gentilshommes de fortune et mutins en quête de rachat, crève-la-faim et gibiers de potence extraits de prison pour la circonstance. Juan de Arenda a limité à trente le nombre de Portugais, de crainte d'une trahison. Précaution inutile : ils ne sont qu'une douzaine dont Magellan puisse être sûr. Les Espagnols sont en minorité et il a fallu recruter des Italiens, des Grecs, des Français, des Irlandais, un Norvégien, Hans, promu artilleur, et un colosse anglais, le connétable Andrew, natif de Bristol. Sans parler d'un nègre et d'un Maure. Équipage de bric et de broc, dont il faudra se satisfaire. La plupart n'ont jamais navigué : la mer, escompte Magellan, en fera des marins.

Au printemps, l'un après l'autre, les navires réarmés ont gagné leur mouillage, face à Séville. Parmi les embarcations les plus diverses, galères de toutes tailles, *saetias*, lanches, chaloupes, gabarres, tartanes, fustes, pataches, *barcos luengos*, les cinq vaisseaux ont fière allure, coques peintes de frais, gréements remis à neuf, égayés par les pavillons qui flottent dans les mâtures. Peu à peu, chacune des nefs reçoit son équipage. Ils sont soixante-cinq hommes sur *Trinidad* que commandera lui-même Magellan avec l'aide d'Estevão Gomez, du premier maître Francisco Albo et de son beau-frère Duarte Barbosa, nommé lieutenant. Même si son tonnage est plus important, le *San Antonio* de Juan de Cartagena est moins bien loti, avec quarante marins, tandis qu'ils sont cinquante sur *Concepción*, quarante-cinq sur *Victoria*, quarante encore sur *Santiago*.

Sous le soleil des mois d'été, les porteurs chargent les approvisionnements que les subrécargues disposent dans les cales. Pour nourrir les équipages pendant une navigation d'une durée incertaine, l'amiral a commandé aux fonctionnaires de la Casa de Contratación vingt et un mille trois cent quatre-vingts livres de biscuit, cinq mille sept cents livres de porc salé, deux cents tonneaux de sardines, neuf cent quatre-vingt-quatre de fromage, mille cinq cents livres de miel, auxquels s'ajoutent les lentilles, haricots, riz, raisins secs, farine. Afin de fournir à chaque homme ses deux rations de vin quotidiennes, les portefaix ont roulé sur les pavés deux cent cinquante-trois tonneaux, ont chargé quatre cent dix-sept outres, sans parler de l'eau douce qui, au dernier moment, emplira barriques et charniers.

Les subrécargues ont dû composer avec la corporation des boulangers, ces *señores monipodios* aux prétentions tyranniques : un quartier de Séville leur est réservé, la Calle del Alhóndiga, dans la Colocación de Santa Catarina. Ils y ont édifié de véritables maisons fortes autour de patios. Dans leurs grandes salles voûtées, ils entreposent la farine, l'orge et le blé que broient les moulins à vent dominant la ville.

Vingt mille clochettes, neuf cents petits miroirs et dix grands pour les chefs, quatre cents douzaines de couteaux allemands, des peignes, des verreries serviront à séduire les sauvages que l'on ne manquera pas de rencontrer. Magellan a même prévu des habits turcs pour impressionner les sultans. Quatre cents livres de chandelles éclaireront les marins pendant les sept cents nuits que pourrait durer l'entreprise.

Duarte Barbosa a été envoyé à Bilbao acquérir un armement puissant : les cinq navires disposent de cinquante-huit canons, trois mortiers lourds, sans oublier les mousquets, le plomb, la poudre, les piques, un arsenal démesuré pour une expédition qui se veut pacifique.

Tout est prévu, ordonné, compté au demi-maravédis près. On n'a oublié ni les tambours ni les tambourins, violons et fifres pour réjouir les équipages et impressionner les indigènes. Au dernier moment, avec le plus grand soin, pilotes et astronomes embarquent les compas et leurs aiguilles, les sabliers, planisphères, quadrants, astrolabes, portulans, et quinze grands livres pour consigner leurs observations et tenir les journaux de bord.

Une foule intriguée observe tout ce mouvement, scrute les navires, évalue le coût de cette flotte, s'interroge sur sa destination. Le mystère subsiste. Magellan a imposé le secret : inutile d'inquiéter les marins dont le recrutement fut si difficile. Malgré les sollicitations pressantes des capitaines et des pilotes, le capitaine général a refusé de révéler la route qu'emprunterait la flotte : la dissimulation est sa meilleure sauvegarde face aux menaces de trahison qu'il soupçonne.

Au moment où s'achève l'armement, où l'amiral peut mesurer le chemin parcouru depuis son retour des Indes et les refus qu'il a subis, contempler la flotte qu'il conduira autour du monde, son autorité est remise en cause. Ruy Faleiro, dans un placet à Charles Quint, revendique le commandement :

« *C'est moi qui, à Lisbonne, dans les documents de la Casa da India, ai découvert le fameux passage, moi qui connais la position des terres. Je sais observer les astres, mesurer leur hauteur, interroger le ciel. Magellan est sans doute un marin, mais c'est sous mes ordres qu'il doit servir.* »

Magellan, informé de la démarche de son associé, ne laisse subsister aucun doute. De la façon la plus abrupte, il clame :

« Ce sera Faleiro ou moi. »

L'archevêque de Burgos, interrogé par le roi, ne tergiverse pas : Magellan doit être le chef de l'expédition. Il possède la compétence, l'énergie, la volonté, même si les relations avec lui ne sont guère aisées. Le souverain se range à l'avis de son conseiller : Magellan assurera le commandement.

Pour sauver la face, l'astronome invoque des soucis de santé : le gros homme, soudain, ne se sent pas bien. Est-il en état de supporter les aléas d'un aussi long voyage ?

Peut-être craint-il aussi que ses belles théories ne se révèlent incapables d'affronter, au large, leur mise en pratique. La sagesse, la prudence lui conseillent de rester à terre. Une astrologue le lui confirme : elle a consulté les planètes. Leur position est défavorable : si Faleiro part, il ne reviendra pas. Le cosmographe hésite : risquera-t-il sa vie ? Abandonnera-t-il une entreprise à laquelle il a consacré tant d'efforts, dans laquelle il a placé tant d'espoirs ? S'il renonce, qui guidera les nefs ? Un remplaçant se présente : l'astrologue Andrés de San Martín, d'excellente réputation. Avec habileté, l'homme feint de solliciter l'enseignement du Portugais, écoute l'exposé de sa méthode. Nommé astronome et pilote royal, San Martín assurera la navigation par les astres.

Un appendice à la réponse de Charles Quint permet à Faleiro de reprendre toute sa superbe : l'astronome portugais commandera la prochaine expédition.

*

« Que me veut-il ? »

À la Casa Barbosa, Magellan se repose au soir d'une dure journée. Il s'amuse avec son fils Rodrigo. Durant les premiers mois qui ont suivi la naissance du bébé, les relations entre le marin et son héritier ont été malaisées. Fernand rentrait tard, exigeait de voir son fils. La nourrice devait réveiller l'enfant, apportait un petit être au visage rouge, qui hurlait à la vue de ce barbu aux traits grossiers et à l'odeur forte. Le bébé a grandi, s'est habitué à la présence de son père : l'homme de mer volontiers rude devient tendre pour jouer avec le bambin. Il retrouve avec plaisir Beatriz. L'épouse soupire. Elle est grosse à nouveau et s'efforce de cacher sa tristesse de voir partir son mari. Elle le savait : le Portugais n'était pas homme à rester à la maison.

« Que me veut-il ? » répète Magellan.

Duarte insiste :

« Cet étranger s'est présenté à la Casa. Il demande à être reçu. »

Un jeune homme mince, élancé, entre dans la pièce. Avec un fort accent italien, il expose son souhait :

« Je sollicite un embarquement dans votre expédition.

— Vous êtes marin ?

— Nullement.

— Alors ? »

Le visiteur explique : il a vingt-huit ans, appartient à une noble famille de Toscane. Il a lu les récits des voyages des Portugais et des Espagnols. Il est venu à Barcelone à la suite du notaire papal Andrea Chiericati, envoyé par Rome en ambassade auprès de Charles Quint. Lors d'une réception, il a osé exprimer au roi tout son intérêt pour l'expédition qui se préparait :

« Je sais, Sire, qu'en naviguant sur l'océan, on voit des choses merveilleuses. »

Sa Majesté a daigné dicter une lettre de recommandation. Le jeune homme tire le parchemin de son pourpoint. L'amiral le parcourt, jette un brutal :

« Pourquoi ?

— Par curiosité. J'aime les voyages, je voudrais connaître des terres nouvelles.

— Les bouches à nourrir sont comptées ! Quel service prétendez-vous me rendre ?

— Je sais bien écrire. Votre expédition mérite que quelqu'un en consigne les péripéties. Je serai votre historiographe. »

Magellan acquiesce. L'Italien lui plaît. Et, maigre

comme il est, un rien doit suffire à le nourrir. Il ordonne à Duarte :

« Inscris-le sur le rôle de *Trinidad*.

— Comment vous appelez-vous ?

— Antonio Pigafetta. »

*

À la fin du mois d'août, les navires sont parés. Le consul Alvares tente auprès de Magellan une ultime démarche :

« Je tiens à vous avertir. Mes espions sont formels : Sa Majesté Charles Quint a donné des instructions secrètes dont vous n'aurez connaissance que lorsqu'il sera trop tard pour votre honneur. »

Magellan se borne à un haussement d'épaules. Pigafetta, en observateur attentif, a remarqué les relations ambiguës qui se nouent entre l'amiral et ses officiers. Dans son cahier à peine entamé, il note : « *Les capitaines des autres navires ne sont point des collaborateurs mais de véritables ennemis.* »

Magellan sait tout cela. Il n'en a cure. La flotte est prête et il en est le chef. Le lundi 10 août 1519, l'évêque de Séville célèbre, à Santa María de la Victoria, une messe solennelle. La cathédrale est décorée d'oriflammes en soie, de pavillons aux couleurs et aux armes des cinq navires et de leurs capitaines. En cortège, officiers, pilotes, maîtres et marins s'approchent de la sainte table, reçoivent l'Eucharistie. Tous, Magellan en tête, prêtent serment de fidélité au souverain et Sancho Martínez de Leyva remet à Magellan la bannière royale, symbole de son pouvoir. Capitaines et marins, avec solennité, jurent d'obéir à l'amiral. Tous les notables de la cité sont présents. Beatriz, craignant de ne pouvoir retenir ses larmes, n'assiste pas à la cérémonie qui marque le triomphe de son époux. Dès la messe achevée, à la faveur du jusant et d'une brise favorable, les cinq navires, en remorque des galères et aidés par leur trinquette, appareillent. Salués par une salve d'artillerie, ils descendent le Guadalquivir, passent devant l'ancienne ville maure d'Alfarache. Sur les rives du fleuve, à la hauteur des villages, la foule s'est massée pour voir passer la flotte, toutes oriflammes claquant au vent. À l'image de *Trinidad*, les navires jettent l'ancre devant San Lucar, à l'embouchure du Guadalquivir, en face du château du duc de Medina Sidonia.

Pendant plus d'un mois encore, les intendants complètent l'approvisionnement, attendent le dernier moment pour embarquer les vivres frais, les animaux sur pied, vaches, cochons et moutons qui seront abattus en cours de traversée. Sur le fleuve, face à ce petit port de pêche, à son faubourg de Bonanza, le trafic est incessant : galères et barques, chaloupes et pataches abordent les navires à l'ancre afin d'y transporter biscuits, légumes secs, marchandises de toutes sortes. Si la pluie tombe, le chargement s'arrête : il serait dramatique de mouiller le biscuit. Seules quelques chaloupes sont couvertes, et les capitaines se les réservent. S'ajoutent à l'encombrement du fleuve les barques des douaniers, des officiels de la Contratación qui, mouches du coche, s'affairent à tout vérifier, doublés par les intendants des nefs qui, à la coupée, cochent, pointent et repointent d'interminables listes.

Ceux que leurs affaires ou les nécessités du service contraignent au voyage de dix lieues entre Séville et l'embouchure du Guadalquivir, doivent, s'ils ne disposent pas de leur propre galère, emprunter le coche d'eau. Magellan profite du délai que lui octroient les ultimes préparatifs pour effectuer des aller et retour entre San Lucar et Séville, retrouver Beatriz et dicter, le 14 août, son testament :

« *Au nom de notre puissant maître le Seigneur Dieu, qui règne depuis toujours et à jamais, de la glorieuse Notre-Dame la Vierge Marie...* » Ce marin à la foi très vive lègue ses biens à ses enfants, sans omettre quelques legs pieux, en particulier au couvent de Séville et au monastère de Barcelone.

*

Chaque jour, à l'aube, avant que ne commence le travail, les équipages descendent à terre pour entendre la messe. Chacun, Magellan l'a exigé, doit confesser ses péchés et recevoir une absolution fort utile : ces hommes de sac et de corde, dont certains n'ont échappé à la pendaison qu'à la faveur de leur engagement, se répandent le soir et le dimanche, dans les ruelles de San Lucar. Sous les yeux des femmes de pêcheurs apeurées ou excitées, le bourg est devenu ville de débauche. Tous ces matelots avides de dépenser les maravédis reçus en avance sur leur paye, et qui pendant longtemps ne connaîtront point de femme, ont attiré les ribaudes de cinquante lieues à la ronde. Dans les lupanars et les estaminets improvisés règnent soûleries, chants avinés, luxure et rixes que les alguazils renoncent à contrôler. On jure, on blasphème, on s'enivre, on fornique. En ces temps aventureux, les prêtres eux-mêmes donnent l'exemple du relâchement des mœurs. Riches de la dîme et d'un immense patrimoine immobilier, ils vivent pour la plupart en concubinage, portent des armes comme des soldats et, comme eux, boivent et jouent dans les tavernes. Ils ne craignent pas d'affirmer que la fornication n'est pas un péché, tout au plus, disent les plus rigoristes, un péché véniel. Magellan renonce à sévir. Il sera toujours temps, en mer, de rétablir la discipline.

Les préparatifs exigent aussi que soient remplacés les déserteurs : nombre de marins, après avoir signé leur engagement et touché leur avance, disparaissent, effrayés soudain par l'inconnu.

Flotte parée, équipages au complet, le capitaine général n'attend plus qu'un bon vent d'amont. Les conditions, enfin, s'annoncent favorables. Dès l'aube du mercredi 21 septembre, profitant du reflux et de la brise de terre, *Concepción* et *Santiago* en tête, le navire amiral *Trinidad* au centre, suivi par *San Antonio* et *Victoria*, l'armada appareille, cap au sud-ouest. Les pavillons flottent dans la brise. À terre, les canons tonnent en une salve de vœux. À l'arrière de *Trinidad*, Fernand de Magellan redresse sa petite taille, claudique d'un bord à l'autre du château pour contempler la flotte. Sa flotte !

4

L'Atlantique

La traversée de l'Atlantique

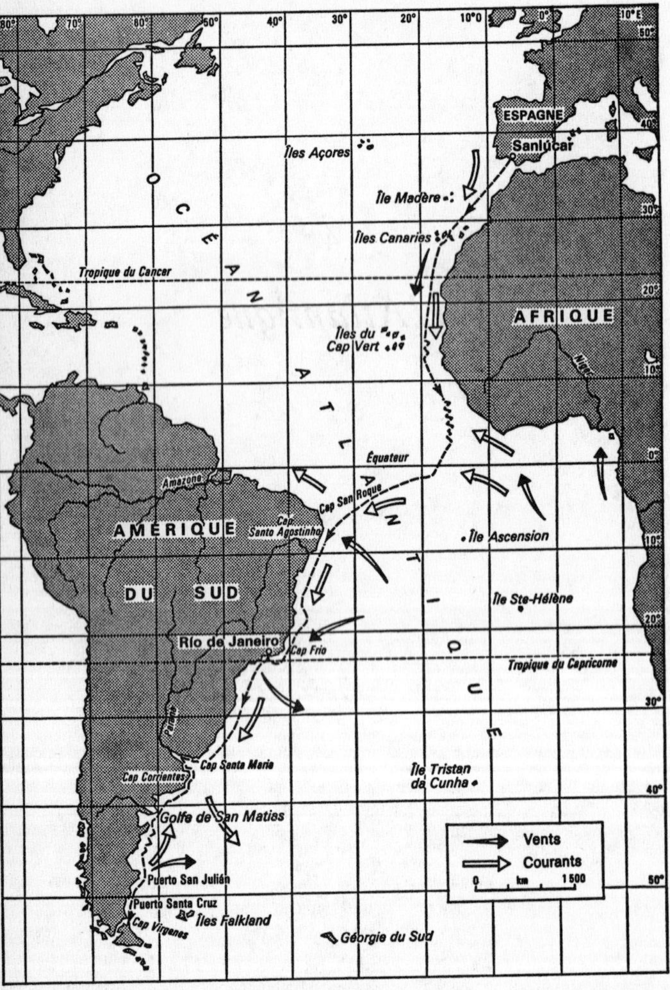

D'après Visconde de Lagoa, *Fernão de Magalhães*.

Si le Prince Henri était encore de ce monde... Fernand de Magellan, accoudé au pavois bâbord de *Trinidad*, regarde la côte du Maroc éclairée par le soleil couchant. Si le Prince Henri étaie toujours vivant, pense l'amiral, l'armada qu'il commande aurait appareillé de Lagos sous pavillon de son pays et doublerait maintenant le cap Saint-Vincent, ce promontoire abrupt, dressé comme un défi jeté par le Portugal aux immensités océanes. Henri le Navigateur aurait compris tout l'intérêt de réussir le tour du monde et, aujourd'hui, de sa demeure de Sagres, c'est sa flotte qu'il regarderait passer, toutes voiles dehors, poussée par ce frais Levanter.

Magellan n'est pas homme à s'alanguir dans les nostalgies. Le passé est révolu. Aujourd'hui, l'essentiel pour le marin est de se trouver en mer par un vent favorable. Le ciel rougeoie dans l'ouest, promesse de beau temps. Le regard du capitaine général embrasse les cinq navires. Les cafouillages à l'appareillage, les maladresses des équipiers dépourvus d'expérience ont été rectifiés à coups de gueule et de sifflet par les maîtres d'équipage. La brise maniable facilite les apprentissages.

Enrique, le fidèle Enrique, est tout proche de l'amiral.

Silencieux, attentif, il en épie chaque signe, prêt à devancer le moindre de ses désirs. Magellan, confiant la marche du navire à Estevão Gomez, se retire dans la chambre, sous le château. Il dîne seul, servi par le Malais. Il mange vite, sans se soucier de ce que contient son assiette d'étain. Son appétit satisfait, il sort de son habituel mutisme et, pour une fois détendu, appelle son domestique. Avant le départ, il a tenu à tout prévoir, y compris le pire. Une clause de son testament concerne l'Asiatique. Même s'il a été inscrit sur le rôle d'équipage en qualité d'interprète, Enrique, acquis voici maintenant dix ans, demeure un esclave. En parlant avec lenteur pour être bien compris, Magellan explique :

« J'ai ordonné qu'à ma mort tu deviennes un homme libre. Une somme de dix mille maravédis sera prélevée sur ma succession et te sera versée en argent comptant. »

Enrique saisit la main de son maître et la baise. Pour une fois, un sourire fugitif éclaire les traits du capitaine général qui aussitôt se reprend, sort sur le pont vérifier que Gomez assure son service et veille au bon ordonnancement de la flotte.

En dépit de la fatigue accumulée par dix-huit mois de négociations et de préparatifs, la première nuit, Magellan ne dort pas. Il est trop heureux. Il est trop inquiet. Au bonheur de se retrouver en mer, amiral d'une flotte en partance pour la plus ambitieuse des aventures, se mêle la crainte. Il est préoccupé par sa responsabilité, la difficulté de son projet et toutes les incertitudes qui l'entourent. Plus encore que les aléas de l'océan, il redoute la félonie de ses capitaines.

*

Boitillant d'un bord à l'autre du château arrière, vérifiant que le fanal brille bien à la poupe de sa nef, il regarde scintiller Vénus, voit l'étoile du berger descendre vers l'horizon pâle du crépuscule. Il assiste, à minuit, à la relève du premier quart tandis que montent sur le pont les matelots du second quart, celui de la *medora*, commandé par le lieutenant Polcevera. Les heures passent, rythmées par le sablier et par les voix des marins qui se répondent, vigie à la proue, timonier à la barre. À l'approche de l'aube, la troisième bordée prend à son tour la veille, sous les ordres de Francisco Albo, un marin grec nommé maître d'équipage. L'amiral s'accorde enfin deux heures de repos. Enrique, en mer comme il en a l'habitude à terre, s'étend devant la porte de la cabine, kriss à portée de main. Le Malais se défie de tous.

La chance sourit à l'armada. Les vents demeurent portants et, à bord de *San Antonio*, l'astrologue San Martín semble manier avec autorité son astrolabe, un nouvel instrument plus pratique, pour observer le soleil, que l'ancien quadrant. Ensuite, il se plonge dans ses tables et ses pages de calcul. Magellan, en marin traditionnel, se fie à son estime : avec minutie, il note les caps indiqués par la boussole, les lieues parcourues. Ses préoccupations étaient-elles vaines ? La navigation se poursuit sans encombre, les nefs restent groupées et font bonne route. Il s'étonne :

« Où est passé l'écrivain ? »

L'Italien, fort excité au moment de l'appareillage, a disparu. Duarte révèle, ironique :

« Il est couché dans sa cabine, en proie au mal de mer. »

Si Pigafetta est indisposé par un temps de demoiselle, qu'en sera-t-il lorsque surviendra la tempête ?

« S'il se révèle une bouche inutile, nous le débarquerons aux Canaries. »

Mais alors qui consignera l'histoire de l'expédition ?

À bord des nefs, les officiers ont pour premier souci de transformer en marins le ramassis de traîneurs de quais et de vagabonds de grands chemins qu'ils ont été contraints d'embarquer. Il leur faut mater les fortes têtes et les fiers-à-bras, répartir les bordées, multiplier les exercices dans la mâture, contraindre les peureux à grimper dans les enfléchures, à s'aventurer au bout des vergues. Ces tâches ne leur laissent pas le loisir de s'interroger sur la compétence du capitaine général que le roi leur a imposé. La route est longue : elle donnera tout le temps à chacun de déterminer sa conduite.

Déjà, dans le lointain, les pilotes aperçoivent, à tribord, la silhouette bleutée des montagnes de Madère. S'il est hors de question de s'arrêter dans cet archipel portugais, les relever confirme la position des navires. À l'aube du sixième jour de mer, les Canaries sont en vue. Comme par miracle, à l'approche de la terre, Antonio Pigafetta reparaît. L'écrivain est pâle, amaigri, mais ses nausées, semble-t-il, ne sont plus qu'un mauvais souvenir. Il salue l'amiral. Enrique lui prépare une collation : avec un appétit retrouvé, l'Italien semble insatiable. Il mange tout ce que le Malais lui offre, en redemande. Enfin repu, il observe les volcans qui grossissent à l'horizon, sort un cahier d'une large besace, griffonne ses premières notations sur la traversée, à la date du 26 septembre.

Les îles Canaries, sous le contrôle de l'Espagne, offrent une escale utile. Au coup de canon qui leur en donne l'ordre, les nefs, à l'imitation du navire amiral, jettent l'ancre devant Ténérife. Une cédule de la Casa de Contratación autorise la flotte à profiter des ressources de l'archipel. Pendant trois jours, les équipages complètent les pleins d'eau douce, s'approvisionnent en bois pour la cuisine, en vivres frais, en bœufs, en porcs et en moutons. Puis la flotte appareille et, au terme d'une courte navigation, s'arrête pour deux jours dans le port de Monte Rosso. Pigafetta descend à terre, converse avec les indigènes, s'étonne de tout, affiche une naïve crédulité. Sur cette île où, lui affirme-t-on, il ne pleut jamais, il s'émerveille à la vue d'un grand arbre « *dont les feuilles*, écrit-il, *distillent des gouttes d'une eau excellente* ».

Une rapide caravelle rejoint la flotte. Son capitaine demande à rencontrer Magellan et, dans le secret de sa cabine, lui remet deux lettres : l'une est une tendre missive écrite par Beatriz. Son épouse s'étend sur les exploits de Rodrigo, raconte ses babils et ses bêtises. L'amiral n'a pas le loisir de s'attendrir : la seconde lettre émane de Dom Diego Barbosa. De bonnes âmes ont averti l'alcade : lors d'un dîner, à la veille de l'appareillage, les capitaines espagnols ont ourdi un complot. Ils auraient juré d'assassiner le capitaine général s'il osait porter atteinte à leur rang ou à leur noblesse.

Duarte, à qui Fernand montre la lettre de son père, conclut :

« Du moins, nous savons à quoi nous attendre. »

Magellan confie à la caravelle une réponse prudente, au ton modéré : les capitaines ont été nommés par le roi dont il respecte le choix, et il s'engage à tout entreprendre pour éviter un affrontement.

*

Le message de Barbosa n'étonne pas Magellan. Depuis Séville, l'attitude des capitaines n'a laissé planer aucun doute sur leur hostilité. Pigafetta le lui confirme : avec un faux air de niaiserie, le jeune Italien possède le talent de surprendre les conversations, provoquer les confidences. Il admire le capitaine général qui a accepté, sans hésitation, de l'associer à l'expédition et lui rapporte les propos qu'il entend. Aussi la lettre de Dom Diego ne constitue-t-elle qu'une confirmation de la mauvaise volonté des Espagnols. Mais de là à envisager d'assassiner leur amiral !

Fernand en a conscience : la flotte est divisée en deux clans. Lui-même dirige *Trinidad*, mais *San Antonio*, *Victoria* et *Concepción*, aux mains des capitaines espagnols, représentent une faction hostile. Quant à *Santiago*, il est difficile de deviner de quel bord il se range : Serrano est avant tout un marin professionnel, habitué à respecter les ordres de ses chefs. La plupart des matelots, indifférents aux intrigues des officiers, cultivent de tout autres préoccupations : assurer leur quart sans trop se fatiguer, tirer au flanc lorsque c'est possible, esquiver les corvées, obtenir le meilleur morceau aux heures de la soupe, trouver, pour dormir, le coin le moins humide ou le plus frais.

Prudent, Magellan a mis à profit l'escale aux Canaries : grâce à Duarte, à Jean-Baptiste, un maître-gréeur natif d'Angers, il s'est constitué un discret réseau parmi les marins portugais et français embarqués sur les autres navires. La difficulté sera de transmettre ces informations d'un bord à l'autre. En attendant, plus que jamais, il se tiendra sur ses gardes.

Le 3 octobre, vivres complétés, la flotte appareille cap au sud. Pour en maintenir le contrôle, l'amiral, soucieux de prévenir toute perfidie, a instauré un règlement précis. Sauf ordre contraire, le navire amiral tient la tête du convoi. Les autres nefs doivent régler leur vitesse sur la sienne, établir leur voilure à son imitation. Mais la nuit ? Le capitaine général a établi un code de signaux. Chaque soir, *Trinidad* grée un fanal à sa poupe afin que les autres nefs puissent le suivre. Deux feux signifient qu'il convient de ralentir ou de changer de direction, trois feux d'enlever la bonnette, ces voiles basses de beau temps, quatre feux d'amener toute la toile ou, si la voilure était ferlée, de l'établir. Des coups de bombarde avertissent que, la terre étant proche, il est nécessaire de naviguer avec une particulière attention.

La routine s'installe à bord des nefs, avec la succession des quarts, les prières du matin et du soir, la messe du dimanche que célèbrent les aumôniers, Pedro de Valderrama sur *Trinidad*, Bernard Calmette sur *San Antonio*.

Le long de la côte d'Afrique, la navigation se poursuit, rapide, aisée, par bonne brise soufflant du nord. Le vent est tiède, le courant favorable et, dans ces eaux poissonneuses, les plus habiles pêcheurs ferrent bonites et dorades. Les intendants s'en réjouissent : ils économisent les pois, les fèves, la viande. Les cuisiniers sont satisfaits : ces captures leur enlèvent le souci de mijoter longuement les légumes secs. Sur un feu de bois au milieu de chaque navire, les matelots viennent griller leurs prises dont ils dégustent les filets à la pointe de leurs couteaux, assis sur le pavois, crachant les arêtes à la mer.

Cette route est familière aux marins portugais : depuis plusieurs décennies, elle conduit vers les comptoirs de Guinée et, au-delà, vers le cap de Bonne-Espérance et les Indes. Magellan la connaît bien. Mais elle désoriente les capitaines espagnols habitués à cingler cap à l'ouest, dans le sillage des caravelles de Christophe Colomb.

La flotte passe entre la côte d'Afrique et les îles du Cap-Vert : Juan de Cartagena qui s'est rendu déjà trois fois aux Indes occidentales s'étonne. Que mijote le Portugais ? Il s'en ouvre à Antonio de Coca, l'intendant nommé par Fonseca, à l'aumônier Bernard Calmette, appelé aussi La Reina, le prêtre français dont il a fait son confident. À bord de *San Antonio*, les trois hommes entretiennent à l'envi leur hargne. Ils n'ont de cesse de critiquer le capitaine général, rivalisent de sobriquets, l'appellent le boiteux, le contrefait, le mal embouché. S'il se vêt de noir, Juan de Cartagena conserve, même au large, le souci de son apparence : le tissu de son habit est de la meilleure qualité, la coupe provient du meilleur faiseur. Chaque matin, son barbier Fernand de Bustamante peigne ses cheveux, taille sa barbe. Ses chaussures sont luisantes comme un miroir, la plume de son feutre quotidiennement renouvelée. Son domestique particulier y veille, sachant qu'il risque une taloche si une tache apparaît sur un vêtement. Avec son élégance de grand d'Espagne, le protégé de l'archevêque ne manque pas de railler les tenues simples, en grosse toile, de Magellan, la vulgarité de manières de ce nobliau campagnard.

Lorsqu'ils conversent, les trois hommes ne se préoccupent guère de modérer leurs propos, oublieux du mousse qui les sert à table, un gamin tout juste bon à houspiller s'il n'est pas assez rapide ou a oublié un condiment. Pourtant Colin Baseau est un déluré. À douze ans, ce Croisicais a déjà subi les avatars de l'existence. La présence d'un petit Français à bord d'un navire espagnol tient du mystère, et l'on s'étonnerait plus encore si l'on connaissait le parcours qui l'a conduit ici. Mais qui songerait à interroger ce gosse aux cheveux ébouriffés dont les mèches sales cachent à demi les yeux verts ?

Sans plus se soucier du mousse que du chat du bord, silencieux l'un et l'autre, Cartagena déclare à Coca et au chapelain :

« J'ai décelé la félonie du boiteux ! Voyez le cap qu'il

impose à nos navires. L'étoile polaire est toujours derrière nous au lieu d'apparaître à tribord, ce que supposerait la route vers l'Amérique.

— La position que j'ai portée sur ma carte est bizarre, confirme San Martín. La flotte est passée dans l'est des îles du Cap-Vert, et nous continuons à longer la côte, vers le sud.

— Vers la Guinée, qui est portugaise ! Je vois clair, maintenant : l'amiral demeure fidèle à son pays. C'est un traître. Il nous obligera à faire escale dans un port de Guinée et nous livrera aux Portugais. Bien joué ! »

Les deux compagnons de Juan de Cartagena l'encouragent à réagir : le capitaine de *San Antonio* n'est-il pas le représentant de la couronne d'Espagne ? Si le roi l'a nommé Conjunta Persona, c'est pour veiller sur la loyauté du capitaine général, déjouer ses manœuvres, prévenir sa trahison. Dubitatif, le Veedor décide d'attendre que ses soupçons se confirment.

Au départ des Canaries, en ordonnant deux changements de cap successifs, Magellan a provoqué l'étonnement, puis la méfiance de ses capitaines. C'était de la part de l'amiral subtile tactique : il déjouait ainsi d'éventuels espions, évitait que son armada ne soit interceptée par une flotte de navires de guerre portugais. Et il n'a de comptes à rendre à personne !

Après les jolies brises des premières semaines, peu à peu, le vent faiblit. Les voiles pendent, flasques, sur les vergues. Un reste de houle balance les navires, secoue les gréements. Les espars grincent, les mâtures souffrent, la patience des hommes s'exaspère. Parfois les huniers semblent se gonfler d'un souffle de vent, battent, retombent. Les navires immobilisés se dandinent sur une mer que ne ride aucune risée. Les nefs stagnent au milieu des ordures, des déjections dont elles ne parviennent même pas à s'éloigner. Dans quel piège le Portugais a-t-il englué la flotte ? Sur les ponts, les hommes désœuvrés se vautrent, cherchant l'ombre d'une voile pour échapper aux brutalités du soleil. Monotones, les jours succèdent aux jours. Les matelots s'interrogent : sont-ils condamnés à rester là, immobiles, jusqu'à la fin des temps ? L'armada est-elle maudite ? Oublieux du règlement édicté par le roi, ils jouent : le claquement des cartes, les dés cascadant sur les planchers mêlent leurs bruits au couinement des espars. Les hommes jurent contre le mauvais sort. Pour un rien naît une querelle.

Par quatorze degrés de latitude septentrionale, la chaleur écrase les hommes, une touffeur poisse les corps. De l'horizon monte une brume sombre. L'air charrie des senteurs de poudre. Les capitaines s'inquiètent : quels maléfices apportent ces nuages qui roulent sur la mer ? Noirs comme un cul de marmite, ils montent de toutes les aires. Vont-ils engloutir les navires ? En plein jour, la nuit survient, zébrée d'éclairs qui illuminent les gréements, aveuglent les hommes. Dominant le grondement du tonnerre claquent deux coups de bombarde : le capitaine général ordonne d'amener toutes les voiles. Commandés par les coups de sifflet des maîtres d'équipage, les gabiers escaladent les enfléchures, étouffent les huniers, rabantent la toile. Il était temps ! De cette noirceur d'apocalypse surgit un vent furieux, tombe un déluge. Les grosses gouttes, chassées à l'horizontale, crépitent sur les ponts, blessent les corps. Les matelots doivent tourner le dos pour respirer. Ils essuient leurs yeux noyés de pluie, cherchent leur souffle. Les nefs, à sec de toile, s'inclinent sous les rafales. Colin, le mousse du Croisic, s'inquiète :

« Est-ce la fin du monde ? »

Soudain, au sommet du grand mât, une lueur apparaît, si vive qu'elle éclaire le gréement, le pont, et qu'il est impossible de la regarder en face. Le lieutenant Juan de Elorriaga rassure le gamin :

« Le feu Saint-Elme. Il nous protège. »

Deux heures durant, la boule de feu luit au sommet du mât, disparaît enfin tandis que les nuages s'estompent. La pluie cesse, le vent tombe et, sur une mer agitée d'un clapot confus, les navires à nouveau se dandinent. Une petite brise parfois gonfle la voilure et, sous les ordres des lieutenants, les matelots doivent se précipiter, orienter les vergues, tenter de capter le moindre souffle. Un cri jaillit :

« *¡Tiburones! ¡Tiburones!* »

Les ailerons des requins fendent la surface de l'eau : les tigres de la mer guettent, prêts à dévorer quiconque tomberait par-dessus bord. Au bout de fortes lignes, de gros hameçons tentent de capter ces proies. Lorsque l'un des monstres se laisse prendre, que dix paires de bras le hissent sur le pont, les hommes s'écartent, affolés par la dangereuse mâchoire. L'un, plus audacieux, ou fanfaron, cherche, d'un coup de poignard, à tuer la bête, sautant pour échapper aux sursauts d'agonie, revenant plonger le couteau dans le ventre blanc. Mort enfin, le requin cesse d'inspirer la terreur. Les hommes jouent à le tirer par la queue, à lui ouvrir la gueule, s'extasient devant sa denture, découpent la peau. Les plus affamés font cuire des morceaux d'une viande dure, mais délaissent bientôt cette chair au goût âcre.

*

À bord de *Trinidad*, Magellan s'impatiente. Les jours passent, son armada ne progresse guère. L'oisiveté imposée par les calmes le préoccupe. Les esprits travaillent, la longueur du trajet favorise les tentations d'ourdir un complot. Les mouvements de canots, de l'un à l'autre des navires de l'escadre, ne lui ont pas échappé : à son insu les capitaines se reçoivent, bavardent, le critiquent. Juan de Cartagena et Luis de Mendoza, le capitaine de *Victoria*, se connaissent depuis longtemps, ont navigué ensemble et le vice-amiral n'a pas caché les soupçons qu'il a conçus.

Debout à l'arrière de *Trinidad*, Magellan scrute l'horizon, épie le moindre signe qui annoncerait le retour de la brise. La tempête vaudrait mieux que l'inaction. Les hommes manœuvreraient, veilleraient à leur sécurité, n'auraient pas le loisir de se poser des questions. L'amiral dissimule sous son silence ses propres doutes : ces calmes persistants ne sont-ils pas le signe qu'il a choisi une mauvaise route ? Son sens marin ne s'est-il pas émoussé durant les années passées à terre ? Ses capitaines ne vont-ils pas conclure à son incompétence ? Aucun doute n'est permis : il doit affirmer son ascendant. Tous les samedis, il ordonne, par une drissée de pavillons hissés dans la mâture : réunion des capitaines à bord du navire amiral. Les chaloupes se détachent de chacune des nefs et, à force d'aviron, gagnent *Trinidad.* Malin et souple, Colin a sauté dans le canot de *San Antonio.* Ainsi, il pourra voir son père : peu soucieux des liens de parenté, les subrécargues ont affecté Jean-Baptiste, dont le mousse est le fils naturel, sur le navire amiral. Saisissant chaque occasion, le gamin rend visite à *Trinidad* et, pendant que se réunissent les capitaines, il confie à son père les propos qu'il a surpris.

Comme s'il le faisait exprès — et, Magellan en est persuadé, ce n'est pas par hasard — Juan de Cartagena est le dernier à monter à bord. La chevelure ondulée sous le chapeau emplumé, la barbe lissée, la mise soignée, le Veedor, par son élégance ostentatoire, agace l'amiral épris de simplicité. Dans la chambre du château arrière, le capitaine de *San Antonio* ne salue Magellan que d'une brève inclinaison de tête, toisant avec condescendance le boiteux mal fagoté dans son vêtement de mer. Il se dirige vers un fauteuil, s'apprête à s'y laisser tomber. Magellan l'arrête d'un regard, jette :

« Nul ne doit s'asseoir avant mon autorisation. »

Accentuant son ton rude, l'amiral, en phrases courtes, donne ses ordres, stigmatise le moindre manquement aux règles qu'il a édictées. Avec une feinte déférence, Cartagena intervient :

« Seigneur Capitaine général, à titre de Veedor et de représentant du roi d'Espagne Sa Majesté Charles Quint, permettez-moi de vous faire remarquer qu'à mon avis vous avez pris une route trop au sud. Nous voulons... »

L'amiral l'interrompt, brutal :

« Personne n'a d'explication à me demander, tous doivent obéir purement et simplement. »

À cause des calmes qui prolongent la durée de la traversée, il exige un rationnement des vivres, de l'eau et, pire que tout, du vin. Les capitaines grommellent. Une brutale injonction coupe court à leurs protestations :

« Ce sont mes ordres. »

Les mesures imposées contribuent à rendre Magellan plus impopulaire encore parmi les équipages des navires espagnols. Poussée par les risées erratiques, manœuvrant pour capter les vents qui soufflent dans les grains, la flotte progresse pourtant, atteint enfin, par huit degrés de latitude nord, le large de la Sierra Leone.

L'opinion de Cartagena se confirme : le cap est toujours au sud. Par pavillons, il interroge l'amiral : pourquoi impose-t-il à la flotte cette route anormale ?

À bord de *Trinidad*, Magellan a regardé monter les signaux, déchiffré le message. Il dicte sa réponse au timonier : « Suivre le vaisseau amiral sans poser de question. »

Cartagena étouffe de rage. Le traiter ainsi, lui, le représentant de Charles Quint, le cousin de l'archevêque ! Ce petit Portugais mal fichu, mal ficelé, ne mérite que le mépris. Pourquoi, comme c'est l'usage, ne réunit-il pas ses capitaines pour leur annoncer ses intentions, recevoir leurs conseils ? De quel droit décide-t-il de tout, et refuse-t-il de s'en expliquer, sinon pour camoufler sa trahison ? Il faudra qu'il se justifie, présente ses excuses. En attendant, lui, le Veedor, montrera au capitaine général qu'il refuse de se soumettre à ses exigences.

Le soir, avant la tombée de la nuit, chacun des navires a l'obligation de saluer l'amiral. C'est tout un cérémonial qu'a fixé le Portugais : l'un après l'autre, *Victoria*, *San Antonio*, *Concepción* et *Santiago* défilent le long de *Trinidad.* À tour de rôle, les capitaines, debout, chapeau ou bonnet à la main, crient :

« *¡Dios vos salve, Señor Capitán general y Mestre, y buena compañia !* »

Au soixantième jour de mer, le rituel est interrompu. Ce soir-là, lorsque, profitant d'une petite brise, *San Antonio* élonge le navire amiral, le Veedor n'est pas sur le pont pour saluer en signe d'allégeance. Un simple quartier-maître le remplace et, omettant d'utiliser le déférent *Capitán general*, clame : « Dieu vous sauve, capitaine ! » Magellan blêmit sous l'insulte proférée au vu et au su de toute la flotte. Le subalterne ne peut avoir agi que sur ordre. Le Veedor nargue l'amiral. Celui-ci préférera-t-il, par prudence, face à cette majorité d'Espagnols sous l'autorité du représentant de Charles Quint, laisser passer sans sévir cet acte patent de rébellion ?

Quatre soirs de suite, lors de la cérémonie du crépuscule, Juan de Cartagena n'apparaît pas. Plus taciturne que jamais, visage impénétrable, Magellan garde le silence. Céderait-il ?

Soixante-cinquième jour de mer. À bord de *Victoria*, un drame éclate : le maître d'équipage, Antonio Salomone, d'origine sicilienne, est surpris en flagrant délit de sodomie avec l'un des mousses.

Pour juger le coupable, l'amiral convie capitaines, pilotes et aumôniers à se constituer en cour martiale. Pour une fois, Magellan se montre aimable. Il a soigné sa tenue, invite chacun à prendre place. Enrique sert du xérès accompagné de biscuits. Les uns pensent : « On l'a changé. » Les autres redoutent : « Que nous cache-t-il ? »

Le tribunal prend place. Le capitaine général ordonne : « Introduisez Salomone. »

Pour les capitaines, familiers des mœurs qui s'instaurent souvent au sein des équipages privés de femmes, le péché de sodomie pourrait être traité avec indulgence : la mise aux fers du coupable serait une sanction suffisante. Mais Bernard Calmette est l'un de ces religieux fanatiques formés à l'école de Torquemada. Il crie au scandale, en appelle aux foudres de l'amiral en attendant les flammes de l'enfer. Le capitaine général et les capitaines n'ont pas le choix. Le respect de la religion, de ses interdits, de ses prêtres revêt une importance primordiale pour tous ces hommes profondément croyants. La sentence tombe : Salomone est condamné à mort et sera exécuté dès l'arrivée au Brésil.

Maintenant que le verdict est rendu, Magellan interroge Juan de Cartagena :

« Comment se fait-il que vous ne soyez pas apparu, ces derniers soirs, pour me saluer ? »

Cartagena, un sourire méprisant aux lèvres, affirme :

« J'ai délégué ce devoir à l'un de mes quartiers-maîtres, un homme honorable. S'il vous déplaît, je confierai ce rôle à mon mousse. »

Magellan esquive l'affrontement direct et, avec patience, daigne annoncer :

« Nous mettrons bientôt le cap à l'ouest et dès que nous aurons atteint le Brésil, nous ferons route au sud jusqu'au passage que je connais. »

Cartagena affiche son scepticisme :

« Où se trouve ce fameux passage ?

— J'ai déjà dit que je donnais des ordres, non des indications. »

Cartagena se lève et, de toute sa haute taille, défie l'amiral :

« À titre de Veedor général de mon maître, le roi Charles Quint, j'exige des explications et refuse de recevoir des ordres. »

Devant cet acte public de désobéissance, Magellan bondit, saisit Cartagena par le devant de sa chemise, siffle entre ses dents :

« Vous êtes en état d'arrestation. »

Il se tourne vers la porte de la chambre, laissée entrouverte :

« Alguazils, saisissez-vous de cet homme qui refuse d'obéir aux ordres du capitaine général ! »

Les gens d'armes que Magellan avait postés dans la coursive n'ont que trois pas à faire, encadrent le Veedor, l'immobilisent. Derrière eux, Enrique, la main sur son kriss, reste prêt à leur porter main forte. Cartagena apostrophe ses pairs :

« Capitaines castillans, laisserez-vous capturer le Veedor général ? »

Nul ne bouge. Par la soudaineté de son ordre, l'amiral a surpris les capitaines espagnols : Mendoza et Quesada, impressionnés par la détermination du Portugais, isolés sur le navire amiral, hésitent devant une mutinerie sans espoir. Autour d'eux, Duarte Barbosa, Enrique et Gonzalo Gomez de Espinosa, le chef des alguazils, rendraient vaine toute tentative.

Dans le silence, Magellan savoure son triomphe. Il a maté la rébellion, imposé sa prééminence. Lui seul commande. Juan de Cartagena se trouve réduit à l'immobilité entre les alguazils qui le maintiennent. D'un regard sans aménité, les deux hommes s'affrontent. Le capitaine général s'inquiète de son audace : peut-il jeter au cachot, les fers aux pieds, comme un vulgaire matelot récalcitrant, un grand d'Espagne à qui le roi a donné le titre de Conjunta Persona ? L'effet serait déplorable sur les équipages.

Magellan tranche :

« Le Veedor sera retenu sur l'un des navires, sans exercer aucun commandement. »

Luis de Mendoza se propose : il accueillera Juan de Cartagena sur *Victoria.* L'amiral n'ignore pas les liens d'amitié entre les deux capitaines, mais il n'a guère le choix. Il accepte et nomme, pour commander *San Antonio*, un autre protégé de l'évêque de Burgos, l'intendant, lui aussi espagnol, Antonio de Coca.

*

L'incident a-t-il déjoué le mauvais sort qui, depuis plusieurs semaines, régnait sur l'armada ? Des bouffées de brise rident la surface de la mer, se transforment peu à peu en un vent soutenu. Les nuages d'orage disparaissent, remplacés par une succession de flocons blancs, hauts dans le ciel. Avec une nouvelle ardeur, les hommes établissent toute la voilure, déploient les huniers, gréent les bonnettes. Chacun s'emploie à utiliser au mieux le vent tant espéré.

Au cours de la manœuvre, le matelot García tombe à la mer. Pendant un instant, ses compagnons aperçoivent sa tête, son bras qui s'agite dans le sillage. Puis ils voient un bouillonnement. Puis plus rien, sinon les vagues.

Sous le vent puissant de sud-est, la flotte ferait bonne route s'il ne fallait parfois réduire la toile pour attendre *San Antonio.* Le capitaine nouvellement promu montre une grande prudence, voire de la pusillanimité à établir toute la voilure. Peu importe ! San Martín a calculé le cap à suivre et l'armada cingle vers le Brésil.

La jolie brise semble avoir chassé préoccupations, rancunes, altercations, soucis. La plupart paraissent se réjouir de faire route sous les ordres d'un capitaine général si déterminé. À bord de *Trinidad*, Magellan s'est vite imposé à ses matelots. Les maîtres et les gabiers ont reconnu l'homme de mer, marin comme eux dans ses vêtements en laine raidis par le sel, un capitaine qui voit tout, le grain qui monte, l'usure d'un cordage, l'écoute à border, présent sur le pont aux moments décisifs sans craindre la fatigue, de nuit comme de jour.

Le plus heureux de tous est sans doute Pigafetta. Oubliées les nausées des premiers jours ! L'Italien manifeste un évident bonheur d'être en mer. Le jeune homme pâle et maigre a forci. Son visage s'est hâlé. Il s'intéresse à tout, au gréement à régler, aux voiles à porter, au cap, à la route, au relevé des astres au bout de l'astrolabe. Il observe, interroge. Sa curiosité est insatiable. Il a découvert les poissons volants, ne se lasse pas d'admirer les escadres d'argent qui, en nappes brillantes, bondissent devant l'étrave, ricochent sur les vagues. Il s'amuse des oiseaux qui planent, rasent les crêtes du bout de l'aile, plongent, s'envolent, leur proie au bec, guettés par les frégates qui les attaquent, les obligent à lâcher leur capture et les cueillent en plein vol. Dans son étroite cabine, en dépit du roulis qui renverse son encrier, gêne les mouvements de sa plume d'oie et parsème de pâtés sa calligraphie, l'Italien transcrit sur son cahier en parchemin tout ce qui l'étonne.

Des liens d'amitié se sont noués entre Duarte et Pigafetta : ils ont en commun leur jeunesse, leur joie de vivre. Le beau-frère de Magellan montre un caractère enjoué. Il aime plaisanter, rit de tout, entraîne son compagnon dans des farces. L'une des cibles de ses amusements est le chef canonnier Andrew, un Anglais d'une force d'Hercule qui, lorsqu'il pèse sur une drisse, vaut trois hommes à lui seul. Il se moque de son esprit lent, de son appétit jamais satisfait, de l'épouvantable accent avec lequel il hasarde quelques mots d'espagnol émaillés de *Damn it !* Pigafetta montre un tempérament plus réfléchi et, toujours avide de s'instruire, consulte souvent des feuillets manuscrits auxquels il attache un grand prix. Il explique à Duarte :

« Lors d'une démarche diplomatique, j'ai servi de secrétaire à un homme très fin, natif de Florence, nommé Niccolo Macchiavelli. En disgrâce, il s'est retiré dans sa propriété de Sant' Andrea, tout près de la ville. Je lui ai rendu visite. Il m'a offert ces quelques pages copiées sur un livre qu'il venait d'achever, une sorte de recueil de ses réflexions qu'il a rassemblées sous le titre *Il Principe.* »

Pour communiquer son enthousiasme, il traduit quelques phrases à Duarte.

« Écoute ce qu'il écrit : *"Les territoires s'acquièrent par fortune ou par talent."* Peut-être que nous aussi allons découvrir des terres nouvelles et en devenir les rois. Il ne faut pas avoir de scrupules, c'est encore Macchiavelli qui l'affirme : *"C'est chose vraiment tout à fait naturelle et ordinaire que de désirer acquérir. Et toujours, quand le font les hommes qui le peuvent, ils en seront loués et non blâmés."* »

Duarte rit. Lui, il vit au jour le jour et les livres l'ennuient. Si les préoccupations des deux jeunes gens diffèrent, ils vouent à Magellan une semblable dévotion.

L'amiral ne tente rien, pourtant, pour provoquer leur attachement. Peut-être par souci d'éviter l'accusation de népotisme, il n'accorde à son beau-frère nul traitement de faveur. Leurs rapports sont devenus moins intimes. Le comportement de Duarte l'agace. Son lieutenant est avant tout un soldat qui conte avec complaisance ses ripailles et ses exploits. D'un tempérament désinvolte et paresseux, il préfère rire, boire, dormir que de s'acquitter avec zèle des tâches que Magellan lui confie.

Déçu par le frère de Beatriz, le capitaine général préfère prendre avec lui quelque distance. Le plus souvent, il se tient dans sa chambre, devant ses cartes, consulte ses documents, s'entretient avec Gomez, le pilote dont il apprécie les connaissances même s'il doute de sa loyauté. Il passe de longues heures à lire l'un des ouvrages qu'il a apportés. Féru de romans de chevalerie, il dévore pour la dixième fois le livre à succès paru peu avant son départ, *Primaleón de Grèce.* La plupart du temps, il prend ses repas seul, servi par Enrique. Taciturne, il ne se livre pas et nul n'oserait lui adresser la parole s'il n'était pas interrogé. L'incident qui l'a contraint à ôter son commandement à Cartagena semble l'avoir, plus que jamais, incité au mutisme. Mais il est présent sur le château pour toute manœuvre importante et, chaque soir, pour recevoir le salut des capitaines. Nul ne manque, désormais, à cet acte d'allégeance.

La dureté avec laquelle Magellan a maté la désobéissance de Cartagena a, du moins en apparence, amené ses capitaines à admettre sans regimber l'autorité de l'amiral.

*

Nuit après nuit, San Martín a observé l'étoile polaire chaque soir plus basse sur l'horizon tandis que, vers le sud, montaient au crépuscule des astres inconnus. Le cosmographe cherche désormais à utiliser pour fixer la position du navire la grande croix d'or qui montre le pôle antarctique.

Malgré les efforts du navigateur, l'amiral n'accepte qu'avec prudence ses affirmations. Il sait que la terre d'Amérique peut maintenant apparaître à tout instant. Il fait doubler les veilleurs, guette les signes du ciel et de la mer, la forme des nuages dans l'ouest. L'eau, si elle prenait une teinte brune, indiquerait l'embouchure d'un fleuve. Algues, bois flottés, palme, noix, révéleraient la proximité du Nouveau Monde. Les pilotes observent les oiseaux, les poissons capturés, épiant la présence de ceux qui jamais ne s'aventurent loin au large. Les indices le confirment : l'Amérique n'est plus loin. Chaque soir, le capitaine général ordonne, par un coup de bombarde et deux feux gréés à la poupe de *Trinidad*, de ralentir l'allure, de faire petite voile. Le 29 novembre, le cri tant attendu retentit, jailli de la hune, répété sur les ponts, puis d'un navire à l'autre :

« Terre ! Terre ! »

La côte est basse, débordée de récifs qui interdisent son approche. Même s'il est impossible d'aborder, il est bon d'apercevoir le vert des arbres : une forêt touffue, riche, ininterrompue, réjouit l'œil. Des fragrances portées par la brise enivrent l'odorat. Retardée par un courant contraire, progressant avec lenteur, la flotte longe la côte à la recherche d'une baie où faire escale. Chacun, la veille, acceptait avec fatalité la routine des quarts, la succession des jours. Tous, désormais, sont impatients de fouler le sol, de voir d'autres têtes que celles de leurs compagnons.

« Même des visages de sauvages ! » affirme en riant Barbosa.

Magellan confie à Carvalho, le pilote de *Concepción*, le soin de guider la flotte : le marin a passé quatre ans dans ces eaux et doit en connaître les pièges et les passes. Négligeant un courant qui porte à terre, Carvalho approche du cap Frio, serre la côte. *Concepción*, que suivent les autres nefs, se trouve en grave danger de s'échouer, de se perdre : un naufrage marquerait la fin peu glorieuse de l'expédition. Estevão Gomez s'aperçoit de l'erreur, ordonne que soient tirés deux coups de bombarde. Il était temps. *Concepción* change de cap, cingle vers le large, donne à la pointe un bon tour. Sauvés !

Le 13 décembre, jour de la Sainte-Lucie, s'ouvre une vaste baie protégée par des îles, dominée pas deux cônes qui se dressent au-dessus de longues plages. L'astronome observe le soleil et, au terme de laborieux calculs, annonce, d'un ton doctoral :

« Cet endroit, que je propose de nommer Bahía Santa Lucía, se situe au vingt-troisième degré et demi de latitude de l'autre pôle. »

À bord de *San Antonio*, Colin crie, tout excité :

« J'connais, ici ! J'suis déjà v'nu ! »

Jean de France, un marin originaire de Rouen, embarqué sur le même navire, s'esclaffe. Le gamin répète :

« J'suis déjà v'nu. Avec mon père. Demande-lui, à mon père, y t'dira !

— V'là qu'à c't'heure les moussaillons vont en remontrer aux anciens. Tu te fiches dedans, bigaille ! Tu peux pas être venu. Ici, c'est le Brésil. »

Colin Baseau se tait, vexé. Mais il sait bien, lui, qu'il a raison.

5

L'Amérique

« Les grands canots, les grands canots ! »

Dès l'apparition des hautes mâtures, la rumeur se répand à l'intérieur des longues huttes où, par familles entières, s'entassent les indigènes. L'événement tire de leur somnolence les Indiens, comme on les appelle depuis l'erreur de Christophe Colomb. En vingt ans, les sauvages ont appris les échanges avantageux qu'ils peuvent tirer des étrangers habillés de fer et portant des bâtons crachant le feu. Ils connaissent l'avidité des hommes à peau blanche pour le bois rouge de leurs forêts et apprécient les objets rares qu'ils donnent pour presque rien.

Les marins occupés à carguer les voiles, à préparer les ancres, aperçoivent les hommes nus au corps brun : ils surgissent sous les frondaisons, courent vers la plage, poussent à l'eau leurs pirogues creusées dans un tronc d'arbre, y montent à trente ou quarante et, manœuvrant leurs pelles taillées en forme de pagaies, se dirigent vers les gros navires mouillés dans l'échancrure qu'abrite le haut piton. Piaillant à qui mieux mieux, s'efforçant de se hisser à bord, repoussés par les marins, ils quémandent un cadeau, tendent un fruit, une poule caquetante ou une sorte de pain blanchâtre. Une femme délurée escalade un porte-hauban, se hisse sur le pont de *Trinidad*, échappe en riant à Duarte Barbosa qui cherche à la saisir, saute d'un bond sur le château arrière. La parure de plume qui forme sur ses reins une sorte de roue laisse dénudés ses seins, son ventre, ses cuisses. Devinant que Fernand de Magellan est le capitaine, elle bondit vers lui, se contorsionne, mimant les gestes de l'amour. Sur un signe de l'amiral, l'alguazil Gonzalo Gomez et l'esclave Enrique écartent l'importune. Vive, elle glisse entre leurs mains, s'introduit dans la chambre du maître timonier, se saisit d'un clou, et, comme le note Pigafetta, « *le ficha gentiment entre les lèvres de sa nature et soudainement sauta à bas et s'enfuit* ».

Dédaignant ces invites, Magellan envoie des pavillons dans le gréement de la nef amirale. Les timoniers lisent le signal : « Liberté aux équipages, à la diligence des capitaines. » À bord de *Victoria*, Luis de Mendoza persifle :

« Notre amiral nous traiterait-il avec quelques égards ? »

S'il n'écoutait que sa volonté, Magellan abrégerait l'escale. Il est impatient de cingler vers le sud, de profiter de la bonne saison pour partir à la découverte du passage. Mais la raison commande. Il donne ses instructions : par priorité, remettre en état les navires, procéder à l'approvisionnement en vivres frais, animaux, fruits, renouveler l'eau douce qui, dans les charniers, grouille de vers. À la veille de s'aventurer vers des mers inconnues, il faut vérifier les gréements, renforcer les voilures, changer les filins usés, les haubans fatigués. Et offrir du repos aux hommes. Les matelots, en mer depuis trois mois, ont besoin de plaisirs simples : marcher sur un sol qui ne bouge pas, contempler le vert des arbres, voir d'autres visages, mordre dans des fruits, rencontrer des femmes. Entre ceux qui se sont trop longtemps côtoyés dans un espace restreint, les animosités s'apaiseront.

La flotte sous pavillon espagnol profite d'une circonstance heureuse : aucun navire portugais ne se trouve dans cette rade. Depuis la découverte du Brésil, les sujets des rois João et Manuel défendent avec fureur cette terre nouvelle que le traité de Tordesillas leur a attribuée. Les Normands qui se sont risqués à y aborder l'ont appris à leurs dépens. Les Portugais les ont attaqués, ont brûlé leurs nefs, torturé les équipages, les ont enterrés vivants afin que leurs têtes servent de cibles aux arquebusiers.

Colin Baseau prétend :

« J'suis v'nu ici, déjà. Avec mon père, on avait embarqué sur un navire de Dieppe. On chargeait du bois rouge. Des nefs sont arrivées, avec des Portugais. Par chance, avec mon père, on était dans la forêt, à couper des arbres. On s'est cachés. Après, un navire espagnol est passé. Il nous a ramenés à Séville, juste au moment où l'amiral recrutait. C'est comme ça que j'me suis retrouvé sur *San Antonio*. »

Personne n'accorde foi au récit du gamin. Qui se soucie des racontars d'un mousse ?

« Balivernes ! ricane Jean de France.

— Demande à mon père, si tu m'crois pas, proteste le mousse. Mon père, il est maître-gréeur sur *Trinidad.* Jean-Baptiste, il s'appelle. »

Haussant les épaules, Colin tourne le dos aux marins rigolards.

Le seul qui fasse autorité dans la baie de Santa Lucía, grâce à ses quatre années passées au Brésil, est João de Carvalho. Le pilote parle un peu la langue des sauvages, sert d'interprète pour les transactions, aide à fixer les tarifs des échanges, s'habitue à la surprise qui a accompagné sa première descente à terre : une Indienne s'est précipitée sur lui. Il avait un peu oublié celle dont il avait fait sa compagne lors de son séjour. L'indigène lui a présenté un garçon d'environ sept ans :

« Joazito. Ton fils. »

Carvalho est obligé de l'admettre : sous les cheveux raides et noirs, les traits du garçon lui ressemblent trop pour qu'il puisse nier sa paternité.

Sur le rivage, Colin retrouve les autres mousses, celui de *Trinidad*, Vasquito Gomez Gallego, le fils du pilote de *Victoria*, un vaurien toujours prêt à imaginer des farces, deux autres Français, Bernard Maury, qui navigue sur *Victoria*, et Pierre Arnault, de *Santiago.* Les gamins se livrent aux jeux de leur âge, se cachent, inventent des tours. Trop longtemps limités aux ponts de leurs navires, ils s'en donnent à cœur joie, courent à perdre haleine. L'une de leurs distractions favorites est de tourmenter Antonio Baresa, le petit Génois sodomisé par Salomone. Avec cruauté, les mousses l'appellent « Madame », « Mademoiselle », feignent de chercher à le séduire, l'entourent avec des mines efféminées. La victime a beau protester, se battre, elle demeure leur souffre-douleur.

Dès l'arrivée de la flotte, Magellan et les aumôniers organisent une messe d'action de grâces pour louer le Seigneur au terme de cette traversée heureuse. Soucieux d'évangélisation, les prêtres veulent convertir ces sauvages qui ignorent le vrai Dieu et, révèle Carvalho, mangent volontiers la chair de leurs ennemis. Les religieux préparent un office solennel dans l'espoir qu'en déployant toute la pompe ecclésiastique, ils convaincront les indigènes d'embrasser la vraie foi. L'équipe mise à leur disposition érige une croix au sommet d'un tertre, aménage une esplanade sur la terre craquelée par deux mois d'une sécheresse dont la persistance désole les sauvages.

Devant un autel bâti en rondins, couvert d'une nappe

en dentelle, le chapelain Pedro de Valderrama, assisté par le père Bernard Calmette, officie. Les prêtres ont revêtu les surplis empesés, les chasubles brodées de fils d'or, ont passé autour de leur cou les étoles, ont extrait de leurs écrins ciboire, calice, patène et ostensoir d'or orné de pierres précieuses. Les mousses, Colin Baseau, Vasquito Gomez Gallego, Rodrigo Macias, Bernard Maury, Pierre Arnault, et même Antonio Baresa qui a reçu l'absolution après confesse, jouent les enfants de chœur, déplacent les lourds missels, balancent l'encensoir, manient les burettes, marmonnent les répons, s'observent les uns les autres dans la crainte de commettre une erreur, de s'attirer un regard furieux de l'officiant.

En avant des équipages, Fernand de Magellan, tête nue, dresse sa taille médiocre. Par souci de diplomatie, il a placé à ses côtés le chef indien qu'on a forcé à enfiler l'un des habits turcs embarqués pour ce genre de circonstance. Le roi des sauvages, conscient de l'honneur qui lui était accordé, avait pourtant vêtu sa nudité de peintures éclatantes, orné sa croupe de plumes colorées. Un peu en retrait de l'amiral se tiennent les quatre capitaines. Chacun a sorti des coffres son meilleur habit, a défripé les tissus, ravivé les chapeaux de panaches neufs. En violation des ordres reçus, Luis de Mendoza est accompagné par Juan de Cartagena. Le Veedor destitué a passé trois heures à sa toilette, a convoqué Fernand de Bustamante, son barbier muté, sur sa demande, de *San Antonio* sur *Victoria.* Avec ses longs cheveux blonds fraîchement frisés, sa barbe taillée avec soin, son habit rose, les guipures de sa chemise, Cartagena affiche un air de suffisance. Furieux d'une désobéissance qui bafoue ses instructions, Magellan, avec mépris, tourne le dos à ce prétentieux. Groupés par navires, aux ordres de leurs officiers et de leurs maîtres d'équipage, les matelots se tiennent agenouillés dans la poussière, bonnet à la main. Les Indiens restent à l'écart, épiant ces étrangers aux bizarres coutumes.

Portés par une brise tiède s'élèvent vers le Seigneur le *Te deum laudamus*, les chants grégoriens, les psaumes et les cantiques repris par les matelots. Tandis que se succèdent les rites de la liturgie, dans le ciel montent les premiers nuages. Les têtes des marins se relèvent lorsque cesse de briller le soleil. Le plein jour éblouissant de lumière se mue en une quasi-obscurité. De grosses gouttes creusent la poussière de minuscules cratères. Avec soudaineté leur succède un déluge. À l'imitation de l'amiral, les matelots restent stoïques sous l'averse, le clergé poursuit ses litanies, enchaîne les gestes de la sainte messe. Tandis que l'assistance chrétienne demeure immobile, les Indiens s'agitent, s'exclament au spectacle de cette pluie miraculeuse après une si longue sécheresse. Ils s'agenouillent, tendent les bras vers la croix, imitent les gestes des étrangers dont le dieu provoque la pluie.

La messe achevée, les prêtres s'avancent vers les sauvages et les baptisent les uns après les autres, leur attribuent les noms de tous les saints du calendrier, répétant à voix forte les prénoms pour se faire bien comprendre de ces convertis.

La soirée s'achève par une grande fête. Les Indiens ont mis à cuire, dans les fours de terre, poulets, poissons, cochons entourés de fruits et de légumes, patates, racines à la chair blanche. L'amiral a autorisé que soient débarquées quelques barriques de vin d'Espagne. Les nuages et la pluie ont cédé la place à un ciel où brillent Orion, Rigel, Bételgeuse, la Croix du Sud… Les chants résonnent tard dans la nuit, entrecoupés d'éclats de rire. Niccolo, un marin natif de Naples, a apporté son luth. Il en pince avec adresse les cordes, accompagne les airs qu'il chante d'une voix enjôleuse. Les Indiennes, séduites par ce beau garçon, s'accroupissent autour de lui. Les hommes dansent entre eux. Les plus audacieux tentent d'enseigner aux sauvages les pas et les figures pratiqués dans leur pays. Parfois l'un des marins, tenant par la taille une sauvageonne, s'éloigne vers la pénombre de la plage...

Dès le lendemain commence le travail. Une partie des équipages demeure sur les nefs afin de veiller sur la tenue des ancres et de parer à toute attaque des sauvages. Mais les indigènes, occupés à obtenir les richesses qu'ils convoitent, paraissent inoffensifs. Les hommes de corvée roulent les fûts jusqu'aux cours d'eau pour faire aiguade, remplissent les chaloupes de fruits, de poulets, de ces petits cochons au groin mafflu que les indigènes appellent *anta* et dont la chair rappelle celle de la vache.

La remise en état et l'avitaillement des navires progressent moins vite que ne le souhaite Magellan. Malgré les ordres et les objurgations des prêtres, l'escale tourne à la débauche. Les femmes les plus audacieuses envahissent les navires, se glissent dans les entreponts, cherchant ce qu'elles pourraient chaparder, se donnant, pour un miroir ou un clou, à qui veut les prendre. À terre, la licence se poursuit sous les frondaisons.

Pigafetta, chroniqueur consciencieux, observe, furète, interroge, s'étonne de tout et emplit son grand cahier : « *Ici*, griffe sa plume, *nous fîmes abondante provision de poules, de patates, d'une espèce de fruit qui ressemble au cône du pin mais qui est extrêmement doux.* »

Il s'extasie sur les chats semblables à de petits lions, les cochons qui possèdent un nombril sur le dos, les plumes colorées des cacatoès, le large bec des oiseaux.

Avec sa silhouette dégingandée, sa haute taille dominant les petits Indiens, l'Italien amuse les indigènes. Il entre dans les huttes, frôle des nudités, découvre ces sortes de lits suspendus qu'ils appellent des hamacs. Il s'approche des feux, goûte les patates, nouvelles pour son palais d'Européen, leur trouve une saveur de châtaignes. Il côtoie les sauvages, les trouve beaux, bien charpentés sous les peintures dont ils se plaisent à couvrir leur corps. Si les maris, fort jaloux, surveillent leurs épouses, l'écrivain a noué une relation particulière avec une jeune fille. Elle est venue vers lui, a d'abord esquissé un sourire, s'est enhardie à toucher cette bizarre peau pâle, rose par endroits, a palpé l'étrange tissu couvrant le torse, le ventre, les jambes de l'étranger, a scruté le drôle d'ornement posé sur sa tête. Pour rire, Pigafetta lui a prêté son chapeau. Elle a ouvert la chemise pour savoir si la peau était blanche sur le torse comme sur le visage. Entre le jeune homme si longtemps privé de femme et la jolie sauvageonne, les jeux sont bientôt devenus agaceries. Elle l'a entraîné sous sa hutte, lui a montré comment se hisser dans un hamac, l'y a rejoint. Antonio Pigafetta est resté plusieurs nuits sans occuper sa couchette. Magellan s'en est inquiété. L'écrivain s'est-il vexé ? La chaleur, sur les navires, et pire encore à terre, est vive. À cette période proche du solstice, le soleil, à midi, frappe à la verticale, comme l'a calculé San Martín après avoir consulté sa table des déclinaisons. S'autorisant de ce climat tropical, Pigafetta s'était présenté devant l'amiral vêtu d'une seule mince chemise et d'une culotte légère.

« Monsieur, avait sèchement ordonné Magellan, habillez-vous ! »

L'Italien avait préféré aller à terre à bord de l'une des chaloupes qui assurent un constant va-et-vient entre les nefs et la rive. Aujourd'hui, l'amiral, informé de l'idylle nouée par le jeune homme, et pour une fois indulgent, daigne sourire.

Il ne manifeste pas la même mansuétude à l'égard de Barbosa. Il avait donné à son beau-frère la direction d'une des corvées. Mais le jeune homme a disparu, laissant le commandement à un subalterne. Pendant trois jours et trois nuits, Duarte n'a pas regagné le bord. Lorsqu'il reparaît, Fernand ordonne avec sécheresse à Espinosa :

« Saisissez-vous de cet homme et mettez-le aux fers. »

Comme un simple matelot récalcitrant, Barbosa est jeté dans un cachot. Il en rit : ce n'est pas la première fois qu'il paye le prix de ses incartades. Il en profitera pour dormir !

Le capitaine général ne quitte guère son navire, s'efforce d'activer les travaux. Aujourd'hui, 16 décembre, son fils Rodrigo a un an. L'enfant aura grandi sans que son père profite de ses premiers sourires. Magellan se demande : à un an, un enfant marche-t-il déjà ? Il ne peut pas se donner le ridicule d'interroger ceux de ses marins qui sont pères de famille.

*

Sous les premiers arbres de la forêt, dans leur village, les sauvages se gaussent de la crédulité des hommes venus dans leurs canots géants. Faut-il que les étrangers soient naïfs pour accepter les marchés de dupes que les indigènes leur proposent, un hameçon et même un couteau contre cinq ou six poules, un miroir ou un peigne pour des poissons dont la mer regorge. L'un des sauvages s'enorgueillit d'avoir obtenu un grelot et un ruban pour quelques patates, un autre une carte coloriée contre deux oies. Les marins proposent mieux encore, jusqu'à une de ces haches si utiles pour abattre les arbres ou creuser les canots, pour passer un moment avec les filles friandes de jouer avec les étrangers au gros sexe et aux drôles d'idées nouvelles.

San Martín méprise ces tentations : le 17 décembre, profitant d'un ciel clair et d'une conjonction favorable des astres, il descend sur la rive avec ses instruments de mesure, ses quadrants les plus précis. Il observe la lune et Jupiter, n'obtient qu'une longitude approximative de la Bahía de Santa Lucía, peste contre les tables établies par Faleiro.

Le 20 décembre a lieu l'exécution de Antonio Salomone. Le coupable est amené sur la plage, entendu en confession et, sous le regard intéressé des sauvages, soumis au supplice du garrot jusqu'à ce que mort s'ensuive.

Antonio de Coca s'est révélé trop incompétent pour conserver le commandement de *San Antonio*. Sans doute Juan de Cartagena a-t-il voulu jouer un tour à l'amiral en recommandant de le nommer capitaine. Ce paltoquet qui remplissait à bord les fonctions de comptable s'est révélé pusillanime et dépourvu d'autorité. Le capitaine général le remplace par Álvaro de Mesquita, un Portugais, son propre cousin. Estevão Gomez, déçu de n'avoir pas obtenu le poste, ne cache pas un mécontentement encore exacerbé lorsque Magellan l'affecte aux côtés de Mesquita pour pallier l'inexpérience du nouveau capitaine. Derrière le dos de l'amiral, les Espagnols critiquent cet acte de népotisme. Magellan n'en a cure, soucieux avant tout de renforcer son contrôle sur l'armada. Il prend une autre décision : puisque Luis de Mendoza a prouvé son insubordination et sa complaisance à l'égard de Juan de Cartagena, le Veedor destitué sera désormais gardé par Gaspar de Quesada, à bord de *Concepción*. L'astronome Andrés de

San Martín change lui aussi de bord : il naviguera désormais sur *Victoria*. Le fils naturel de Carvalho, le petit Joazito, embarque avec son père sur *Concepción*, comme garçon de cabine.

La flotte est prête, les travaux achevés, les vivres complétés. Après une semaine de débauche, une tâche malaisée consiste à récupérer les marins cachés dans les huttes, se vautrant dans les hamacs en compagnie des femmes indigènes. Il faut chasser les filles installées dans les entreponts, cachées par les matelots dans les recoins des cales. En soldat soucieux d'exécuter les ordres de l'amiral, Gonzalo Gomez de Espinosa, aidé par son escouade d'alguazils, déploie tout son zèle à rétablir la discipline. Dix fois, les maîtres d'équipage effectuent l'appel, ordonnent que soient recherchés les manquants. Les effectifs enfin au complet, l'amiral veut, sans plus attendre, appareiller. Avec déférence, les religieux sollicitent deux jours de délai : demain à minuit, voici mille cinq cent dix-neuf ans, naissait le Christ. Le jour de la Nativité, ils désirent célébrer une messe solennelle. Magellan, satisfait du bon ordre qui semble désormais régner sur les navires, de l'apparente soumission de chacun à son autorité, accepte. Le départ est repoussé au 26 décembre. Par précaution, les nefs sont déplacées et mouillent au centre de la baie, loin de la rive, et c'est à bord de *San Antonio* et de *Trinidad* que sont célébrées les messes de minuit.

*

Nombre de matelots ont prolongé Noël de façon païenne, par des libations excessives. À l'aube du 26 décembre, les subrécargues ont quelque peine à tirer les marins de leurs couchettes ou des hamacs que quelques-uns ont adoptés. Les yeux sont embrumés, les jambes incertaines pour monter dans les enfléchures, les bras manquent de vigueur lorsqu'il faut peser sur les drisses, virer le cabestan. La brise est molle, l'appareillage laborieux. Il est près de midi lorsque la flotte se regroupe en ligne, passé la dernière île et, à la suite de la nef amirale, met le cap au sud.

Magellan n'est pas mécontent. Les navires montrent un état satisfaisant. Grâce aux préparatifs qu'il a imposés à Séville, à la prudence observée durant la traversée, l'armada n'a subi aucune avarie grave. Même si l'escale n'a duré que treize jours, les malades se sont rétablis en buvant l'eau claire du río, en mangeant les fruits de la forêt. Ceux que tourmentait la privation de femme ont fréquenté les filles indiennes. Tous se sont confessés, ont communié. Ils se sont lavé le corps et l'âme. La brutale destitution de Juan de Cartagena a dû convaincre les capitaines et les équipages que l'amiral imposerait à chacun son autorité. Le capitaine général tient pour méprisables les mouvements de chaloupes qui, la nuit venue, quittaient *San Antonio* et *Victoria* pour se regrouper au flanc de *Concepción*.

La poursuite de l'expédition s'annonce sous les meilleurs auspices. Mais maintenant se joue la partie la plus aventureuse confiée à un homme dont certains doutent de sa capacité à la mener à bien. Pour Duarte Barbosa dont la punition a été levée à l'occasion de la Noël, Valderrama l'aumônier, Francisco Albo promu pilote, Polcevera le lieutenant, Pigafetta l'écrivain, qui chaque jour côtoient l'amiral, Magellan demeure un personnage mystérieux, d'un abord difficile. Seul semble être admis dans son intimité l'esclave Enrique qui, toujours présent, prévoit et satisfait son moindre désir, verre d'eau s'il a soif, tunique si le temps se rafraîchit, caban si la pluie menace, siège lorsque Magellan, souffrant de sa jambe blessée, s'est tenu trop longtemps debout, a dû compenser les mouvements du roulis, ou si le temps vire à l'orage.

Derrière son visage impénétrable, l'amiral cache ses doutes. Même s'il affirme connaître le passage, il sait bien, au fond de lui-même, que rien n'est certain. Son expérience de marin le lui a enseigné : les cartes sont imprécises, les supputations des géographes parfois infondées. Pour conforter ses certitudes, il étudie, à l'abri dans sa chambre, les documents qu'il a copiés.

Soucieux de donner de l'expédition un compte rendu fidèle, Pigafetta aimerait deviner la personnalité du Portugais, entrevoir ce que dissimulent sa volonté d'isolement, la brièveté de ses propos, la brutalité de ses observations. L'amiral décourage toute velléité de sympathie, la moindre tentative de lui manifester une déférente amitié.

Duarte lui a révélé ce qu'il savait des navigations de son beau-frère aux Indes, de ses blessures, de ses déboires à la cour du Portugal. Il ne peut lui en dire plus sur un homme avare de confidences. Pigafetta conclut :

« L'amiral est un homme timide, malheureux, orgueilleux. Si tu veux m'en croire, c'est par timidité qu'il se confine dans la solitude, se montre laconique, voire abrupt, lorsqu'il est contraint de parler. J'éprouve pour lui une sorte d'affection filiale, mais je ne vois guère de façon de la lui témoigner. »

Duarte rit des efforts de son ami pour expliquer le comportement du capitaine général :

« Que t'importe ? C'est un bon marin, il a su obtenir une flotte et nous emmène retrouver les bayadères, dans les îles aux épices. D'ici là, j'essaierai d'esquiver la sévérité de mon beau-frère à la morale par trop pointilleuse. »

Ce qu'ignorent Pigafetta, Duarte et tous les autres est la blessure infligée par Maria-Dolores. Son union avec Beatriz, mariage d'affection et d'intérêt, n'a pas fait oublier à Magellan son amour de jeunesse. En mer, il rêve : il découvrira le passage et, le premier, réussira à mener une flotte autour du monde. L'Espagne, le Portugal l'accueilleront en héros. Alors Maria-Dolores aura honte de son éclat de rire.

6

Le doute

Le dôme

Durant la traversée de l'Atlantique, à bord de *Victoria*, Juan de Cartagena n'était nullement traité en prisonnier par Luis de Mendoza, trop heureux de manifester ainsi son mépris des mesures prises par le capitaine général. Depuis leur première rencontre à Séville, Mendoza voue à l'amiral une haine instinctive, sans autre motif qu'une opposition de tempérament et de nationalité. Magellan, incapable de cacher ses sentiments, s'exprime avec une brutale franchise, impose sans ménagements son autorité. Mendoza est retors, fourbe, camoufle ses perfidies sous des flots de paroles. L'arrestation par surprise du Veedor a encore accru son animosité et, tout en feignant la soumission avec un excès de politesse, il a pris ouvertement le parti de Cartagena :

« Vous, un grand d'Espagne, vous que Charles Quint a nommé son représentant, vous vous soumettriez à ce boiteux, ce campagnard mal fagoté, ce rustre aux manières de matelot ! À la première occasion, il faut le démettre. Vous prendrez le commandement de la flotte. »

Sa destitution, en infligeant au Veedor une profonde blessure d'amour-propre, a porté atteinte à sa suffisance, exacerbé son orgueil. Mais le vice-amiral n'est guère porté à la violence. Depuis son enfance l'ont choyé domestiques déférents, précepteurs obséquieux, courtisans empressés, officiers obéissants. Les pires épreuves qu'il a endurées ont consisté à maîtriser un cheval rétif, à forcer un sanglier ou un cerf. Si, à longueur de soirée, il prêtait une oreille complaisante aux propos de Mendoza, si la tentation de reprendre le pouvoir était forte, il savait combien sa marge de manœuvre était étroite.

« Nous ne pouvons laisser la flotte de Charles Quint aux mains de ce Portugais contrefait ! Deux des navires nous sont acquis, argumentait Mendoza, et sur les autres, les marins espagnols nous seront favorables. Nous devrions pouvoir compter sur le pilote du *San Antonio*, Juan Sebastián de Eleano, un Basque de trente-trois ans. Il rêve d'être capitaine et ne s'embarrasse pas de scrupules. Il l'a prouvé.

— Qu'est-ce à dire ?

— Vous ne le saviez pas ? Ce pilote originaire de Guétary a vendu un croiseur espagnol aux partisans du duc de Savoie et est tombé en disgrâce. Il n'a obtenu son pardon qu'en signant son engagement dans la flotte de Magellan. »

Face aux propos insidieux que distille Mendoza, Juan de Cartagena s'est contenté de devenir, avec son autorité naturelle, le véritable patron de *Victoria*. Le capitaine en titre, ramené à une position subalterne, escompte que sa soumission lui sera remboursée en riches dividendes. Il suffit de patienter en disant du capitaine général, au vu et au su des matelots, tout le mal qu'il en pense.

Depuis le départ du Brésil, Gaspar de Quesada, désormais gardien de Cartagena à bord de *Concepción*, encourage le Veedor à la rébellion :

« À la première occasion… »

Vent de travers, poussée par une bonne brise d'est, la flotte progresse, cap au sud. Les marins se remettent des fatigues de l'escale, se racontent leurs bonnes fortunes et rient de la naïveté des sauvages. Évoquer la complaisance des jeunes Indiennes et la saveur des fruits est une manière de vivre une nouvelle fois ces plaisirs. S'ils doivent mourir demain, se disent-ils, ils auront au moins connu ces moments-là.

La côte, d'abord constituée de chaînes de montagnes tombant à pic dans la mer, est devenue plate, débordée d'îles. Les navires se tiennent au large, à l'écart des hauts-fonds. Seul *Santiago*, de moindre tirant d'eau et le plus manœuvrant, commandé par un capitaine jouissant de la confiance de l'amiral, est autorisé à s'approcher de la terre, avec pour mission d'informer Magellan de toute ouverture qui pourrait mener au passage prévu par Martin Behaïm.

L'an 1519 s'achève et, au soir du 31 décembre, le capitaine général convie à souper, dans la chambre de l'arrière, l'aumônier, les officiers, l'alguazil de la flotte Gonzalo Gomez, le noble Italien Pigafetta. La soirée est douce, la brise aimable, le ciel clair pour le premier quart de nuit qu'assure le pilote Albo. Pour une fois de belle humeur, l'amiral ordonne à Enrique de servir un vin de sa réserve personnelle. Le cuisinier a profité des vivres frais embarqués à Santa Lucía pour préparer un repas soigné, avec une viande de cette *anta* que l'on a appris à apprécier et quelques poules choisies parmi les moins étiques.

À minuit, au retournement de l'ampoulette, les hommes qui entourent l'amiral lui offrent leurs vœux pour la nouvelle année. Pigafetta, au nom des principaux de l'équipage, tient un bref discours :

« Puisse l'an 1520 combler les souhaits de Votre Excellence en lui offrant le passage vers la mer du Sud et les Moluques. »

Magellan reçoit ces espérances dans un silence superstitieux. Défier le destin porte malheur.

Dieu a-t-il entendu les vœux exprimés par Pigafetta ? Après une interminable plage de sable blanc longée plusieurs jours durant, au début du mois de janvier, à tribord des navires, la silhouette sombre de la côte s'interrompt : la mer continue, loin dans l'ouest. San Martín calcule la position : trente-quatre degrés et demi de latitude méridionale. Behaïm, qui situait le passage au quarantième degré, se serait-il trompé ?

« Le passage, c'est le passage ! » clament les hommes groupés le long des pavois, sur les étraves, dans les nids-de-pie.

À perte de vue l'océan s'étend vers l'ouest. « De l'autre côté, affirment tous les marins, nous trouverons la mer de Chine. » Le cœur de Magellan bat plus fort, même si son visage n'affiche aucun contentement. Il a gagné ! Seul de toute la flotte, le pilote João de Carvalho ne cache pas son scepticisme. Il affirme :

« Je suis déjà venu ici, il y a cinq ans, avec Juan de Solis. Le capitaine et soixante marins, descendus à terre, ont été capturés par les cannibales et dévorés sous nos yeux. Nous nous sommes échappés à coups de canon. Le bras de mer où nous naviguons est en réalité un fleuve, très large et puissant. Il ne donne pas accès à l'autre mer. »

*

Magellan décide pourtant d'entreprendre l'exploration. Il donne ses instructions : sous les ordres d'Álvaro de Mesquita, *Santiago*, *Victoria* et *Concepción* reconnaîtront le passage et reviendront rendre compte. *Trinidad* et *San*

Antonio, les deux plus gros vaisseaux, suivront à petite vitesse.

« Permettez, amiral, que j'embarque sur *Santiago*, demande Pigafetta, avide de ne manquer aucun événement.

— Permission accordée. »

Aidés par un courant favorable, les trois navires s'avancent. Les huniers ont été cargués, *Santiago* progresse en éclaireur, le long de collines, de falaises et de dunes, double un promontoire en forme de baleine. L'eau est boueuse. Les hauts-fonds ne s'y révèlent que par un remous. Par crainte d'un échouement, une chaloupe précède la flottille en sondant et indique la route à suivre entre les bancs de sable. Malgré ces précautions, *Victoria* talonne, se dégage à grand-peine. À tribord, la côte s'estompe dans une brume légère. Aucune terre n'est visible à bâbord. À intervalles réguliers, les capitaines commandent que soit puisé un seau d'eau. Ils y trempent un doigt, le sucent. L'eau est salée. Est-ce ici que s'achève l'Amérique ? Le courant semble le confirmer.

La nuit tombe tôt et contraint les navires à mouiller au milieu d'un archipel qu'ils baptisent Santa María. Sur la plus grande des îles, les marins aperçoivent des sauvages. Les Indiens, craintifs, rassemblent leurs maigres possessions et refluent vers la forêt, prêts à s'enfuir. Un géant montre plus d'audace :

« *L'un d'eux,* note Pigafetta, *d'une figure gigantesque et dont la voix ressemblait à celle du taureau, s'approcha de notre navire pour rassurer ses camarades.* »

Une centaine de marins se préparent à descendre à terre. L'Italien est du nombre. Il aimerait voir de plus près les Indiens, mesurer leur taille, tenter de converser avec eux à l'aide des quelques mots appris à Santa Lucía. Mais, dès que les Espagnols abordent la plage, les sauvages reculent. Les visiteurs tentent de les rattraper. Les Indiens s'échappent, et leur agilité les met bientôt hors de portée.

Lorsque l'aube permet à nouveau de déceler les hauts-fonds, l'exploration reprend. La progression est lente. Le vent, passé à l'ouest, oblige à louvoyer et le risque d'un échouement oblige à redoubler de précautions. Le courant, désormais contraire, laisse supposer que le bras de mer est soumis à l'alternance des marées. La configuration de cette rive aux collines arrondies déroute Serrano : à Bonne-Espérance, Saint-Vincent, Gibraltar, les extrémités des continents se découpent en caps abrupts. Mais pourquoi ces terres nouvelles se conformeraient-elles aux normes habituelles ?

Vers la fin de l'après-midi, les veilleurs distinguent, loin à bâbord, la terre. La flottille s'est-elle engagée dans un vaste golfe, ou bien le passage se rétrécit-il avant d'offrir l'accès à l'autre mer ? L'eau puisée dans les seaux, de salée est devenue saumâtre, puis douce. Les cinq navires mouillent, deux jours durant, le temps que les charpentiers calfatent une voie d'eau apparue dans les fonds de *San Antonio.* Un Indien, venu seul à bord d'un esquif, grimpe à bord de *Trinidad.* Le capitaine général ordonne qu'il lui soit donné quelque nourriture, l'habille d'une veste en drap rouge. L'indigène montre un lingot d'argent et, pressé de questions, révèle par signes la direction où on en trouve.

Le lendemain, dans le souci d'aller jusqu'au bout de l'espérance, *Santiago* est envoyé seul en reconnaissance, tandis que les autres nefs explorent la côte au sud. Un malheur survient : en voulant tirer un seau d'eau, un mousse de *Concepción*, le petit Guillén Irés, perd l'équilibre, tombe à la mer et se noie.

Une semaine, deux semaines passent et *Santiago* ne revient pas. Carvalho s'est-il trompé ? La nef a-t-elle trouvé le passage ? Les autres navires poursuivent leur progression, guettant le retour de l'éclaireur. Le voici enfin. De son regard exercé, l'amiral cherche à déceler un signe. Mais, plus le navire approche, plus il est contraint d'admettre l'échec : nulle oriflamme ne bat dans les mâtures, aucun coup de bombarde n'annonce le succès. Magellan tente de cacher son immense déception :

« Je le savais. Behaïm a situé le passage plus au sud, à la hauteur du quarantième degré. »

Serrano rend compte :

« Carvalho avait raison : ce n'est qu'un fleuve. Les rives se rétrécissent, l'eau est douce. »

Il ne reste plus qu'à revenir en se tenant à l'écart de la rive droite, basse, où croît de loin en loin un médiocre bouquet d'arbres. La largeur de l'embouchure, estimée à dix-sept lieues, explique l'illusion.

Si San Martín n'est pas parvenu à déterminer avec précision la longitude de la baie de Santa Lucía, les calculs des pilotes apportent désormais à Magellan une certitude : au-delà du cap Santa María, au sud du fleuve, la flotte quitte la zone attribuée au Portugal. Les navires se trouvent désormais dans la partie espagnole. La côte s'incline vers le sud-ouest et les territoires qu'ils découvrent dépendent, sans doute possible, de l'empereur Charles Quint.

L'armada à nouveau réunie passe aussi près de la rive que l'autorisent les hauts-fonds, se met à la cape devant chaque baie, le temps qu'un éclaireur aille vérifier si cette ouverture conduit vers la passe recherchée.

Février. Les jours succèdent aux jours. La navigation en vue de terre, avec ses risques de récifs, de tempêtes qui jetteraient les navires à la côte, se révèle plus fatigante qu'une traversée d'océan. Les veilleurs, les pilotes sont soumis à une constante attention, les gabiers à d'incessantes manœuvres. Le froid est vif, l'aurore tardive, le crépuscule survient de plus en plus tôt. Au-dessus d'une mer verdâtre, d'immenses oiseaux planent sans un coup d'aile, comme de silencieuses sentinelles, et scrutent les hommes d'un œil cruel. Le ciel se couvre de nuages. Le soleil, s'il daigne apparaître, s'élève à peine au-dessus de l'horizon et ne réchauffe guère les marins transis. Lorsque la navigation se révèle trop hasardeuse et qu'un abri s'offre à la flotte, l'amiral, prudent, ordonne de mouiller pour la nuit dans une baie ou derrière une île après une approche précautionneuse dans ces eaux inconnues. Sinon, les navires capeyent ou gagnent le large, jusqu'au jour. La progression est lente, laborieuse, sur une mer parsemée de tous les dangers de la découverte.

Magellan l'avait affirmé : le large fleuve débouchait trop au nord pour correspondre au détroit figurant sur les cartes dessinées par Behaïm. Maintenant, la flotte a dépassé le quarantième degré et rien n'annonce l'ouverture du passage. Le capitaine général se prend à douter. Sur quels éléments reposait la certitude du cosmographe ? Cette Amérique se prolonge-t-elle jusqu'au continent austral sans aucun accès vers la mer de Chine, Cipango, les Moluques ?

Les vents forts malmènent les voiles. De grosses houles secouent les gréements, délabrent les coques. Les navires fatiguent. Les hommes aussi. Beaucoup, épuisés par le froid, les manœuvres, la médiocre nourriture, sentent leurs forces les abandonner. Ils toussent, s'allongent dès qu'ils le peuvent, ne se relèvent pour prendre leur quart qu'après avoir été houspillés par les maîtres. Ils tremblent, saisis par la fièvre. Les blessures aux mains, aux poignets, rongées par le sel, ne guérissent pas. Le petit Vasquito Gallego souffre de gros furoncles qu'il presse pour que le pus s'écoule. Mais bientôt il s'en forme d'autres. Entre les marins, des disputes éclatent pour un rien. Sur *San Antonio*, une rixe a dégénéré, un homme en a frappé un autre d'un coup de couteau. Mesquita a dû sévir, envoyer le coupable aux fers. Le blessé, Sebastián Orarte, meurt. Le 3 février, en une cérémonie expédiée à la va-vite pour cause de mauvais temps, le corps est immergé : le père Calmette esquisse une rapide bénédiction, sous une pluie battante, murmure « *Requiescat in pace* » puis s'enfuit vers l'abri du château arrière tandis que les restes du matelot glissent vers la mer.

Depuis longtemps, les bonnettes ont été remisées dans les soutes. Les perroquets sont le plus souvent ferlés. Les navires progressent, tant bien que mal, sous leurs basses voiles. Bientôt cette voilure réduite offre encore une surface trop importante : les rafales deviennent plus puissantes, plus longues. La mer est grosse. Des crêtes blanches assaillent les coques, escaladent les pavois, déferlent sur les ponts, giflent de douches glaciales les marins mal vêtus. Ce n'est plus un coup de vent banal comme l'armada en a déjà subi : cet ouragan est un tueur.

Depuis le début du gros temps, Magellan n'a pas quitté le pont de *Trinidad.* Le caban trempé, les cheveux ruisselants, la barbe constellée de gouttelettes, les yeux rougis de sel et de fatigue, il ne cesse d'exhorter son équipage, hurlant ses ordres pour dominer le vent, veillant à tout, courant, malgré sa mauvaise jambe, jusqu'au pied du mât pour ordonner une manœuvre, organiser la réparation d'une avarie et même, lorsqu'il l'estime nécessaire, prêtant l'aide de ses rudes mains d'ancien lieutenant.

La tempête menace de jeter la flotte à la côte. Les navires, chacun pour soi, luttent pour leur survie. Les voiles se déchirent, les espars gémissent. Les feux de Saint-Elme, Saint-Nicolas, Sainte-Claire éclatent en aveuglantes lueurs à la pointe des mâts. Incapables de remonter ce vent furieux, les vaisseaux dérivent vers la terre. Les rochers, les falaises semblent dangereusement proches. Les coques s'y fracasseront, les marins seront projetés au milieu du ressac, déchiquetés sur les récifs. Quelques-uns peut-être parviendront à gagner la terre ferme. Avec quelle chance de survivre dans ces contrées hostiles, parmi les cannibales ?

En quelques minutes, les navires auront tous péri. Il n'en subsistera rien, sinon des épaves, tronçons de mâts, planches cassées, bordés brisés, restes dérisoires d'une flotte que son amiral prétendait mener autour du monde. Les marins les plus obstinés tentent encore de se battre, beaucoup prient, promettent des offrandes à tous les saints, s'engagent, s'ils en réchappent, à aller, pieds nus, en pèlerinage à Saint-Jacques-de-Compostelle. D'autres, paralysés par la peur, les yeux exorbités, fixent les rocs noirs. Colin sanglote de frayeur tout en apportant ses forces dérisoires à un groupe de marins : les hommes s'échinent à hisser une voile de cape en lourd tissu que le vent s'acharne à leur arracher.

Il faudrait un miracle. Il survient. Dans une éclaircie, un pâle rayon de soleil révèle, dans la falaise, une ouverture, l'espoir d'un abri où se réfugier. Cette anfractuosité est peut-être un piège mais les marins n'ont plus le choix. Sous un torchon de toile, jouant leur ultime chance, les navires se glissent dans une baie. La mer y est moins abrupte. Un gros clapot y a remplacé les lames meurtrières. Derrière deux îles, doublant leur mouillage, élongeant leurs câblots, les cinq vaisseaux trouvent une accalmie relative. Tout autour, la mer fume, bouillonne. Les rafales déferlent de la crête des collines, soulèvent sur l'eau des nuages d'écume. Barbosa éclate de rire : cette fois encore la mer n'a pas eu sa peau ! Les hommes, les navires sont-ils sauvés ? Les officiers observent la tenue des ancres, l'usure des cordages qui se tendent et menacent de se rompre. Les lourdes coques jouent sur leur mouillage, se cabrent, roulent, les espars grincent. Les hommes de quart demeurent sur le pont, prêts à manœuvrer. Si les ancres chassaient, si l'amarre cédait, parviendraient-ils à hisser assez vite une voilure suffisante, à remonter contre le vent, à regagner l'abri de l'île ? Ou bien le navire serait-il condamné à s'échouer au fond de cette baie, à y achever son voyage ?

Les marins dispensés du quart cherchent un recoin où trouver un peu de chaleur, échapper aux embruns, sécher leur peau, leurs vêtements, où s'effondrer recrus de fatigue. Aux ordres des capitaines, les intendants distribuent à chacun un quart de vin, un biscuit. Les mousses y ont droit, comme des hommes.

Soudain, une rafale d'une violence de tornade assaille les cinq navires, arrache les châteaux qui surplombent les proues, les emportent comme des fétus, exposant à la tourmente les marins qui s'y étaient réfugiés. L'ancre de *Trinidad* dérape. En hâte, une seconde ancre est jetée à l'eau. Elle croche, in extremis, la poupe à quelques brasses des récifs. Plus que jamais, les matelots apeurés confient leur destin à la Vierge, ultime recours.

Trois jours durant, la tempête déchaîne ses fureurs, puis peu à peu s'apaise et aux sifflements dans les gréements succède un étrange silence. Au fur et à mesure que le vent tombe, la colère monte, nourrie de peur et de rumeurs. Sournois, Luis de Mendoza prononce des paroles désabusées au moment où le mousse dessert la table. Les propos rapportés, amplifiés, circulent dans les postes d'équipages, sont colportés d'un bord à l'autre à l'occasion des mouvements de chaloupes. Sur *San Antonio*, le pilote Estevão Gomez ne dissimule pas son inquiétude :

« Ici, nous allons tous mourir de froid et de faim. L'hiver s'avance. Nous n'y survivrons pas. Il faut remonter vers le nord, hiverner dans la baie de Santa Lucía. »

La suggestion séduit : il est urgent de quitter cette anse surnommée par les marins « la baie des Misères ». À Santa Lucía, se souviennent-ils, la chaleur est douce, les vivres abondants, les fruits savoureux et les plus concupiscents rêvent d'y retrouver leur compagne d'un moment. Dénonçant avec vigueur les errements de la chair, l'abbé Calmette ne cache pas son hostilité à l'égard de l'amiral :

« Il n'a condamné qu'avec réticence le maître d'équipage coupable de sodomie. Pour célébrer la messe solennelle, le capitaine général a désigné le chapelain Pedro de Valderrama. Cet honneur me revenait de droit, à moi qui suis de dix ans son aîné ! »

Doucereux, il utilise son ministère pour souffler des confidences fielleuses et, en confession, n'inflige aux pêcheurs d'autre pénitence que de rester à bord de ces navires maudits lancés dans une entreprise sans espoir aux mains d'un chef à demi fou. Même les Portugais commencent à douter :

« Le passage n'existe pas, disent-ils. Le capitaine général nous trompe. Il faut faire demi-tour, revenir en Espagne. Sinon... »

Gaspar de Quesada est le plus virulent. Depuis le départ de Séville, la vie en mer réussit au quinquagénaire. Il a maigri, semble avoir rajeuni. Pour tenter de faire oublier son âge, il se dépense à bord, participe aux manœuvres, grimpe dans la mâture et prononce les jugements les plus excessifs. Il se prétend capable de commander la flotte en lieu et place de cet étranger de dix ans son cadet. Les façons de Magellan l'insupportent. L'usage impose que toute décision importante sur les routes à suivre, les nécessités des escales, la poursuite de l'expédition soit prise après consultation des capitaines. Après l'exploration du grand fleuve, ils ont demandé à rencontrer Magellan :

« Nous désirons consulter la carte où est indiqué le passage. »

Le capitaine général a refusé :

« Cette carte est secrète. Elle m'appartient. Je n'ai pas à la communiquer. »

Quesada affirme aux autres officiers :

« S'il nous cache les documents, c'est parce qu'il ignore où se trouve le passage, si même il existe. »

Luis de Mendoza ironise. Sous ses propos acerbes perce la méchanceté :

« Magellan ne trouvera jamais la route conduisant à la mer de Chine. L'expédition sombrera dans le ridicule. Le boiteux qui par intrigue a obtenu la faveur du roi d'Espagne sera la risée de Séville. »

Juan de Cartagena, hautain, feint d'ignorer les bruits qui courent.

Magellan devine la mauvaise humeur des équipages. Il entend les murmures, voit les visages fermés, surprend les réflexions désabusées, décèle le scepticisme. Mais son caractère obstiné et son orgueil lui interdisent de renoncer. Deux autres bonnes raisons lui conseillent de ne pas retourner à Santa Lucía : la flotte se retrouverait en zone portugaise, avec tous les risques d'y faire de mauvaises rencontres, et les marins renoueraient avec leur vie de débauche. Espérer maintenir une quelconque discipline serait illusoire. Dès que les navires auront repris la mer, les nécessités de la manœuvre et les rigueurs du bord prendront le pas sur la tentation du renoncement. Mais avant d'appareiller il est indispensable de réparer les avaries causées par le gros temps. Il faut reconstruire les châteaux, étancher les voies d'eau, retendre les gréements, recoudre les voiles. Six hommes sont descendus à terre, chargés de chercher une source d'eau douce. Au moment de réembarquer, une tempête se lève, si violente qu'il serait folie de s'aventurer dans la chaloupe. Leurs compagnons restés à bord s'inquiètent de ne pas voir revenir leurs camarades : ont-ils péri massacrés par les sauvages, dévorés par ces mangeurs de chair humaine ? Se sont-ils noyés en tentant de regagner la nef ? Le lendemain, lorsque le temps est devenu maniable, une équipe part à la recherche des disparus. Sur l'îlot, une grande troupe de loups marins s'ébranle à son approche, rampe vers la mer. Certains n'ont pas fui : ce sont les matelots qui, pour ne pas mourir de froid, s'étaient blottis les uns contre les autres, parmi les bêtes.

Profitant des accalmies, les hommes descendent dans l'une ou l'autre des îles, s'amusent à poursuivre les loups marins : ces grosses bêtes au pelage gris, allongées avec paresse sur les rochers, grognent à l'approche des importuns, les menacent de leurs longues dents, et, pataudes, glissent sur le ventre jusqu'à l'eau. Elles y nagent avec aisance, sortent leur museau, comme curieuses d'observer ces étranges visiteurs. Sur d'autres rives nichent, en rangs serrés, des oiseaux dressés debout sur leurs pattes. Revenu à bord, Pigafetta ouvre son gros cahier, taille sa plume, la trempe dans l'encre, consigne ses observations :

« Nous nous arrêtâmes à deux îles que nous ne trouvâmes peuplées que d'oies et de loups marins. Les premières y sont en si grand nombre et si peu farouches que, en une heure de temps, nous en fîmes une abondante provision pour les équipages des cinq vaisseaux. Elles sont noires et paraissent couvertes également par tout le corps de petites plumes, sans avoir aux ailes les pennes nécessaires pour voler, et en effet elles ne volent pas et se nourrissent de poisson ; elles sont si grasses que nous étions obligés de les écorcher pour les plumer. Leur bec ressemble à une corne. Les loups marins sont de différentes couleurs, et de la grosseur d'un veau dont ils ont aussi la tête... »

Duarte, toujours farceur, déclenche l'hilarité en imitant la démarche claudicante de ces oiseaux noir et blanc.

Les corvées facilitent les bavardages entre les équipages des divers navires. Les marins de *Victoria*, atteints par une sourde panique, communiquent leur angoisse. Ils expriment leur crainte de l'inconnu, ces rivages mystérieux vers lesquels les entraîne l'amiral, ces latitudes inclémentes, loin, si loin de chez eux. Ils redoutent d'autres tempêtes, le froid, la perte de leur navire, et de se retrouver dans ces plaines immenses balayées par un vent glacial, où ils mourront de faim, où les sauvages les attaqueront, où les cannibales les dévoreront.

Magellan, soucieux de l'approche de la mauvaise saison, ordonne que soient précipités les travaux : plus les hommes seront occupés, moins ils songeront à se plaindre. Il est urgent de reprendre la mer. Le passage n'est peut-être plus qu'à quelques lieues, au détour du prochain cap.

*

Mars. Chaque promontoire dévoile une déception, chaque ouverture dans la côte aboutit à un cul-de-sac. Au fil des semaines, les jours sont plus courts, les vents plus forts, les rafales plus brutales, le froid plus vif. Tout retarde la flotte, les fractures de la côte qu'il faut explorer, les tempêtes, les calmes, les vents contraires que les lourdes nefs remontent en un laborieux louvoyage. Les hommes montrent une sorte de morne résignation devant la souffrance, les blessures de leurs mains gercées, la disparition de tout espoir de lendemains meilleurs. À plusieurs reprises, un phénomène stupéfie quelques-uns des marins originaires de tièdes latitudes. Du ciel noir un vol de papillons blancs descend doucement des nuages lorsque le vent est calme, recouvre les vergues, les ponts. Sur *Trinidad*, le Napolitain Niccolo y goûte : c'est froid, insipide comme de l'eau. Le Croisicais Colin, tout faraud de ses connaissances, explique aux plus étonnés :

« C'est la neige. J'en ai vu souvent dans mon pays, en Bretagne. »

Lorsque le vent souffle, la grêle blesse les visages, les mains nues. Les hommes grommellent :

« Maudits. On est maudits. »

Route au sud. Toujours plus au sud. Seul ou presque à vouloir s'obstiner, l'amiral indique le cap à suivre. Pour la plupart, la sagesse commande de s'arrêter, de rebrousser chemin vers des latitudes moins hostiles. La raison l'affirme : le passage n'existe pas, cette côte rejoint le continent antarctique sans aucune interruption. Les plus audacieux tentent de convaincre le capitaine général :

« Abandonnons un espoir fallacieux, cessons de cultiver l'illusion. Martin Behaïm a menti. Martin Behaïm vous a trompé. »

Fernand de Magellan n'écoute rien ni personne. Sûr de lui ou feignant de l'être, il persiste dans son apparente certitude, promontoire après promontoire, déception après déception. Peut-être, en continuant à suivre cette côte, parviendra-t-on au grand continent de l'autre pôle. Le rivage s'inclinerait alors vers l'est, jusqu'au sud de l'Afrique, jusqu'au sud des Indes. Malgré les demandes réitérées des capitaines qui souhaitent donner leur opinion, exposer le découragement de leurs marins et le piètre état de leurs nefs, l'amiral refuse de recevoir ses subordonnés. Duarte a tenté en vain de lui parler. Drapé dans son orgueil, son beau-frère a-t-il décidé de continuer la route au sud afin de cacher l'erreur qui entache son projet ? Veut-il poursuivre jusqu'au bout, jusqu'à la mort, dans une sorte de suicide, pour ne pas survivre à son échec ? Seul Pigafetta, avec une foi inébranlable, affiche sa confiance dans la réussite de l'expédition :

« L'amiral me l'a dit, confie-t-il. Il est prêt à aller jusqu'au soixante-quinzième degré s'il le faut ! »

7

La mutinerie

31 mars. L'amiral renonce. La flotte a atteint quarante-neuf degrés de latitude méridionale sans trouver aucun passage. Les rigueurs de l'automne préfigurent les cruautés de l'hiver. Magellan cède. Non point qu'il ordonne le repli vers des latitudes plus accueillantes. Par un étroit goulet, poussés par un fort courant de marée, les cinq navires entrent dans une baie. Une chaloupe envoyée en reconnaissance révèle que les rives offrent toutes les ressources souhaitables. Dans la mâture de *Trinidad*, les pavillons ordonnent de mouiller. Ce havre encourage Magellan à prendre sa décision : les cinq vaisseaux y passeront l'hiver. Dès le printemps, la navigation reprendra, toujours vers le sud, à la recherche du passage. L'amiral envoie un canot porter aux capitaines un double message :

« *Il convient de prévoir un hivernage de plusieurs mois. Les vivres et le vin seront réduits à demi-ration. Les équipages subsisteront sans avoir à entamer notre provision de biscuits et de vin grâce à la pêche et à la chasse. Demain étant jour de la fête de Pâques, une messe solennelle sera célébrée sur le rivage.* »

L'amiral convie les capitaines à venir ensuite partager son repas. Par l'honneur qu'il leur accorde, Fernand de

Magellan compte établir de meilleurs rapports avec ses subordonnés.

La baie, baptisée San Julián selon le saint du jour, est un golfe protégé par une avancée de terre. Les vaisseaux s'y trouveront en sécurité mais le paysage austère, la végétation rabougrie laissent mal augurer des prochains mois.

L'annonce du rationnement édicté par l'amiral provoque une explosion de colère. Les marins épuisés, angoissés par l'éloignement, par les incertitudes sur l'avenir multiplient les injures. Sebastián García, une forte gueule, est le plus virulent :

« Il nous avait promis la chaleur des tropiques, les fruits, les femmes et la richesse. Il nous donne le froid, la misère, et maintenant la famine ! »

Un autre Castillan, Francisco Ruiz, renchérit :

« On va tous crever ici ! »

Le mousse Rodrigo Macias entend, terrifié, ce que prédisent les marins, et les propos qu'il surprend au carré des officiers ne sont pas faits pour le rassurer. À la nuit tombée, Luis de Mendoza, le pilote Elcano, le capitaine destitué Antonio de Coca, le père Bernard Calmette ont rejoint Juan de Cartagena et Gaspar de Quesada à bord de *Concepción*. Au hasard de son service, le gamin guette les phrases jetées par les officiers :

« Il a surpris la bonne foi du roi.

— C'est un hâbleur.

— Il n'a pas de génie, pas même de la chance.

— Un têtu.

— Il nous a trompés avec son secret. »

Le prêtre renchérit :

« Ce traître va nous abandonner dans ce pays de sauvages battu par le froid et la neige, repartir pour Lisbonne et livrer son vaisseau au roi Manuel. Il espère ainsi se faire pardonner d'avoir renié la couronne du Portugal. Il annoncera que le passage n'existe pas afin de laisser aux Portugais tout le commerce de l'Inde. »

Rodrigo tente d'en savoir plus mais, d'un grand coup de pied au derrière, le capitaine chasse le gamin trop curieux.

Une fois encore, Magellan a heurté l'orgueil de ses capitaines : il ne les a pas consultés avant d'ordonner le rationnement. Les officiers et les maîtres subissent les récriminations des marins alors qu'ils ne se sentent pas responsables des privations imposées.

Après la messe, le lendemain, l'amiral attend ses invités. Ils sont en retard. Le repas est prêt, le couvert dressé avec tout le luxe qu'autorise l'austérité du bord. Le capitaine général s'impatiente. Il a fixé son plan de table, a prévu de placer à sa droite Gaspar de Quesada, celui dont il se méfie de plus. Álvaro de Mesquita, commandant de *San Antonio* et cousin de Magellan, s'est présenté avec exactitude. Et les autres, Quesada, Mendoza, Serrano ? L'amiral s'étonne, demande à Barbosa d'aller sur le pont voir s'il aperçoit leurs chaloupes. Trente minutes se passent. À l'exception de Mesquita, les capitaines ne viennent pas, sans même s'excuser. Cachant sa colère, Magellan, d'une voix brusque, ordonne de servir.

Il écourte le dîner, se retire dans sa chambre. Furieux, il réfléchit à l'insulte que lui ont infligée ses capitaines, à leur insoumission, à leur grossièreté. Mesquita retourne sur *San Antonio.* Restés seuls, Duarte Barbosa et Antonio Pigafetta s'interrogent : que va faire Magellan ? Il ne peut laisser passer l'affront sans réagir.

« Moi, à sa place, affirme Duarte, bouillant de colère, je serais allé tout de suite faire entendre raison à ces malotrus !

— Ce n'est pas son tempérament. J'ai bien observé notre capitaine général. Son arme préférée est la patience. Il réfléchit à la meilleure tactique. Lorsqu'il se décide à frapper, c'est vite et fort. Souviens-toi de l'arrestation de Cartagena. »

Tandis que l'amiral les attendait sur *Trinidad*, les capitaines insoumis se sont à nouveau réunis à bord de *Concepción.* Satisfaits du mépris qu'ils ont affiché, ils écoutent les propositions de Bernard Calmette. Le religieux, dans son intolérance, conseille les solutions extrêmes. Jouant de ses manches comme s'il était en chaire, il affirme à Cartagena :

« C'est le moment ou jamais ! Les hommes sont exaspérés. Ils vous suivront. Il suffit de quelques marins résolus pour prendre le contrôle de la flotte. Vous retrouverez votre vraie place, celle d'amiral, et si Magellan résiste, s'il ne se soumet pas à vos ordres, arrêtez-le comme il s'est permis de l'oser avec vous. N'attendez plus ! »

Quesada, soutenu par Gomez, conseille :

« Les vivres restants permettent de rentrer à Séville afin d'y monter une nouvelle expédition purement espagnole, avec tous les moyens pour réussir. »

Peu à peu, encouragés par le prêtre, les capitaines et les officiers se transforment en comploteurs. Ils ont bu. Ils se sont échauffés au fil des propos, des injures. Ils rappellent leurs rancunes, énumèrent les vexations qu'ils ont subies. Ils crient :

« Maintenant, ça suffit ! »

L'obscurité venue, ils agissent. Ils revêtent des habits sombres. Ils réveillent Sebastián García, Francisco Ruiz qui recrutent une trentaine d'hommes parmi les plus ardents de leurs compagnons. Ils arment deux chaloupes, enrobent de chiffons les tolets. Juan de Cartagena, Gaspar de Quesada, Antonio de Coca et les marins engagés dans le complot y embarquent. À la faveur de la nuit, en silence, à petits coups d'aviron, les canots approchent de *San Antonio* et l'abordent. Sans un mot, les conjurés grimpent à bord, surprennent les hommes de veille à demi endormis. Cartagena et Coca n'ont aucune difficulté à évoluer dans l'ombre sur ce navire qu'ils ont tour à tour commandé. Les Espagnols pénètrent dans la chambre du capitaine Álvaro de Mesquita, le maîtrisent, l'enferment dans la cabine de l'employé aux écritures, Gerónimo Guerra. Quelqu'un, pourtant, a perçu un bruit insolite : le lieutenant, le Basque Juan de Elorriaga, monte sur le pont, se trouve face aux mutins. Il intime à Quesada de déposer ses armes, de regagner son navire. Il crie au maître d'équipage Diego Hernández d'appeler à l'aide et de libérer le capitaine de Mesquita. Quesada s'exclame :

« Cet idiot va tout faire échouer ! »

Il bondit, larde Elorriaga de six coups de poignard, le laisse pour mort sur le pont. Les trois Portugais de l'équipage sont mis aux fers. Coca désarme les marins venus à l'appel d'Elorriaga. Pour séduire les hésitants, Quesada ordonne d'ouvrir la cambuse, laisse chacun s'y servir sans retenue. Invité à prendre le commandement du navire, le pilote Juan Rodríguez de Mafra refuse. Quesada envoie quérir Juan de Elcano, le nomme capitaine de *San Antonio.* Dès son arrivée à bord, Elcano fait préparer les canons : il livrera bataille s'il le faut.

L'assaut n'a duré que quelques minutes. Juan de Cartagena retourné sur *Concepción*, Quesada resté sur *San Antonio*, Mendoza à bord de *Victoria* contrôlent trois des navires, la majorité de l'armada. Magellan n'aura plus d'autre choix que de se soumettre.

Sur *Trinidad* mouillé un peu à l'écart, les veilleurs n'ont rien vu, rien entendu.

*

Lundi 2 avril. Dès l'aube, Quesada réunit les matelots de *San Antonio.* Soutenu par Elcano, entouré des mutins, il exhorte les indécis à rejoindre la révolte :

« Vos officiers espagnols, fidèles à notre roi, ont pris cette nuit le contrôle de la flotte. Nous imposerons notre volonté à l'amiral. Nous rétablirons les pleines rations de vivres et de vin. Nous vous ramènerons à Santa Lucía pour passer l'hiver dans la chaleur… »

Les marins tournent le dos à ce capitaine venu d'un autre navire, qui a poignardé leur lieutenant, mis aux fers les Portugais, des camarades appartenant à leur équipage, associés, depuis Séville, à leurs épreuves. Les enchaîner est une injustice. Groupés à l'avant, les marins discutent. Quesada a tenté de s'approcher d'eux. Un matelot, véhément, l'a écarté :

« Restez à l'arrière. On veut décider seuls. »

García et Ruiz tentent d'intervenir :

« Laissez-nous ! Vous n'êtes pas du bord. »

À la proue, deux groupes s'affrontent avec de grands gestes, des éclats de voix, des arguments soulignés par des poings brandis. À la crainte du châtiment se superposent d'autres sentiments. Beaucoup apprécient l'amiral :

« L'a du courage. On l'a vu dans la tempête.

— C'est un marin.

— Il prend pas de grands airs, comme d'autres. »

Ces hommes, issus pour la plupart de familles de paysans ou de pêcheurs, embarqués pour échapper à la misère de leur condition, apprécient, sans même savoir l'exprimer, la simplicité de Magellan : il s'habille comme eux de vêtements de mer en robuste toile, ne se nourrit guère mieux que ses matelots, est présent sur le pont lorsque c'est nécessaire, ne craint pas sa peine. Le capitaine général tranche sur les capitaines qui doivent leur commandement à la noblesse de leur famille, à leur richesse, à leurs intrigues de courtisans. Derrière le dos des officiers, les marins raillent leurs manières, les habits trop élégants qu'ils gâchent sous les embruns, les plumes de leurs chapeaux, la soie de leurs bas, mais plus encore leur suffisance, leur mépris pour la souffrance du pauvre matelot. Eux qui ont toute leur vie enduré la faim et doivent se contenter de la maigre pitance du bord, n'apprécient pas que leurs capitaines exigent pour eux-mêmes des mets raffinés, de bonnes bouteilles extraites de cabinets cadenassés. Le parti de l'obéissance menace de l'emporter :

« L'amiral, c'est un marin comme nous autres. Et puis, il sait ce qu'il veut. Si on s'en sort, ce sera grâce à lui. Il connaît le passage. »

Les matelots devinent, sous les façons rudes de Magellan, sa formidable volonté, sa force de décision.

Avec brutalité, Coca intervient : les hésitants sont impuissants face aux rebelles armés jusqu'aux dents.

Au même moment, une chaloupe menée par un quartier-maître et chargée de barils vides se détache de *Trinidad* : la corvée était prévue depuis la veille. Les marins doivent, avec leurs compagnons des autres vaisseaux, chercher une source d'eau douce afin de faire aiguade. Très vite, la chaloupe regagne le navire amiral. Les tonneaux ne sont pas remplis. Les hommes de corvée n'auraient-ils pas trouvé de point d'eau ? Le quartier-maître, avec un air mystérieux, demande à parler à l'amiral. Les matelots restés à bord se penchent vers leurs camarades encore dans la chaloupe, cherchent à savoir :

« Que se passe-t-il ? »

Conduit dans la chambre à l'arrière, face à Magellan, le maître balbutie d'émotion devant l'énormité de la nouvelle dont il est porteur :

« Capitaine général, je me suis rendu, conformément aux ordres, vers *San Antonio*, *Victoria* et *Concepción* : les trois vaisseaux sont aux mains de rebelles. J'ai été accueilli par des quolibets que je n'ose répéter. Ils ont refusé d'exécuter la corvée d'eau. Le lieutenant Elorriaga a été poignardé. Je suis revenu vous informer. »

D'un signe de tête, Magellan congédie le quartier-maître, et seul dans la chambre, sous le château arrière, marche d'un bord à l'autre, la tête basse comme un taureau furieux préparant son attaque et qui, grattant le sol du sabot, laisse grossir sa colère. Quelle solution trouver ? Trois navires sur cinq sont aux mains des mutins. Mesquita et les marins portugais ont été enfermés. *Santiago*, mouillé près de *Trinidad*, est une bien modeste nef, avec tout au plus quarante hommes à bord. Du moins son capitaine se tient-il dans une prudente neutralité. Face à la rébellion, le mieux est sans doute de s'enfuir, d'appareiller par surprise, de rentrer en Europe au plus vite, en devançant les trois autres vaisseaux afin d'être le premier à rendre compte à Charles Quint de la mutinerie dont se sont rendus coupables les capitaines. Mais ce serait aussi reconnaître n'avoir été capable ni de se faire obéir ni de venir à bout de la rébellion. Ce serait surtout abandonner à tout jamais l'espoir de découvrir le passage. Au lieu de revenir couvert de gloire, il rentrerait en vaincu, humilié, grotesque. Son orgueil refuse de renoncer avant d'avoir tout tenté. Sinon, autant mourir.

Barbosa, Albo, Pigafetta ont beau observer les navires rebelles, rien d'anormal ne semble se passer sur les ponts, dans les gréements, sur les châteaux. *Victoria*, *Concepción* et *San Antonio* tenteront-ils de s'enfuir, de regagner l'Espagne afin de médire de Magellan, cachant leur couardise et leur indiscipline sous de mauvaises paroles ? Ou bien attaqueront-ils le navire amiral pour s'emparer du commandement de la flotte ? Faudra-t-il se battre avec peu de chances de l'emporter, à un contre trois ?

Dans l'espoir d'interdire le départ des navires insoumis, le capitaine général ordonne de manœuvrer : *Trinidad* et *Santiago* mouillent en travers de la passe. Les heures s'écoulent dans une attente lourde d'incertitudes. Magellan convoque l'alguazil, s'entretient avec lui : Gonzalo Gomez de Espinosa est un vrai soldat discipliné, respectueux de la hiérarchie. L'amiral a été désigné par le roi, il obéit à l'amiral. Magellan sait pouvoir compter sur cet homme loyal et décidé.

À midi, une chaloupe se détache de *San Antonio* et se dirige vers *Trinidad.* Magellan, averti par Barbosa, vient sur le pont. Le canot approche, commandé par un quartier-maître, manœuvré par six matelots accompagnés d'hommes en armes. L'embarcation aborde, le quartier-maître ôte son bonnet, tend un pli, annonce :

« Pour le capitaine général. »

Magellan se saisit du pli, en prend connaissance. Signé par Quesada, la lettre n'est ni une mise en demeure ni un acte de rébellion, plutôt une supplique :

« Notre seul désir est d'être mieux traités en tant qu'officiers de Sa Majesté, d'être consultés à chaque fois qu'une décision importante doit être prise. Notre devoir est de défendre les navires et les équipages que notre roi nous a confiés. Si Votre

Excellence veut bien accéder à notre souhait, nous serons heureux de la suivre avec obéissance et respect. »

La missive précise encore :

« *Aucun mal n'a été fait au capitaine Álvaro de Mesquita. Si nous avons donné le commandement de* San Antonio *à Juan Sebastián de Elcano, c'est dans le seul but de défendre les intérêts de notre roi.* »

Magellan toise le quartier-maître :

« Je ne puis répondre immédiatement. En attendant ma décision, vous resterez à bord. »

Il ordonne, de sa voix de commandement :

« Montez ! Tous. »

Les marins n'osent désobéir. Bon prince, le capitaine général leur fait servir un repas et verser un verre de vin.

Convoqués à l'arrière, Gonzalo Gomez de Espinosa et les principaux de l'équipage écoutent les instructions de Magellan. L'amiral ricane : les mutins n'ont pas osé aller jusqu'au bout de leur révolte. Ils assassinent et demandent pardon. Ils montent à l'assaut d'un navire, s'emparent du capitaine et adressent une supplique ! Ils se rebellent et se déclarent prêts à obéir ! Ce sont des pleutres, des lâches, des couards. Leur hésitation dévoile leur pusillanimité.

Tandis que les matelots se restaurent, leur chaloupe est placée à contre-bord, hors de la vue des autres navires. À l'approche de la nuit, dans la pénombre, un canot de *Trinidad* est mis à l'eau. L'alguazil de la flotte y prend place, accompagné d'un seul matelot, un trop faible équipage pour inquiéter les mutins. Sous leurs vêtements, les deux hommes ont dissimulé poignards et coutelas. Le rameur choisi par Espinosa n'est autre qu'Andrew qui, lorsqu'il déchaîne sa force, vaut une escouade à lui seul.

À la faveur du crépuscule, l'embarcation se dirige vers *Victoria.* L'alguazil montre un pli cacheté, en précisant :

« Je dois le remettre en main propre au capitaine Luis de Mendoza. »

Les deux hommes embarquent. Qui s'en méfierait ? Mendoza ouvre la lettre, en prend connaissance : l'amiral exige que les mutins viennent à bord de *Trinidad* manifester leur soumission. Tandis que l'attention des marins de *Victoria* se concentre sur l'alguazil, Duarte, Enrique et de robustes matelots se glissent à contre-bord dans la chaloupe prise aux messagers de *San Antonio.*

Mendoza replie la lettre, se redresse, jette un regard dominateur sur les hommes qui l'entourent. Il défie l'alguazil :

« Je ne me rendrai pas à la convocation de l'amiral. »

Espinosa bondit, saisit le capitaine par les cheveux, lui renverse la tête. Son autre main a dégagé un poignard et, d'un geste, tranche la gorge du mutin. Andrew, d'un coup de couteau à la poitrine, l'achève.

Profitant de l'obscurité, la chaloupe commandée par Barbosa a abordé *Victoria.* Duarte, Enrique et leurs compagnons sautent sur le pont. Attaqués de face, pris à revers par la troupe de Duarte, surpris par la vigueur de l'assaut et la détermination des attaquants, effrayés par Enrique, ses yeux sombres et la menace de son kriss, privés de leur chef, les rebelles se rendent. Les matelots portugais et étrangers, en majorité dans l'équipage, reprennent possession du navire, trop heureux d'être débarrassés d'un capitaine arrogant, ignorant les usages de la mer. Au nom de Magellan, Duarte Barbosa prend le commandement de *Victoria* et ordonne d'appareiller. Maîtres et matelots obéissent, hissent les voiles, remontent l'ancre. Appliquant le plan convenu avec Magellan, Barbosa conduit le navire à l'entrée de la baie, le mouille en travers de la passe où déjà *Trinidad* et *Santiago* s'étaient mis en place. Les trois vaisseaux interdisent toute tentative de fuite.

Victoria reconquis, reste *San Antonio*, l'adversaire le plus redoutable avec son équipage de quarante-quatre hommes, l'ambition de Elcano, l'animosité du pilote Estevão Gomez, la rancœur de l'intendant Antonio de Coca. Le maîtriser risque d'être une rude affaire. *San Antonio* n'est tenu que par une poignée de rebelles, mais Magellan l'ignore. Avec son équipage peu sûr, Juan Sebastián de Elcano est contraint de tenter le tout pour le tout. *San Antonio* est mouillé sur trois ancres. Il ordonne d'en relever deux : dès la renverse de courant, le navire sera prêt à appareiller. Jouant sur l'effet de surprise, il forcera la passe et gagnera la haute mer. Déjà, les bombardes sont parées, prêtes à faire feu. C'était sans compter sur la force du jusant : la dernière ancre chasse, le vaisseau part à la dérive, droit vers *Trinidad.* À la clarté de la lune, les canonniers et les alguazils du navire amiral, restés en alerte, arment leurs canons, lancent une bordée vers la nef des rebelles. Un boulet fracasse le pavois, passe sans l'atteindre entre les jambes de Diego Hernández enchaîné. Lorsque *San Antonio* élonge *Trinidad*, Espinosa, Barbosa et leurs hommes sautent à bord et maîtrisent les mutins.

Quarante hommes choisis pour leur détermination, envoyés vers *Concepción*, abordent le dernier navire rebelle, en interrogeant :

« Pour qui êtes-vous ? »

Les marins, comprenant que la révolte a avorté, s'empressent de crier :

« Pour le roi et Magellan ! »

Mardi 3 avril. Le jour venu, les chaloupes ramènent, piteux, enchaînés, Cartagena et le prêtre Calmette qui rejoignent, à fond de cale ou sous bonne garde dans les cabines, Quesada, Elcano, Coca et la quarantaine de mutins. Bientôt, une embarcation se détache de *Santiago* : João Serrano réaffirme sa fidélité à l'amiral. En marin professionnel, comme les autres pilotes, il s'est toujours tenu à l'écart du conflit tout en marquant sa préférence pour Magellan face à l'incompétence des capitaines désignés pour leur entregent.

Magellan a gagné. L'avenir n'en est pas moins sombre. Le code maritime stipule que tout mutin sera pendu. L'expédition partie de Séville avec de si vastes ambitions devra-t-elle se réduire à deux ou trois navires où seraient regroupés ceux qui ont prouvé leur loyauté ? Ce serait amputer l'armada de la majeure partie de sa puissance.

L'amiral constitue une cour martiale que préside Álvaro de Mesquita. Un clerc natif de Séville, Martín Mendez, tient le rôle de greffier. Comparaissent le Veedor Juan de Cartagena, le capitaine Gaspar de Quesada, Antonio de Coca, Juan Sebastián de Elcano, l'aumônier Bernard Calmette, dit aussi La Reina, et quarante comparses convaincus d'avoir pris une part active à la rébellion. Le procès est long. Soucieux de respecter les règles, Mesquita entend tour à tour chacun des accusés. Les juges les interrogent, écoutent leurs réponses que le clerc consigne. Les auditions durent un jour entier, le compte rendu occupe plusieurs pages d'un document que Mendez rédige en soignant sa calligraphie. Le tribunal prononce enfin son verdict. Les juges ont hésité à condamner à mort Juan de Cartagena qui est grand d'Espagne, Calmette qui est prêtre. Mesquita convoque les deux principaux inculpés. Mendez leur lit la sentence :

« Vous demeurerez prisonniers aussi longtemps que la flotte séjournera à San Julián. Lorsque nous quitterons le mouillage, vous serez abandonnés sur le rivage, à la grâce de Dieu. »

Puis il informe Gaspar de Quesada, coupable d'assassinat, qu'il sera exécuté :

« En raison de votre noblesse, la pendaison vous sera épargnée. Vous aurez la tête tranchée, puis, comme celui du traître Mendoza, votre corps sera écartelé afin que nul n'ignore, au sein de l'armada, le sort qu'encourent ceux qui se rebellent contre l'autorité de l'amiral. Les autres mutins seront gardés, fers aux pieds, et condamnés à exécuter les travaux les plus rudes. »

Lors du souper où, fait exceptionnel, le capitaine général a convié Francisco Albo, Juan Bautista de Polcevera, Pedro de Valderrama, Pigafetta s'enhardit jusqu'à traduire, pour les convives, quelques passages de son cher Macchiavelli :

« Écoutez ce que conseille le Florentin : *"Il faut qu'un prince ne se soucie pas d'avoir le mauvais renom de cruel, pour tenir ses sujets unis et fidèles."* Et encore : *"Il est beaucoup plus sûr d'être craint qu'aimé."* Il suffit de remplacer *prince* par *amiral*... »

Magellan garde le silence. Pourtant, dans ses yeux, remarquent les convives, un lueur d'amusement a brillé en un fugitif éclair. Ce Florentin n'est pas sot : la cruauté, parfois, est un devoir.

Son intérêt, plutôt que l'indulgence, a incité Fernand de Magellan à laisser la vie sauve à Elcano, à Gomez, aux matelots. Si tous les mutins avaient été pendus, qui dirigerait les vaisseaux, qui les manœuvrerait ?

*

Martín de Garate, le charpentier de *Victoria*, s'est vu confier la fabrication du billot. Dans la forêt la plus proche de la rive, il choisit un arbre de bonne taille. Ses coups de hache résonnent dans l'air clair et leur tintement égaierait la baie si les matelots ignoraient ce que prépare leur compagnon. Martin a convoqué deux aides, affûté sa scie. D'autres marins dégagent une esplanade, coupent les taillis, puis à l'aide de planches prélevées sur les réserves des navires, dressent une estrade.

Tôt le matin du samedi 7 avril, les équipages se rassemblent. Le chapelain confesse Quesada, lui administre les derniers sacrements :

« Demandez à Dieu pardon de votre crime, mon fils, et priez pour que, dans Son infinie bonté, Il vous accorde Sa clémence. »

L'office que célèbre Valderrama est une messe basse. Les solennités de Noël, les cantiques entonnés dans la joie et l'espoir sont bien oubliés. Les marins tournent le dos aux navires mouillés sur la rade et feignent d'ignorer la funeste dépouille de Luis de Mendoza qui, suspendue dans la mâture de *Victoria*, tournoie, guettée par les oiseaux de proie au cou déplumé et au bec crochu. Le prêtre s'incline vers l'autel, se frappe la poitrine, demande au Seigneur, au nom de tous, le pardon de ses fautes, prononce les paroles de l'absolution. Il se retourne vers ses fidèles agenouillés, les bénit, distribue la sainte communion.

Sitôt la messe achevée, l'autel est déplacé. Les marins découvrent, au centre de l'estrade, le fût que Martín a dressé. Capitaines, officiers, matelots voient s'avancer, entre deux alguazils, l'ancien capitaine de *Concepción*. Gaspar de Quesada est nu-tête, les cheveux coupés court, vêtu d'une simple chemise. Au moment où il passe devant eux, il jette un long regard vers Juan de Cartagena et Bernard Calmette que l'amiral a contraints à assister, enchaînés, à l'exécution de leur complice. Près du billot suant sa sève, se tient, très pâle, Molino : le valet de Quesada a participé au complot. Magellan a décidé :

« C'est toi qui trancheras la tête de ton maître. Ainsi, tu achèteras ta grâce. »

Tout va maintenant très vite. Les alguazils forcent Quesada à s'agenouiller, la tête sur le rondin. Molino, visage exsangue, soulève la hache, l'abat. La tête tombe. Un flot rouge jaillit. Le bourreau s'abat, évanoui, dans la flaque de sang que boit le sol. Sur un signe de Gonzalo Gomez de Espinosa, quatre marins saisissent le cadavre du supplicié tandis qu'un apothicaire s'efforce de ranimer le valet trop émotif. L'amiral a donné ses ordres : les restes du capitaine félon sont conduits à bord du navire amiral, hissés dans la mâture par quatre drisses fixées à ses chevilles et à ses poignets par de solides doubles clés. Au commandement des maîtres, les matelots halent les filins. Le corps écartelé reste exposé tout le jour pour l'édification des équipages. Le lendemain, le rite exige une dernière horreur : des matelots désignés parmi les plus coupables étarquent les drisses. Les membres s'arrachent. Des débris tombent sur le pont. Les restes de Gaspar de Quesada et de Luis de Mendoza, rassemblés dans des morceaux de toile, descendus sur la rive, sont enfouis dans deux tombes que surmontent des branches liées en forme de croix.

*

Soucieux de prendre possession de cette terre au nom du roi d'Espagne, Magellan envoie une équipe sur le plus haut monticule, désormais baptisé Monte Cristo, où elle érige une croix visible de toute la baie.

L'hivernage commence à San Julián dans le sourd mugissement du vent d'ouest dévalant le plateau, couchant les hautes herbes. Les marins souffrent de l'angoisse de l'avenir. Les rebelles, trop heureux d'avoir échappé à la pendaison, se soumettent à une totale obéissance.

Même les sacripants se tiennent tranquilles : les mousses, avec leurs espiègleries, sont à la fois la joie et le souci des adultes. Menés par le remuant Vasquito Gallego, ils multiplient les farces dès que les corvées leur laissent un moment de répit. Calottes et coups de garcettes ne suffisent pas à tempérer l'ardeur du mousse de *Trinidad.* D'origine portugaise, fils d'un pilote apprécié, apparenté aux Barbosa, le gamin se croit autorisé à toutes les impertinences. Sa drôlerie, ses inventions amusent Duarte, inclinent les officiers à l'indulgence. Le plus souvent accompagné du chat noir qu'il a baptisé Negrito, et qui est l'un de ses compagnons de jeux préféré, le jeune Vasquito s'en prend volontiers à un Enrique sans défense. Le gamin se cache derrière les portes, lance le félin au visage du Malais qui a les chats en horreur. Mais l'hiver et les drames se sont ligués pour éteindre l'ardeur des mousses, tarir leur imagination. Ils en oublieraient presque de tourmenter leur victime préférée, Antonio Baresa. Le garçon a beau affirmer que Salomone l'a forcé à céder, les autres mousses l'ont placé en quarantaine. Brocardé par ses camarades, ignoré par les adultes, parlant mal l'espagnol, le jeune Génois n'a personne à qui confier sa détresse. Incapable de dormir, grelottant de froid dans la nuit, il s'isole sur le pont et sanglote. Les larmes tracent des sillons dans la crasse de son visage. Lorsqu'il cherche à torcher son nez, à essuyer ses larmes, sa main sale macule un peu plus ses joues. Il fixe l'eau sombre sous les nuages bas. Dans la nuit du 27 avril, à bout de malheur, il saute par-dessus l'étrave. Le lendemain, il manque à la corvée du matin. Trois semaines plus tard, la mer dépose sur la plage le corps du pauvre Antonio.

Le suicide du gamin ajoute encore à la tristesse du décor. La côte est morne, prolongée par un plateau peu boisé. Le rivage est désert, sans nulle trace de huttes. Le pays est-il inhabité ? Faut-il redouter la venue de cannibales sanguinaires ou espérer l'assistance de tribus amicales ? Pigafetta, toujours curieux, souhaite qu'apparaissent des Indiens afin de nouer des relations avec eux, les observer et décrire leurs mœurs.

Magellan ne laisse aucun répit aux équipages. Ainsi, les hommes n'ont pas le temps de discuter entre eux des événements tragiques qu'ils viennent de vivre, ni de s'apitoyer sur leur sort, sur l'isolement de cette terre ingrate où ils ont été entraînés. Chacun, du capitaine au dernier des mousses, trouve assez d'occupation pour ne pas disposer du loisir de penser. Afin de profiter des derniers jours d'automne pour organiser l'hivernage, Magellan ordonne aux intendants d'effectuer un inventaire précis des ressources en vivres, aux capitaines de dresser un état des réparations à effectuer. Il demande aussi que soient désignés les marins les plus aptes à explorer les ressources de la contrée. D'autres équipes chercheront les cours d'eau, les sources, les lacs les plus aisés d'accès afin de renouveler les provisions d'eau douce. Les marins convaincus de mutinerie sont affectés aux travaux les plus ingrats : pomper l'eau des fonds, transporter les plus lourdes charges, nettoyer la cale des navires. Ils y pataugent dans une boue noirâtre, nauséabonde, disent les gardes-chiourme, comme leur turpitude.

Nul ne chôme. La baie résonne d'activités. Sur la rive sont dressées des baraques : elles abriteront les marins, les équipements déchargés des navires lorsque, au printemps, les uns après les autres, ils devront être abattus en carène. Sur un îlot a été édifiée une forge, afin de redresser les ferrures tordues, et d'en fabriquer d'autres.

Santiago, coque radoubée, bordés calfatés, gréement révisé, est le premier navire prêt à prendre la mer. Magellan convoque Serrano : il lui confie la mission de profiter des derniers jours de l'automne pour explorer la côte plus au sud. Peut-être le passage n'est-il qu'à quelques milles ?

Nombre de matelots sont devenus marins après avoir exercé d'autres métiers. Pour la plupart, ils sont d'origine paysanne, connaissent la terre, les animaux, ont pratiqué la chasse. Malgré les risques de rencontrer des cannibales, les explorations ne manquent pas de volontaires. À la perspective d'échapper pour un moment aux corvées du bord s'allie l'excitation de la découverte. Pigafetta tente toujours de se joindre à ces expéditions.

Les ressources se révèlent faibles : l'eau des lacs, sur le plateau, a un goût saumâtre. Les longs coquillages qui s'accrochent aux rochers se révèlent amers, immangeables. Les rares arbres ne portent aucun fruit. Les marins parviennent pourtant à capturer des lapins, des renards, des oiseaux. Un autre animal, de plus grande taille, procurerait la viande convoitée s'il n'était aussi craintif : les marins ont aperçu à plusieurs reprises des troupeaux parfois assez nombreux de cette sorte de cerf aux jambes fines, au corps couvert d'un pelage laineux, à la tête qui ressemble à celle d'un mouton, et qui s'enfuit dès qu'on tente de l'approcher. Le rendement de la pêche est médiocre. Les captures n'apportent qu'un maigre complément aux rations. Lors des repas, face à leur gamelle à demi remplie de pois ou de haricots, d'un morceau de lard accordé le dimanche, les marins cherchent à faire durer chaque bouchée. Les vaches et les cochons embarqués en Espagne et aux Canaries ont été depuis longtemps sacrifiés, et les poulets troqués à Santa Lucía ont été dévorés avant qu'ils ne meurent de froid.

Le seul espoir réside dans le retour de *Santiago*, annonçant qu'il a trouvé dans la côte le passage tant cherché. Mais les jours passent et *Santiago* n'apparaît pas à l'ouvert de la baie.

Malgré tout le sang qu'il a perdu, Juan de Elorriaga n'a pas succombé aux blessures que lui a infligées Quesada. Juan Morales, le chirurgien de *Trinidad*, le soigne du mieux qu'il peut, mais Elorriaga décline jour après jour. L'infection envahit ses plaies. Le 21 mai, après avoir reçu l'extrême-onction, il succombe. Il est enterré dans le petit cimetière où déjà s'alignent les tombes des deux capitaines rebelles, d'Antonio Baresa, de deux matelots terrassés par l'hiver et que l'on a trouvés un matin, inertes, le corps froid comme la nuit. Mourront-ils tous ici, les uns après les autres ?

Les marins qui cherchent du bois pour la cuisine, ou vont à la chasse, ont décelé, à certains endroits, les signes d'une présence humaine : herbes foulées, restes de huttes grossières, traces d'un ancien feu. Mais aucun sauvage n'apparaît. Après avoir redouté de rencontrer des cannibales, les hommes en viennent à souhaiter une présence qui briserait leur isolement. Peut-être les Indiens élèvent-ils des animaux qu'ils céderaient contre un peigne ou un miroir, sans doute connaissent-ils des plantes bonnes à manger, possèdent-ils des femmes ou des filles qu'on pourrait avoir pour un colifichet. Tout, même une bataille, serait préférable, pensent certains, à cette solitude.

Un mois a passé, marqué, plusieurs jours durant, par une forte tempête. Grâce au bon abri que procure San

Julián, aux ancres qui ont été doublées, aux amarres portées sur la rive, la flotte étale sans dégâts. Le vent s'apaise enfin ; mais *Santiago* ne revient pas. A-t-il trouvé le fameux passage ? João Serrano a-t-il profité de sa liberté de manœuvre pour échapper à la tutelle de Magellan, s'enfuir, rentrer en Espagne ou au Portugal ? Une nouvelle mutinerie a-t-elle éclaté ?

*

Au début du mois de juin, alors que depuis soixante jours les marins n'ont vu âme qui vive sur cette côte, ils aperçoivent un matin, sur la plage, un sauvage. Il est nu, à l'exception des fourrures qui le chaussent et font paraître ses pieds énormes. Sa taille est élevée. Face aux navires, l'Indien chante, esquisse une sorte de danse, prend du sable à poignées et se le lance sur le crâne. Le Napolitain Niccolo se rend à terre, se met à danser et à chanter, à s'envoyer de la poussière sur la tête comme le sauvage. Celui-ci rit, comprend le symbole d'amitié que signifie l'imitation. Niccolo lui prend la main, l'embarque dans son canot, le conduit auprès de l'amiral. Les marins s'étonnent : c'est tout juste s'ils arrivent à la taille de l'indigène. Magellan se souvient du Grand Patagon, le héros à tête de chien de *Pantaleón*, son roman préféré. Il s'exclame :

« On dirait le Grand Patagon ! »

Tout le monde rit, adopte ce surnom. L'Indien n'est pas moins dérouté par ces étranges visiteurs bizarrement habillés. Il les croit descendus du ciel, montre les nuages. Pigafetta, plus que les autres encore, détaille les traits du Patagon. Il note « *son visage large teint de rouge, ses yeux entourés de jaune, deux taches en forme de cœur sur les joues, ses cheveux en petite quantité*». L'armement de l'indigène est sommaire : un arc court et massif, des flèches de roseau terminées par une pointe formée d'une pierre pointue, qu'il transporte passées dans une cordelette ceignant son crâne.

Désireux d'apprivoiser le sauvage, Magellan lui fait donner à manger et à boire, présente devant lui un miroir d'acier. L'Indien s'y aperçoit et, pris de terreur, bondit, renversant quatre marins. L'amiral lui offre des grelots, un peigne, des grains de verroterie, le reconduit à terre accompagné par des hommes en armes.

Le Patagon avait un compagnon qui, moins audacieux, était resté à l'écart. Celui-ci, tout heureux que son ami n'ait pas été dévoré par les étrangers, mais revienne en rapportant des cadeaux, court avertir d'autres sauvages cachés derrière les arbres : toute une tribu s'avance maintenant en file, des hommes à demi nus qui dansent et chantent, montrent, dans des marmites d'argile, une poudre blanche dont ils semblent se nourrir. Les marins, par signes, les invitent sur les vaisseaux en proposant de les aider à porter leur bagage. Mais les Patagons pratiquent une autre coutume : ils ne gardent que leurs arcs et leurs flèches et, déclinant l'offre des marins, chargent tout ce qu'ils possèdent sur le dos de leurs compagnes transformées en bêtes de somme.

La concupiscence des matelots privés de femme hésite devant l'aspect des épouses et des filles : le visage peint comme celui des hommes, elles exhibent des mamelles tombantes, « *de plus d'un pied de long* », estime Pigafetta. Leur laideur ne décourage pas les plus lubriques : ils tentent des caresses, vite rabroués par les maris jaloux. À Santa Lucía, les Indiennes étaient plus belles et moins farouches !

Ces femmes peu excitantes présentent un avantage : elles montrent aux marins comment chasser les grands animaux craintifs. Elles tiennent en laisse des petits, les attachent à un arbre, se cachent à proximité. Les mères, les parents viennent pour récupérer leur progéniture. Les Patagons surgissent, les abattent avec leurs flèches empoisonnées, ou les capturent. Ils mangent leur chair, utilisent leurs peaux pour se vêtir et couvrir leurs huttes.

Pigafetta s'étonne des mœurs de ces géants : lorsqu'ils se sont gavés de nourriture au point d'avoir mal au ventre, observe-t-il, ils se font vomir. Ils connaissent des herbes pour se guérir. Lorsque leur tête les fait souffrir, ils s'entaillent le corps pour se saigner. Dans leur naïveté, ils croient que les canots sont les enfants des navires qui les allaitent lorsqu'ils se serrent contre leurs flancs.

À deux reprises, les sauvages assistent à la messe, s'agenouillant, mains jointes, à l'image des étrangers, puis ils repartent, emportant leurs trésors, colliers de perles de couleur, miroirs, clous en fer, grelots.

Après cet intermède, les marins reprennent leurs travaux. Six jours plus tard apparaît un autre géant. Il se touche le corps, la tête. Les marins l'imitent, faute d'un autre langage pour signifier leurs intentions amicales. Un messager prévient l'amiral en visite sur l'île de la forge. Magellan envoie un canot qui ramène l'Indien. Ce Patagon, bâti de façon magnifique, danse et saute, exhibant ses muscles. Bien accueilli, il reste à bord de *Trinidad*, prouvant son bel appétit, sa grande soif, son intelligence. Au bout de plusieurs jours, à force de se les entendre seriner, le Patagon est capable de répéter *Jésus*, *Pater Noster*, *Ave Maria.* Persuadé de l'avoir ainsi converti à la foi catholique, le chapelain le baptise, et lui donne le nom de Juan. En guise de bienvenue dans le monde des chrétiens,

Magellan offre à Juan une chemise, un caleçon de drap, une veste, un miroir et les petits cadeaux usuels. Le Patagon quitte, fort satisfait, ses nouveaux amis, revient le lendemain avec l'un des grands animaux à tête de mouton, reçoit de nouveaux présents afin de l'encourager à amener d'autres bêtes dont la viande serait appréciée.

Le sauvage est-il comblé ? Ses compagnons ont-ils été jaloux ? C'est en vain que les intendants et les cuisiniers guettent l'arrivée du troupeau qu'ils espéraient.

La visite des Patagons, si elle a distrait les équipages, n'a pas fait oublier à Magellan sa préoccupation majeure : qu'est-il arrivé à *Santiago* ?

Juin. L'hiver sévit dans toute sa rigueur. Jours brefs sous un ciel gris où courent les nuages. Froid. Pluie. Neige. Grêle. Les hommes souffrent. Vasquito Gallego a perdu toute envie d'inventer des farces, de taquiner l'indulgent Enrique. Le mousse grelotte sous son pantalon trop mince, sous son caban usé percé aux coudes, dans son vieux chandail gorgé de sel et qui ne sèche jamais. Il a essayé de se tailler des mitaines dans un morceau de voile. Il a tenté de s'aménager un recoin sous la cuisine, où subsiste un peu de chaleur. Il y a traîné sa paillasse avec la vermine qui y prolifère, engourdie par le froid, réveillée par la tiédeur du corps. Souvent, la nuit, serrant son chat contre sa poitrine, le gamin pleure de misère, étouffant ses sanglots pour que les hommes ne se moquent pas de lui. Enrique, né sous les latitudes tropicales, dépérit. Il tremble, se recroqueville, ne mange plus, tousse. Sa gaieté s'est évanouie, il ne chantonne plus les airs de son pays. Magellan s'inquiète, attristé à l'idée de perdre un serviteur aussi dévoué, à qui l'attachent tant de souvenirs !

Le lancinant sifflement du vent dans les gréements exaspère les nerfs, abrutit les cerveaux. Travailler sur les coques et les filins est une tâche rude pour les mains, douloureuses, crevassées de gerçures, engourdies, maladroites ; la peau colle au fer. Les nez coulent. Les yeux pleurent. Seuls sont privilégiés les forgerons, encore que, la poitrine au feu, le dos à la brise glaciale, plusieurs toussent et crachent du sang.

Deux hommes se tiennent en permanence au sommet du Monte Cristo afin de guetter le retour du *Santiago.* Le froid nécessite de les remplacer toutes les deux heures.

*

Au milieu du mois de juin, les veilleurs aperçoivent, cheminant avec lenteur le long de la côte, d'étranges silhouettes, deux hommes plus petits que les Patagons, pas habillés comme eux de peaux d'animaux, mais vêtus de hardes déchirées. Les marins les plus proches courent à leur rencontre : ils ont du mal à reconnaître en eux un maître et un gabier de *Santiago.* Affamés, les marins se jettent sur les nourritures qu'on leur présente et, à peu près rassasiés, demandent à être conduits devant l'amiral. Ils rendent compte :

« *Santiago* a fait naufrage. Après avoir quitté San Julián, nous avons d'abord durement louvoyé, tirant des bords contre un fort vent contraire. Puis nous sommes entrés dans une rivière d'accès malaisé, que nous avons baptisée Santa Cruz, où nous avons trouvé de la bonne eau et beaucoup de loups marins. Nous en avons capturé une quantité et les avons fumés. Après deux semaines, nous avons quitté ce mouillage. Au large, nous avons subi une forte tempête. Voiles arrachées, *Santiago* n'était plus manœuvrant. Une vague plus grosse a emporté le gouvernail. Le capitaine Serrano est parvenu à faire établir une petite voile de fortune, à gréer un espar en guise de gouvernail. Pour nous sauver, il a dirigé la nef droit sur une plage. Au milieu d'un énorme ressac, les hommes ont pu sauter à terre. Seul un esclave nègre, Juan, a été emporté par une vague et s'est noyé. *Santiago* a été détruit. Nous avons recueilli tous les bois que nous pouvions. Nous souffrions du froid et de la faim, avec des moules pour toute nourriture. En utilisant les épaves, nous avons construit un radeau pour traverser la rivière de Santa Cruz et venir vous avertir. »

Les rescapés, les pieds en sang, décrivent leurs souffrances. Il leur a fallu onze jours pour rejoindre San Julián, se nourrissant de coquillages, trop heureux un jour de capturer un lapin qu'ils se sont partagé, croquant même les os, comme des chiens.

Tous les marins, et Magellan le premier, sont attristés comme s'ils avaient perdu un être cher. Ils aimaient beaucoup *Santiago*, le plus petit mais aussi le plus élégant de la flotte, rapide, alerte. Sa manœuvrabilité le désignait pour les missions d'exploration les plus risquées. Serrano le menait avec habileté. Sa disparition, outre le chagrin, représente pour l'armada une grosse perte.

L'amiral constitue une troupe de vingt sauveteurs chargés de sacs de biscuits. Les volontaires auxquels s'est joint le charpentier Martín de Garate se mettent en route dès que le maître a pris un repos suffisant pour leur servir de guide. Les messagers de Serrano n'ont pas exagéré les difficultés du chemin. La côte bordée de falaises interdit de progresser le long d'une plage. Il faut se glisser parmi les broussailles, entre des arbres rabougris, tordus par le vent. Les épines griffent les mains, les bras, les jambes, se plantent dans les chairs. Progressant avec lenteur, les marins sont contraints de s'arrêter pour la nuit, dressant un campement sommaire qui les protège mal des averses et du vent, se serrant les uns contre les autres dans l'espoir de partager un peu de chaleur. Ils grignotent des biscuits si secs qu'il faut les tremper pour les ramollir. Sur ce plateau, les rivières sont rares. Ils puisent un liquide saumâtre, boueux, presque imbuvable, dans les quelques lacs de rencontre. Pour boire, la plupart du temps, ils doivent mettre de la neige à fondre, ou sucer des glaçons arrachés aux rochers.

Après dix jours d'une marche harassante, les sauveteurs parviennent près des naufragés qui ont construit un second radeau et gagné la rive gauche de la rivière. Martín et ses aides décident de franchir à nouveau le cours d'eau, d'aller jusqu'à l'épave. Le navire est à demi couché sur le flanc, en partie envahi par l'eau et le sable. La coque est défoncée, les mâts abattus. Tous unissent leurs efforts : déjà, Serrano et ses matelots avaient entrepris de sauver ce qui pouvait l'être. Au gré des marées, le ressac a rejeté, sur la grève et dans les anfractuosités des rochers, coffres défoncés, pièces de bois, caisses de biscuits, tonnelets de vin. Les marins ont édifié des cabanes pour y entasser leur maigre butin. Les nouveaux venus s'attaquent maintenant aux espars, aux tronçons de mâts, aux pièces d'accastillage, lovent les cordages, dégréent les poulies. Ce travail accompli, les marins se décident à rallier San Julián.

Un nouveau malheur survient : en franchissant la rivière, le radeau surchargé chavire. Le charpentier Martín, saisi par l'eau glaciale, coule à pic.

*

Lorsque les rescapés rejoignent leurs camarades, les retrouvailles sont émues et joyeuses. Les naufragés renouent avec leur vie de marin, embarquent sur les navires, cultivant à nouveau l'espoir d'aller ailleurs, où il fera moins froid, où les vents ne souffleront pas à rendre fou.

Entre-temps, à San Julián, l'amiral n'a pas oublié la recommandation exprimée par le jeune roi : ramener en Espagne des couples de sauvages afin que les savants les étudient. Mais depuis leurs premières visites, les Patagons ne se montrent plus. Enfin, deux semaines plus tard s'avancent sur la rive quatre hommes. Magellan choisit deux d'entre eux, jeunes et bien constitués. Pour les capturer en dépit de leur force, le Portugais utilise la ruse : il leur offre quantité de couteaux, miroirs et verroterie. Les Indiens s'en saisissent avec avidité. Il leur montre alors des anneaux de fer. Le métal, qu'ils ne savent fabriquer, attire la convoitise des Patagons. Comme leurs mains sont occupées, Magellan leur propose, par signes, de les fixer à leurs chevilles. Sans méfiance, ils acceptent et se trouvent bientôt enchaînés, fers aux pieds. Lorsque les sauvages s'aperçoivent qu'ils ont été trompés, ils hurlent, se débattent, furieux de la supercherie dont ils ont été victimes.

Magellan désire compléter sa capture en donnant des compagnes à ses prisonniers afin que cette race de géants fasse souche en Europe :

« Arrêtez les deux autres sauvages. Ils vous conduiront vers le campement où sont leurs femmes, et vous en ramènerez. »

Les marins se jettent sur les deux Patagons, si forts qu'ils doivent se mettre à neuf pour les maîtriser, les jeter à terre, les ligoter. L'un des Indiens, dans la lutte, est blessé, l'autre parvient à se débarrasser de ses liens, détale à toutes jambes. Le pilote João de Carvalho, à la tête d'une petite troupe, se lance à la poursuite du fuyard, jusqu'au campement des sauvages. Les femmes, malgré leur colère, restent dans leurs huttes et, comme vient le crépuscule, Carvalho décide de passer la nuit sur place en assurant bonne garde. Deux Indiens se joignent aux femmes, sans montrer d'animosité. Les Espagnols sommeillent à tour de rôle, attendent le jour. À l'aube, les deux Patagons disent quelques mots aux femmes : d'un coup, hommes, femmes, enfants se dressent et prennent la fuite, emmenant avec eux leurs animaux. Ils se dispersent en tous sens, bondissent, courent à une telle vitesse qu'il est impossible de les rattraper. Les Espagnols font feu, sans succès, puis tentent de les poursuivre. Un Patagon, dissimulé derrière un buisson, lance une flèche empoisonnée : l'un des marins la reçoit en pleine cuisse et meurt en quelques instants.

Les Espagnols se résignent à enterrer leur compagnon. Ils pillent le campement, réchauffent et dévorent la nourriture qu'ils y trouvent, puis incendient les huttes, vengeance dérisoire.

*

21 juillet : Andrès de San Martín s'affaire. Tous les autres pilotes ont renoncé à utiliser les tables et les méthodes élaborées par Faleiro, pestant contre l'astronome et son galimatias incompréhensible. Seul San Martín, fort de ses connaissances en mathématiques, s'obstine. Il veut déterminer avec exactitude la longitude de la baie de San Julián. Il multiplie les observations, profitant d'un ciel dégagé et d'une conjonction favorable de la lune

et des planètes. Tout heureux, il communique au capitaine général le résultat de ses calculs qui, affirme-t-il, situent l'armada déjà loin dans la zone dévolue à la Castille.

À la fin du mois de juillet, les marins observent les signes annonciateurs du printemps. Les jours sont plus longs, le froid moins vif. La neige, qui s'entasse encore dans les creux des vallonnements, a fondu sur les pentes exposées au nord. Sur les arbres pointe le vert tendre des pousses. Le soleil, lorsqu'il daigne apparaître, répand une bienfaisante tiédeur. Même les animaux montrent une sorte d'allégresse. Les mousses ont repris leurs jeux et leurs farces. Ils se déguisent en Patagons, se mettent nus, s'ornent le visage de rouge et de noir. Ils se sont taillé des arcs et des flèches, imitent les danses des sauvages, crient de façon grotesque, se divisent en deux camps opposés, marins supposés contre faux Patagons. Il faut les rappeler à l'ordre et souvent les punir lorsqu'ils en prennent trop à leur aise avec l'heure de servir la soupe ou de laver le pont.

Le printemps exige un regain d'activité. L'un après l'autre, les vaisseaux sont halés près de la rive. La marée dépasse les vingt-cinq pieds lorsque la lune est pleine et découvre une grève où viennent s'échouer les carènes aux formes rondes. Les vaisseaux sont déchargés de tout ce qui peut l'être. En pesant sur les drisses fixées au sol, démultipliées par un jeu de poulies, les matelots inclinent les coques d'un bord, puis de l'autre. Les œuvres vives deviennent accessibles, jusqu'à la pièce de quille. À basse mer, les carènes sont brossées, grattées, débarrassées des anatifes, des balanes et des algues. Les charpentiers enfoncent des cordons d'étoupe entre les bordés disjoints, tapent de leurs marteaux sur les fers à calfat, s'efforcent de rendre étanches les coques malmenées. Les nefs sont radoubées, les gréements révisés, les filins usés remplacés par des cordages neufs, les déchirures des voiles aveuglées par des pièces. La saison favorable n'est pas avancée encore, de forts coups de vent s'intercalent entre les journées prometteuses, mais Magellan est trop impatient de poursuivre son expédition pour attendre encore. Les navires sont déséchoués à la marée de vive-eau, reconduits à leur mouillage en eau profonde. Dès le 1er août, à la demande de l'amiral, les capitaines se tiennent prêts à appareiller à la première accalmie afin de rejoindre, dans la rivière de Santa Cruz, la baie où a péri *Santiago* et d'y embarquer ce qui a pu être sauvé.

Les trente-neuf survivants du naufrage ont été répartis sur les quatre autres navires : ils y remplacent les disparus, relaient les marins malades ou affaiblis. L'amiral a dû pallier la pénurie de capitaines : Cartagena destitué, Quesada poignardé, Mendoza décapité, ce sont trois commandants sur quatre qu'il faut remplacer. Magellan conserve la direction de *Trinidad*, Álvaro de Mesquita a retrouvé sa place de capitaine de *San Antonio*, Serrano a été nommé au commandement de *Concepción* et Barbosa à celui de *Victoria.* Ainsi, chaque navire sera sous le contrôle d'un Portugais ou d'un capitaine qui a prouvé sa loyauté. Par son intervention vigoureuse lors de la mutinerie, Duarte a regagné l'estime de son beau-frère. Pourtant, sa faible expérience de marin nécessite qu'il soit secondé par un véritable homme de mer. La rébellion de Elcano, pourtant plus compétent, interdit que lui soit confiée la responsabilité d'un navire. Magellan l'a convoqué :

« Non seulement vous vous êtes révélé insubordonné, mais des bruits circulent sur vous : vous auriez vendu un navire appartenant à l'Espagne.

— Que Votre Excellence daigne écouter la vérité. Sur

la côte d'Afrique, les salaires de mes marins n'avaient pas été versés depuis plusieurs mois. Pour les payer, en attendant l'arrivée des sommes qui m'étaient promises, j'ai dû emprunter à des banquiers italiens. Comme l'argent n'arrivait toujours pas, ils ont saisi ma *nau.* »

Magellan, familier des promesses non tenues et des versements espérés en vain, comprend.

« Vous seconderez le capitaine Barbosa avec le titre de pilote. Essayez de faire oublier, par votre zèle et votre discipline, vos erreurs et vos incartades. »

Juan Sebastián de Elcano n'est pas un personnage de tout repos. Jeune encore, ce beau garçon au teint bistre joue les forbans avec le foulard dont il enserre ses longs cheveux bruns. Orgueilleux, fantasque, ambitieux, amateur de femmes et de bon vin, il possède un tempérament ombrageux. Fier de ses indéniables qualités de marin, d'habile manœuvrier, il aime à montrer sa force physique et son endurance. Il a débuté comme mousse dans le golfe de Gascogne à bord des barques de pêche, a participé aux campagnes à Terre-Neuve, s'est hissé peu à peu jusqu'au rang de capitaine sans trop regarder aux méthodes pour parvenir à ses fins. Au moins, se dit Magellan, nul ne saurait contester la compétence de ce natif de Guétary.

La fougue de Sebastián amuse Pigafetta. Il a même trouvé, dans Macchiavelli, une phrase qui le dépeint tout entier. Le manuscrit du Florentin demeure la lecture favorite de l'écrivain. Les précieuses pages en sont tout usées, par endroits l'eau de mer a délavé l'encre. Le texte en deviendrait illisible si Pigafetta ne le connaissait par cœur. Il arrête Elcano qui sort de la chambre où l'a entretenu Magellan et brandit les feuillets :

« Écoutez ce que dit mon compatriote : *"Il est meilleur d'être impétueux que circonspect, car la fortune est une femme, et il est nécessaire, à qui veut la soumettre, de la prendre et de la rudoyer. Et l'on voit qu'elle se laisse plutôt vaincre par ceux-là que par ceux qui procèdent avec froideur. Et c'est pourquoi, toujours en tant que femme, elle est amie des jeunes, parce qu'ils sont moins circonspects, plus hardis, et avec plus d'audace la commandent."* »

Elcano rit à belles dents, étreint Pigafetta :

« Toi, l'Italien, tu me plais ! »

Dès que les vents deviendront maniables, l'armada mettra cap au sud. Fernand de Magellan l'affirme à Pigafetta.

« Le passage ne peut plus être loin. »

Il ajoute, à voix basse, comme pour lui-même :

« S'il existe… »

8

Le passage

Le détroit de Magellan

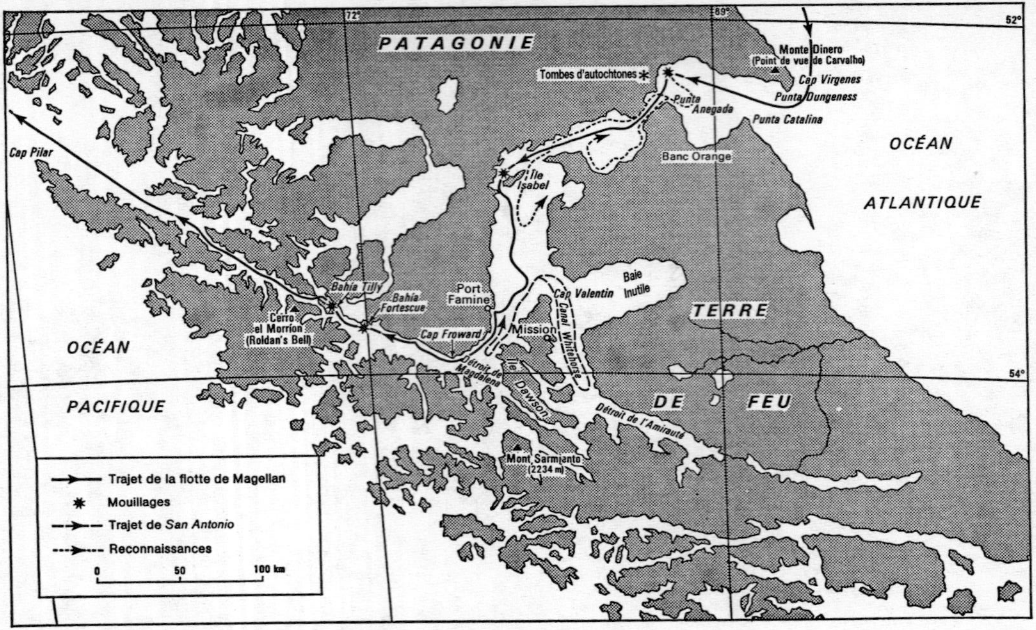

D'après M. Martinic, *Historia del Estrecho de Magallanes*, Santiago du Chili, 1977.

11 août : les navires, remorqués au milieu de la baie, voiles enverguées, sont prêts à virer leur ancre. La forge a été démontée, les baraques démolies, leurs planches récupérées. Seuls témoins du passage des Espagnols subsistent quelques tas d'ordures, l'épave d'un canot pourri, des excréments séchés derrière les buissons, le cimetière où s'alignent sept tombes et la croix dressée au sommet du Monte Cristo.

Avant le départ, il reste à exécuter la sentence prononcée par le tribunal. L'alguazil de la flotte conduit vers la grève Juan de Cartagena et son âme damnée, le prêtre Bernard Calmette. Pour la circonstance, en un défi dérisoire, le grand d'Espagne a revêtu son plus bel habit. Les deux hommes ont été autorisés à conserver leur épée. La chaloupe dépose à terre des vivres et du vin en abondance, mais le Veedor destitué repousse avec morgue les colifichets offerts par Magellan afin qu'il puisse traiter avec les Patagons.

Maintenant, les vaisseaux peuvent appareiller, hisser leurs voilures, utiliser le courant de jusant pour quitter la baie où ils ont hiverné cinq mois durant. Mais tempête et vent contraire s'y opposent. Pendant plus d'une semaine, les deux mutins abandonnés sur la rive ont sous les yeux le spectacle des navires qui s'en iront sans eux. Le 24 août, le vent mollit, le ciel se dégage, la brise tourne au nord. Magellan, si calme d'habitude, presse son monde. La messe, traditionnelle avant chaque départ, est célébrée sur le navire amiral. L'officiant Pedro de Valderrama est invité à faire vite :

« Ne faisons pas attendre ce bon vent ! »

Trinidad prend de l'erre, cap sur la sortie du golfe de San Julián. Antonio Pigafetta, accoudé à la poupe, observe les deux silhouettes juchées au sommet du Monte Cristo, le Veedor campé, bras croisés, en une attitude pleine d'arrogance, le religieux dans son froc, la tête encapuchonnée, la barbe belliqueuse au-dessus de la croix pectorale. Plus sensible que l'amiral, l'Italien s'interroge : parviendront-ils à remonter la côte vers Santa Lucía, à plusieurs semaines de marche ? Trouveront-ils un navire pour regagner l'Europe ? Seront-ils adoptés par les Patagons ? Dévorés par les sauvages ? Le verdict se révélera-t-il acte de mansuétude ou suprême cruauté ? La distance amenuise les personnages, la brume les estompe et *Trinidad*, sortant de la baie, vire la dernière pointe, plaçant hors de vue les deux hommes livrés au destin.

Serrano, sur *Concepción*, guide la flotte : son capitaine n'a pas caché la difficulté d'accéder à la baie de Santa Cruz. Précaution supplémentaire, un lieutenant originaire de Saint-Malo, Barthélemy Prieur, rescapé de *Santiago*, servira de pilote à bord de *Trinidad*. Un banc de sable obstrue presque complètement l'entrée de la rivière, il faut serrer la rive nord ou la rive sud, où l'eau est profonde, puis louvoyer entre les hauts-fonds.

Après deux journées au grand largue, le vent refuse et fraîchit au moment où les quatre vaisseaux parviennent à se glisser dans la rivière. Les nefs ont tout juste le temps de doubler leurs mouillages : l'ouragan se déchaîne, soulevant une écume blanche, arrachant les arbres, couchant les herbes, terrifiant les marins. Les navires secoués par les rafales, encensant sur leurs câblots, ponts balayés par les embruns, subiront-ils le sort de *Santiago* ? À bord des vaisseaux impuissants, poupes adossées aux roches menaçantes, les hommes ne peuvent plus que veiller. Et prier.

Après trois jours, le vent s'apaise. Une semaine de beau temps est mise à profit pour embarquer sur les quatre navires à l'ancre ce qui a été sauvé du naufrage de *Santiago.* Les caisses de vivres récupérées à terre sont placées en majeure partie sur *San Antonio*, aux cales les plus vastes. Les pièces de bois et d'accastillage, les voiles encore utilisables, les filins qu'il faudra épisser sont répartis entre les navires. Ils serviront à réparer : la route risque d'être encore longue pour les marins livrés à leurs seules réserves, aux uniques ressources de leur habileté.

Qu'attend maintenant Magellan pour donner l'ordre de lever l'ancre ? Sans doute la bonne saison commence-t-elle à peine. Certes, de furieux coups de vent déferlent-ils certains jours sur la baie de Santa Cruz. Mais la flotte a déjà surmonté bien des tempêtes. Une de plus ou de moins ne devrait guère effrayer l'amiral. Pourquoi alors prolonger le séjour ?

L'estuaire en forme de baie, dans un paysage austère de plateaux parsemés d'une herbe rare battue par les rafales, n'incite pas à s'attarder. Mais l'endroit ne manque pas de ressources. Au confluent de deux rivières, l'eau douce y coule en abondance. Les animaux à tête de mouton y paissent en troupeaux peu méfiants. Les chasseurs les plus habiles ont attrapé au collet des lapins noirs. Au bout de leurs lignes, les pêcheurs capturent des poissons de deux pieds de long, couverts d'écailles, à la chair assez bonne. Les vivres du bord ont été complétés de viande fraîche, salée, fumée ou séchée lorsque la pluie voulait bien cesser. Tout autorise l'appareillage. Pourquoi moisir ici, aux confins d'un monde hostile, par cinquante degrés de latitude australe ?

Depuis un an, à l'exception de quelques sauvages inquiétants, les hommes ne côtoient que d'autres matelots, ne voient que les mêmes visages. Ils rêvent de plaisirs simples : rencontrer d'autres êtres, marcher parmi la foule des rues, entrer dans des cabarets, contempler des femmes aux corsages rebondis. Les célibataires et les aventuriers de naissance, ceux qui possèdent leur sac de marin pour toute richesse, trompent leur impatience en jouant les esprits forts. Ils se gaussent des hommes mariés qui se plaignent d'être depuis douze mois sans nouvelles de leur pays ; ils y ont abandonné femme, enfants, parents en âge de mourir, lopin de terre, maisonnette, biens sordides et précieux. L'anxiété les ronge : leur épouse s'habitue-t-elle à la solitude, ou bien ne s'en accommode-t-elle que trop, oublieuse de son mari, courtisée par les galants ? Parvient-elle à cultiver le champ, soigner les bêtes, élever les enfants ? Que trouveront-ils à leur retour ? S'ils rentrent. Les débris de *Santiago* rappellent à chacun les risques de l'expédition. La seule chance de regagner Séville repose sur les navires restants. S'ils échappent au naufrage.

Qu'attend Magellan ? L'amiral hésite. La fatigue s'allie au doute. Depuis son retour des Indes, voici huit ans, se sont succédé suppliques, démarches, rebuffades, calomnies, déboires, amertumes et la tristesse d'un amour tourné en dérision. Une vilaine blessure a ajouté à sa laideur une grotesque claudication. Débouté par son roi, il a dû tourner le dos au Portugal, solliciter le parrainage d'un souverain étranger, affirmer haut et fort qu'il connaissait le passage, armer une flotte en dépit de l'inimitié des fonctionnaires et des marins d'Espagne. Depuis douze mois, il supporte la charge des engagements qu'il a pris, dirige l'expédition et son propre navire, affronte les tempêtes, veille sur les hommes et les vaisseaux. Dans la solitude qui accompagne tout commandement, Fernand de Magellan a été en butte à l'hostilité de ses capitaines, à la trahison, aux complots visant à l'assassiner, à la mutinerie, à l'obligation de sévir. Il a caché ses incertitudes sur l'existence du passage, celé les documents qu'il détenait, menti lorsqu'ils se sont révélés faux. Et toujours devoir décider, décider seul.

L'amiral est malade : la lassitude, la déloyauté, mais aussi le froid, la nourriture médiocre et monotone s'ajoutent au doute, au terrible doute qui ronge comme une insidieuse pourriture.

Qu'attend Magellan ? Il affirme à Duarte Barbosa, à Pigafetta :

« La bonne saison n'est pas assez avancée. Pour s'aventurer plus loin dans cette mer du Sud, il convient que les vents soient moins forts, le froid moins vif, les jours plus longs. »

Le Portugais ne l'avoue pas, mais il est tenté de renoncer, d'ordonner de mettre le cap au nord-est, vers Séville, pour y reconnaître son échec, sauver au moins les hommes et ses derniers navires. Il laisse le temps s'écouler dans l'espoir que renaissent ses forces, sa foi, son courage, son obstination, son orgueil, ou que la décision s'impose d'elle-même. Peut-être emprunter la route de l'est serait-il le meilleur parti à adopter. Le choix comporte bien des attraits. La flotte tournerait le dos à la pénible navigation contre les lourdes brises d'ouest, laisserait porter vent sous vergue, doublerait Bonne-Espérance pour rallier les Moluques. Fernand rejoindrait Francisco Serrão. Les navires reviendraient chargés d'épices, ce qui sauverait au moins les frais engagés, et lui, amiral humilié, resterait là-bas avec son ami, roitelet d'un empire dérisoire.

Sebastián de Elcano, soupçonnant que Magellan est tenté de recourir à la route usuelle, en doublant le cap des Tempêtes, persifle :

« Par le chemin des Portugais ! »

Qu'attend l'amiral ? Il reste dans sa chambre, devant ses cartes, ses documents. Il se tient devant un livre ouvert sans même en tourner les pages. Parfois il sort sur le pont, s'accoude au bastingage, face au large, regarde au loin, des heures durant. Seul. Toujours seul.

Les atermoiements de son beau-frère n'ôtent pas à Duarte sa belle humeur. Dès que ses devoirs de capitaine lui en laissent le loisir, il rejoint Pigafetta sur *Trinidad.* L'Italien s'est mis en tête d'apprivoiser son Patagon. L'un des géants capturés a été embarqué sur *San Antonio*, l'autre, resté sur *Trinidad*, est confié aux soins de l'écrivain. À la grande joie de Barbosa, le sauvage enfourne de grandes quantités de nourriture en les puisant à pleines mains, étanche sa soif en buvant un demi-seau d'eau. Les deux amis tentent de lui enseigner quelques mots d'espagnol, de lui apprendre à réciter le *Pater Noster* et l'*Ave Maria.* Lorsque le sauvage y est parvenu, l'aumônier décide qu'il est converti, le baptise et lui donne le nom de Pol. Le nouveau chrétien manifeste une touchante bonne volonté : Pigafetta désigne les objets les plus familiers, écoute leur nom dans l'idiome des sauvages, rédige une sorte de lexique. Il répète les mots en tentant d'imiter l'accent de l'Indien, déclenchant son hilarité. Le jeu amuse les jeunes gens mais leurs exclamations parviennent jusqu'à Magellan. Enrique sort de la chambre, s'adresse aux deux amis :

« L'amiral dit : vous, pas rire.

— Comment, s'indigne Barbosa, nous n'avons même plus le droit de rire ! »

Septembre. Le temps passe. Les jours allongent. Les conditions de vent s'améliorent. Qu'attend l'amiral ?

Magellan semble ne pouvoir supporter personne. Lorsqu'il est contraint de donner ses instructions, sa voix est brève, son ton rogue. Capitaines et lieutenants s'efforcent de rester à l'écart d'un amiral aussi mal embouché. Chacun veille au bon ordre de son navire de crainte de s'attirer une remarque acerbe, se tient prêt à appareiller dès que la décision sera prise. Pour où ? Quand ? Les officiers s'interrogent. Les matelots, fatalistes, se disent : aussi longtemps qu'on est au mouillage, on n'est pas en mer. Ils dorment des nuits franches, l'eau douce coule dans les rivières, est disponible à bord sans être rationnée, la viande des animaux est préférable au lard racorni. Ce serait mieux s'ils disposaient de femmes, mais on ne peut tout avoir ! Ruiz et García, les meneurs de la mutinerie, s'efforcent de reprendre sur leurs compagnons un ascendant compromis par leur incartade. Les ulcères et les gerçures de Vasquito Gallego guérissent. Jean-Baptiste, séduit par la vitalité du mousse, lui apprend comment tresser des épissures et le gamin s'applique à réussir, sur un vieux bout de cordage, culs-de-porc et bonnets turc. Seuls les plus ardents parmi les matelots voudraient que les bateaux bougent. Plus vite on partira, plus tôt on arrivera.

Au milieu du mois d'octobre, Fernand de Magellan sort de son apathie. Le beau temps a-t-il chassé son aboulie ? Depuis plusieurs jours déjà, le vent a molli, laissant la place à une brise maniable drainant vers les navires à l'ancre des effluves riches de sève et de pollen. Les oiseaux volent haut dans un ciel dégagé. L'air est léger, frais. Tout incite à l'action.

Sur le château arrière de *Trinidad*, l'amiral redresse sa petite taille, gonfle ses poumons, balaie de son regard impérieux ses navires, la rivière et, au-delà de l'embouchure, la mer enfin accueillante. L'impatience le saisit de prendre le large, pour le meilleur ou pour le pire. À Dieu vat ! Il convoque ses capitaines :

« Tenez-vous prêts à appareiller. »

La décision d'ordonner le départ relève d'une autre urgence : les biscuits grouillent de vers, le lard, moisi, pue. Les charançons ont envahi les pois, les fèves, les haricots. La provision de vin est à demi épuisée. Pire encore : au moment de l'armement à Séville, les intendants, Antonio de Coca en tête, ont triché. Complices des fonctionnaires véreux de la Casa de Contratación, ils n'ont pas embarqué les quantités prévues, se partageant avec les fournisseurs et les intermédiaires les bénéfices de leur prévarication. Depuis le départ, pour tenter de dissimuler leur malhonnêteté, ils ont menti lors de chaque inventaire. Maintenant, ils sont acculés à la vérité : la disette menace l'expédition. Même avec le secours des maigres ressources locales, viande salée ou fumée, filets de poisson mis à sécher dans les haubans, les cambuses ne pourront nourrir les équipages que pendant quelques mois, en imposant un sévère rationnement.

« Si nous avons la bonne fortune de découvrir bientôt le chemin conduisant à l'autre mer, nous atteindrons très vite Cipango, la Chine, les Moluques, leurs fruits, leur riz, promet Magellan.

— Dieu vous entende », soupire le chapelain.

Comme de coutume, avant le départ, tous les hommes

se confessent afin de prendre la mer absous de leurs péchés et la conscience pure. À la veille de l'appareillage, une messe solennelle réunit les marins. Tête nue, emplis d'espoir sous un beau soleil, ils écoutent l'homélie de l'officiant :

« Puisse, mes frères, descendre sur vous l'indulgence du Seigneur afin qu'Il vous montre la Voie. »

Magellan en tête, tous communient, reçoivent, à genoux, la bénédiction, entendent l'ultime message :

« Allez en paix. »

*

18 octobre 1520 : l'escale dans la rivière de Santa Cruz a duré près de deux mois. L'hiver, le terrible hiver n'est plus qu'un mauvais souvenir lorsque les quatre navires déploient leurs huniers, établissent les focs et les artimons, prennent de la vitesse, cap sur le large. Devant les étraves s'annonce l'été et si l'air est encore frisquet, sa fraîcheur vivifie et donne du courage.

D'abord au louvoyage contre des vents contraires, puis poussée par une brise portante, l'armada est à nouveau en route, toujours plus au sud. En une alternance de flux favorable ou contraire, le courant soulève un gros clapot, des vagues abruptes. Parfois, sur un haut-fond, la mer tournoie en un tourbillon d'un vert glauque, gigantesque bouillonnement d'une marmite géante. À tribord se poursuit la côte, sans montrer d'échancrure. Devra-t-on continuer ainsi, jusqu'à bout d'espérance ?

21 octobre. En ce début d'été, sous ces hautes latitudes, le jour se lève tôt. Dès quatre heures, l'aube révèle, dans le lointain, un promontoire. Le pilote Francisco Albo, qui assure le quart, hésite à appeler l'amiral : ils ont

déjà aperçu tant de caps, nourri tant d'illusions, subi tant de déceptions ! Sans doute, après avoir doublé cette pointe, va-t-on découvrir, une fois encore, un golfe, une baie, l'entrée d'une rivière. S'il en est autrement, il sera toujours temps de réveiller le capitaine général…

S'il dort. Car bien souvent, au beau milieu de la nuit, alors que chacun le croit retiré dans sa chambre, le timonier, le matelot de veille, l'officier de quart perçoivent derrière eux un bruit qui ne trompe pas : le pas inégal de l'amiral. Chacun, soucieux de ne pas être surpris en faute lors des insomnies de Magellan, s'interroge : mais quand dort-il ?

Au fil des heures, le promontoire grossit, d'une hauteur, estime Albo, d'environ deux cents pieds. Magellan est depuis longtemps sur le pont. Le pilote s'est cru autorisé par l'intimité de l'aube à oser une question :

« Votre Excellence a-t-elle dormi ? »

Il n'a pas obtenu de réponse, comme si Magellan n'avait pas entendu. Au moment où culmine un pâle soleil, San Martín sort son astrolabe et, au terme de laborieux calculs, énonce la latitude : cinquante-deux degrés vingt minutes. Il suggère de baptiser le promontoire, selon la fête du jour, cap des Onze Mille Vierges.

Au-delà de la pointe, loin dans le sud, la côte apparaît : une nouvelle fois, pense chacun, cette baie n'aboutira à rien. Déviés par un courant, les navires tirent un bord au large pour s'écarter d'une langue de sable et de galets sur laquelle la mer roule en gros remous. Le cap des Onze Mille Vierges est maintenant par le travers, et, à tribord, s'étend une baie profonde. Dès la pointe doublée se dévoilent, loin dans l'ouest, au-delà d'un mamelon, les montagnes qui ferment ce golfe.

Au-dessus de la terre montent des nuages effilés, en

forme de griffes, précédant de lourdes nuées sombres. Le vent forcit, soulève, face au courant, des vagues désordonnées. La tempête menace. Contre une brise chargée de pluie et de neige, les quatre navires louvoient d'une rive à l'autre, gagnent bord après bord la côte nord. Une chaloupe est envoyée à terre. Carvalho grimpe au sommet d'une hauteur et, à son retour, rend compte à l'amiral :

« Cette baie semble bouchée à l'ouest. »

Au pied des collines, les pilotes sondent, trouvent, par cinquante pieds, un fond de vase laissant espérer une bonne tenue. *Trinidad* et *Victoria* jettent l'ancre. *San Antonio* et *Concepción*, par pavillons, reçoivent l'ordre :

« Avant de prendre votre mouillage, explorez le fond de cette baie.

— Toujours les mêmes ! râle Sebastián García, la forte tête de *Concepción.* L'amiral et ses copains vont rester tranquilles à l'abri, manger la soupe chaude et roupiller un bon coup, et nous on se tape le sale boulot ! »

Il n'a pas tort, pensent ses camarades. Ils aperçoivent *Trinidad* et *Victoria* immobiles, à l'abri, et eux doivent continuer à explorer ce golfe dans le mauvais temps. Et pour quoi ? Pour rien, comme d'habitude !

Les capitaines Álvaro de Mesquita et João Serrano, s'ils partagent l'avis de leurs matelots, cachent leurs sentiments. Ils ont été chargés d'une mission, ils doivent l'accomplir même si les conditions la rendent dangereuse et pénible. Estevão Gomez, le pilote, l'air sournois, renâcle mais obéit.

*

L'obscurité est maintenant totale. Sur les deux navires restés au mouillage, les capitaines ont doublé les ancres, élongé la touée des aussières. Le vent se déchaîne, brutal, hargneux, tourne au nord, puis à l'est. Les vaisseaux, que ne protège plus guère la côte, se trouvent en grand danger. Les maîtres, inquiets, posent la main sur les câblots pour en sentir la tension, en éprouver les soubresauts. À bord de *Trinidad*, le chat Negrito s'est tapi dans un coin, moustaches hérissées, poils dressés de terreur. Dans les rafales, les coques encensent, tirent des bords, se cabrent avec de brusques rappels.

« Nous chassons ! »

Les secousses sur les filins ne trompent pas : les ancres ne tiennent plus, draguent le fond, les nefs partent à la dérive.

« Tout le monde sur le pont ! »

Branle-bas général. Les deux bordées s'activent : les matelots hors service sont tirés de leur sommeil, à demi vêtus ; les uns s'emploient à haler les câblots, remonter les ancres, les autres à établir les voiles. Les ordres fusent, hurlés pour dominer le vent. Dans la nuit, les navires, gîtés jusqu'au pavois, louvoient, tentent de gagner un meilleur abri. Capitaines et lieutenants, plissant leurs yeux noyés de pluie, cherchent à percer l'obscurité, à deviner où se trouve la terre. Les trois-mâts luttent chacun pour soi, en grand danger de s'échouer sur un banc, de se fracasser contre une falaise, de se briser sur une roche. *Victoria* et *Trinidad* sont à la merci d'un virement raté, livrés au hasard dans ces eaux inconnues. Pour tout dire, dans la main de Dieu.

Les hommes prieraient s'ils en avaient le temps. Ils sont trop occupés à border les écoutes, brasser les vergues, grelotter dans le froid, subir leur misère. À l'avant, les pilotes jettent la sonde, mesurent le fond et, lorsqu'il remonte et atteint les dix brasses, crient :

« À virer ! »

Au jour naissant, la brise mollissante tournant à l'ouest permet de revenir vers l'anse où l'eau est moins agitée, la brise moins puissante. Les matelots ont dégagé les ancres des longues algues d'un vert cru qui les enrobaient. Il fait grand jour lorsque *Trinidad* et *Victoria* retrouvent, après cette nuit de lutte et d'épouvante, leur mouillage de la veille.

Depuis l'aube, Magellan, Barbosa et leurs officiers scrutent le golfe. En vain. Ils n'aperçoivent nulle part les mâtures de *San Antonio* et de *Concepción.* Que sont devenus les vaisseaux envoyés en reconnaissance ? Ont-ils trouvé abri dans une baie, derrière un promontoire ? Ont-ils gagné le large ? Ont-ils fait naufrage, projetés contre la falaise, gréements abattus, coques réduites à quelques morceaux de bois ? Le pire est à craindre. Jean-Baptiste s'inquiète pour son fils. Après la perte de *Santiago*, la disparition de deux autres navires va-t-elle encore réduire la flotte ? Les plus affamés s'en souviennent : *San Antonio* a embarqué les réserves de vivres.

La journée se passe dans l'attente. Puis la nuit. Puis un second jour. Chacun en est maintenant convaincu : les deux navires envoyés en exploration, détruits contre les roches, ou coulés, se sont perdus corps et biens. Magellan s'interroge : comment continuer le voyage avec seulement deux navires, et à court de vivres ?

Au matin de la quatrième journée, les veilleurs annoncent :

« Nous apercevons de la fumée, sur une rive lointaine. Les naufragés ont dû se réfugier à terre. Les survivants ont allumé un feu pour demander du secours. »

Les marins préparent la mise à l'eau de deux baleinières, y disposent des caisses de biscuits et un tonnelet d'eau. Une vingtaine de courageux se présentent, volontaires pour une expédition risquée : chacun a pu le mesurer, ici les coups de vent se lèvent avec brutalité, soulèvent une mer désordonnée, et aborder les falaises est presque impossible. Il faut bien pourtant sauver les camarades.

*

Tandis que *Trinidad* et *Victoria* prenaient leur mouillage, *San Antonio* et *Concepción* se sont éloignés, cap au sud, vers l'autre rive. Lorsque la sonde indique que les fonds remontent, les deux vaisseaux virent vers le nord-ouest. Capitaines et marins maugréent : ils doivent poursuivre la reconnaissance de la côte et en dessiner les contours malgré les giboulées et les rafales qui engourdissent les mains et emportent les papiers. Les conditions empirent : le vent fraîchit, le soir tombe. Les rafales de neige blessent les visages, cachent les rives du golfe. La progression est lente, retardée par un courant contraire. À l'extrémité de la baie, dans la pénombre du crépuscule, les marins n'aperçoivent aucune ouverture dans la masse des hautes collines. Plus ils approchent de terre, plus le vent forcit. Au moment où l'obscurité devient plus intense, la forte brise tourne à la tempête, étend sur la mer des tapis d'écume éblouissante de plusieurs pieds de haut. Le vent vire au nord, puis au nord-est avec la puissance d'un ouragan. Il n'est plus possible de garder la moindre voilure : la toile partirait en lambeaux, les mâtures s'abattraient. Aucun hunier ne résisterait à ces bourrasques. À sec de toile, les deux navires sont à la merci du vent et de la mer. Pour prévenir un abordage, tous deux ont gréé un fanal qu'il faut sans cesse rallumer. Précaution dérisoire : les vaisseaux sont incapables de manœuvrer. La nuit est désormais totale. Sur le ciel sombre se découpe en noir la silhouette des falaises vers lesquelles dérivent les navires impuissants. À leur pied, de plus en plus proches jaillissent les blancheurs du ressac. Au sourd mugissement de la mer se superpose le sifflement du vent dans les haubans. Que tenter ? Les ancres ont été mises en pendant, au bout de trente brasses de câblot, dans l'illusoire espoir qu'elles crochent un haut-fond et immobilisent les nefs.

Une étroite échancrure s'ouvre devant les étraves, un cul-de-sac où les navires vont se briser. Plus que tout autre, Prieur, lieutenant sur *Concepción*, sait ce qui les attend. Il l'a déjà vécu sur *Santiago.* Il pressent le choc de la quille, le raclement de la coque, la déchirure des bordés, l'effondrement des mâts, le gargouillis de l'eau dans la cale. Auront-ils cette fois-ci la chance de sauver leur peau ? Il a observé, avant que l'obscurité ne soit totale, les falaises tombant à pic, les pointes de roches, la côte hostile. Aucun espoir de s'en tirer.

Le courant, estiment les pilotes, a tourné, poussant les navires désemparés toujours plus près des falaises. Malgré leur poids, les coques tournoient, jouets des flots. Chacun attend d'un instant à l'autre la secousse du navire talonnant sur la roche, le fracas du bois brisé, la fin.

*

Dans la première baie où *Trinidad* et *Victoria* ont, après tant d'efforts, retrouvé leur mouillage, quatre jours se sont écoulés, journées d'angoisse passées à guetter le retour des navires envoyés en reconnaissance. Ils ont fait naufrage, c'est sûr, les fumées le confirment. Les deux chaloupes s'apprêtent à traverser la baie en direction des volutes qui, sur la rive, signalent où se sont réfugiés leurs compagnons lorsque soudain résonne, éclatement sourd répercuté par les falaises, un coup de bombarde. Toutes les têtes se tournent, voient surgir, sortis on ne sait d'où, les gréements familiers de *San Antonio* et de *Concepción.* Dans les mâtures battent, déployés, pavillons, enseignes, oriflammes. Les hommes juchés dans le gréement crient, agitent leurs bonnets. Un nouveau coup de canon fait vibrer l'air de la baie. Les deux navires approchent, les marins restés à l'ancre cherchent à distinguer ce que hurlent leurs camarades. Ils comprennent enfin :

« On a trouvé ! Le passage ! Le passage ! »

Aussitôt que leurs vaisseaux ont pris leur mouillage, Álvaro de Mesquita, João Serrano et leurs pilotes se font conduire auprès de l'amiral. Visages marqués par la fatigue, yeux rougis d'insomnie, ils rendent compte, dissimulant sous des mots sobres leurs frayeurs, leur émotion, leur joie :

« Nos navires étaient désemparés. La grosse tourmente interdisait d'établir une voilure. Incapables de gouverner, nous avons été entraînés, en grand danger de nous perdre. Nous nous sommes crus morts. Les hommes imploraient la Providence du Seigneur. Dieu a entendu leurs prières. Un miracle s'est produit comme si le Christ avait fendu la montagne pour nous sauver. Un goulet s'est ouvert devant nos étraves. Malgré son étroitesse, nous y sommes passés sans heurter aucune roche. Lorsque l'aube a permis de distinguer la rive, nos navires se trouvaient au centre d'une baie. Comme Votre Excellence l'avait ordonné, nous avons poursuivi notre navigation. Nous avons trouvé un second passage, moins étroit. Le courant était devenu contre nous, et nous avons attendu, pour le franchir, la renverse de la marée. Le marnage est fort, si l'on en juge par les traces laissées sur les falaises et les algues noires, plus de trente pieds entre haute et basse mer, par grande marée. Un courant puissant nous a entraînés à travers le deuxième goulet. Au-delà, le détroit s'élargit, formant une mer d'environ cinq lieues de large et semblant se poursuivre loin vers le sud. L'eau y est salée, le fond à plusieurs dizaines de brasses. Nous sommes revenus vous informer de notre découverte. »

À l'avant de *Trinidad*, Colin Baseau, venu dans la chaloupe du capitaine Álvaro de Mesquita, rassure son père et, haletant encore de terreur, en un sabir mêlé de mots français et espagnols, raconte à son copain Vasquito sa nuit d'épouvante.

Arpentant le château arrière, l'amiral est partagé entre la crainte d'une nouvelle désillusion et le fol espoir. Il s'arrête face à Mesquita et Serrano, pose la question, autant pour eux que pour lui-même.

« Est-ce le passage ?

— Rien ne permet de l'affirmer puisque nous n'en avons pas trouvé l'extrémité, mais la puissance et l'alternance du courant prouvent au moins l'existence d'un très grand bras de mer. »

Toujours sceptique, Gomez émet des doutes :

« Ce bras de mer n'est sans doute qu'un cul-de-sac. »

Dans son impatience, Magellan veut appareiller sans délai. Ses atermoiements, ses doutes, sa lassitude sont oubliés. Il décide :

« Partons ! »

Elcano, plein d'ardeur, approuve :

« Allons voir ! »

Les capitaines implorent :

« Plaise à Votre Excellence d'accorder d'abord quelque repos à nos marins. Ils sont épuisés.

— Non ! Tout de suite. »

Les quatre vaisseaux déploient leurs voilures. Ils n'ont parcouru qu'une lieue lorsque les marins aperçoivent, sur la rive, une sorte de construction. Les navires sont mis en panne. Une équipe envoyée à terre revient, terrifiée, pour expliquer :

« Nous avons trouvé une sépulture. La rive est jonchée d'ossements à côté d'un squelette de baleine. Cet endroit est certainement hanté. »

Les nefs reprennent leur route. Les pilotes ont eu le loisir d'étudier les courants, le moment de leur renverse. En exploitant le flot, l'armada passe le premier goulet et pénètre dans la partie élargie qui lui fait suite. Magellan la baptise baie Santiago en souvenir de la nef naufragée. Au mouillage par sept à dix brasses, dans l'attente de la renverse, l'armada laisse s'écouler le jusant.

Guidés par les deux navires qui ont reconnu le passage, *Trinidad* et *Victoria* franchissent le second goulet, entrent dans un bras de mer large, profond et encombré d'îlots. Comme l'ont décrit les capitaines, le passage se poursuit vers le sud. La progression est lente. Il faut sonder pour éviter les hauts-fonds, louvoyer contre les vents contraires, remorquer les vaisseaux à l'aide des chaloupes lorsque la brise vient à manquer. Les arrêts sont fréquents, pour s'abriter lorsque les tornades de sud-ouest dévalent des montagnes enneigées, déployant un éventail d'écume blanche, ou pour ne pas naviguer dans l'obscurité.

Le 27 octobre, la flottille trouve un mouillage sûr. L'amiral convoque capitaines et pilotes. Soucieux d'éviter à l'avenir tout mouvement de rébellion, il les consulte. À nouveau, Estevão Gomez intervient, avec une déférence un peu trop appuyée :

« Avec tout le respect que je dois à Votre Excellence, si elle estime que nous avons trouvé le passage, ne vaudrait-il pas mieux retourner en Espagne afin d'annoncer votre découverte ? Continuer serait folie : les navires sont fatigués, les hommes épuisés, nous manquons de vivres. Si nous trouvons des calmes, des tempêtes ou des vents contraires, nous mourrons tous. Les ressources dont nous disposons permettent tout juste d'effectuer la route du retour. À Séville, nous pourrons monter une nouvelle expédition disposant de toutes les chances de réussite. »

L'amiral comprend quelles arrière-pensées animent le pilote : Estevão Gomez escompte conduire cette expédition, comme il espérait déjà obtenir des caravelles et partir à la découverte du passage au moment où le roi, en accordant sa confiance à ce Portugais inconnu, a ruiné son projet. Ainsi Gomez, à la tête d'une nouvelle flotte, récoltant le fruit des efforts accomplis, réussirait le premier le tour du monde et s'en attribuerait la gloire ! L'amiral tranche :

« Nous devons continuer. Nous l'avons promis au roi. Dieu nous aidera. »

Après dix lieues dans le large bras de mer, le détroit se divise en deux branches, menant l'une vers le sud-ouest, l'autre vers le sud-est. Laquelle choisir ?

João Serrano, qui navigue en éclaireur sur *Concepción*, trouve un bon abri dans l'estuaire d'une rivière et revient vers *Trinidad* pour signaler sa découverte. Magellan décide d'y faire escale pendant que *San Antonio* et *Concepción* partiront reconnaître le chenal orienté au sud-est.

Le mouillage où s'arrêtent *Trinidad* et *Victoria* se révèle à la fois sûr et riche en ressources. Le poisson y abonde et les marins baptisent l'endroit la Rivière des Sardines. Les falaises qui ferment en partie l'embouchure sont tapissées d'énormes moules. Après tant de rocs noirs et de plateaux arides, le paysage est séduisant, avec ses arbres de bonne taille, ses prairies d'un vert cru, ses torrents et ses rivières. Des cascades d'eau claire et fraîche dévalent du haut des montagnes enneigées. Les marins expédiés à terre récoltent une sorte de chou, bon à manger, un légume ressemblant au céleri. De bizarres canards s'ébattent dans la baie. Lorsque les matelots tentent de les poursuivre, ils s'enfuient à toute allure. Incapables de voler, ils battent l'eau de leurs moignons d'ailes, soulevant un sillage d'écume. De grasses oies blanches sans méfiance se laissent prendre, que les chasseurs plument et rôtissent sans attendre sur un feu de branches mortes. Pigafetta déborde d'enthousiasme. Il goûte le bonheur de pouvoir se promener dans les herbes, explorer les bois, partager une cuisse d'oie avec les matelots. Il note : « *Je crois qu'il n'y a pas au monde meilleur endroit que celui-ci.* »

Dans ce petit paradis, l'escale se révèle bénéfique aux malades : nombre de marins souffrent du mal des longues traversées, perdent leurs dents ; leurs ventres gonflent, leurs forces les abandonnent. Ceux qui mangent de ces légumes récoltés près de la rivière se portent mieux, remarque l'apothicaire. Il en recommande la médecine, mais beaucoup de matelots refusent ces plantes inconnues, préfèrent les pois et les haricots dont ils ont l'habitude. Ils disent :

« On va pas brouter de la verdure comme des vaches ! »

L'estuaire ne doit pas être inconnu des sauvages : les marins trouvent de multiples traces de leurs passages, amoncellements de coquillages vides, ossements de loups marins, cendres, branchages assemblés pour former une hutte. Duarte Barbosa et Antonio Pigafetta, descendus à terre avec Pol, tiennent leur Patagon sous bonne garde pour prévenir toute tentative de fuite. La santé du sauvage les inquiète. Il supporte mal les vêtements qu'on lui impose pour couvrir sa nudité. Par tous les temps, au mépris du froid ou de la pluie, il cherche à les ôter. L'Indien impudique a maigri. Il tousse et a perdu l'appétit. Sur la rive, espère Pigafetta, il se rétablira. Duarte, lui, escompte l'apparition d'indigènes afin d'en embarquer, surtout des femmes, pour donner une compagne à Pol et perpétuer la race en Europe. Mais les Patagons ne se montrent pas. Des fumées révèlent leur présence : les marins ont compris que, puisqu'ils n'avaient pas été allumés par les équipages de *Concepción* ou de *Trinidad*, ces foyers témoignent de la présence d'Indiens. Pour désigner ce rivage au sud du détroit, où ils ont été encouragés dans leur progression par la présence de ces feux, les Espagnols le nomment *Tierra del Fuego.*

Pendant trois jours, les corvées se succèdent à terre afin de compléter la provision d'eau douce, ramasser du bois pour les cuisines, capturer des oies pour la table des officiers. Les hommes profitent des torrents pour y laver leurs hardes, en rincer le sel. Dans les agrès de *Trinidad* et de *Victoria*, les vêtements mis à sécher battent dans la brise comme des oriflammes.

San Antonio et *Concepción* se sont éloignés, à la découverte du bras de mer qui part vers le sud-est. L'impatience de Magellan s'accommode mal de l'attente. Succédant aux tempêtes, aux tourmentes et aux rafales brutales où le vent furieux mêlait pluie et neige et mettait les navires en danger, un temps splendide s'est installé. Le ciel est d'un joli bleu pâle et, en ce mois de novembre, les jours ont rallongé, ne laissant guère que quatre heures d'obscurité. Mettant à profit ces conditions favorables, une baleinière part explorer le bras de mer du sud-ouest. Albo en prend le commandement.

Deux jours, trois jours : *San Antonio* et *Concepción* ne

sont pas revenus. Serrano et Mesquita ont-ils trouvé un passage vers la mer de Chine ? Chacun guette leur retour. C'est la voile brune de la chaloupe baleinière qui vire la première la pointe à l'entrée de la rivière. À l'avant du canot, Albo, debout, brandit un pavillon et l'agite en tous sens. L'embarcation se range à couple du navire amiral. Le pilote crie :

« Nous avons trouvé la sortie du passage ! »

Il explique :

« Après deux jours de navigation, nous nous sommes arrêtés dans une petite baie. »

Le canonnier Roldan, tout fier de son exploit, intervient avec un accent flamand qui rend son récit presque incompréhensible :

« J'ai monté une montagne, mille pieds de haut peut-être. Du sommet, j'ai vu un bras de mer et, au bout, un cap, et au-delà, la mer, libre jusqu'à l'horizon. »

Francisco Albo renchérit, enthousiaste :

« Jusqu'aux Moluques ! »

Magellan se détourne afin que nul ne voie les larmes de joie qui roulent sur ses joues, se perdent dans sa barbe. Il avait raison. Il a gagné. Lorsqu'il a maîtrisé son émotion, il décide :

« Ce promontoire si longtemps cherché, nous l'appellerons cap Désiré. »

Il est urgent de retrouver les deux navires partis dans le bras du sud-est, afin que la flotte rassemblée cingle vers les îles aux épices. La pénurie de vivres autant que l'impatience l'exigent.

*

Rebroussant chemin, *Trinidad* et *Victoria* partent à la rencontre des deux autres nefs, s'engagent dans le chenal qui s'ouvre en direction du sud-est, entre des falaises abruptes. Au-dessus s'élèvent des sommets blancs de neige, d'où parfois un glacier vêle dans la mer. Au détour d'une pointe, les veilleurs voient surgir *Concepción* sortant d'un étroit *seño.* João Serrano, par signes, demande aux deux autres navires de suivre le sien, pénètre dans un petit bras de mer protégé par un îlot. Lorsque les trois vaisseaux ont pris leur mouillage, le capitaine se présente à l'amiral :

« Dès le début de notre reconnaissance, *San Antonio*, plus rapide, m'a devancé. Le capitaine Mesquita n'a pas réduit sa voilure pour m'attendre et, malgré mes efforts, lorsque la nuit est tombée, j'ai perdu de vue le vaisseau. Avait-il emprunté un autre détroit ou omis d'allumer un fanal, je l'ignore. J'ai effectué des recherches pour le retrouver. En vain. Ces parages recèlent un labyrinthe de bras de mer. Il est aisé de s'y perdre. La navigation y est délicate, avec des récifs cachés, des coups de vent subits. *San Antonio* ne s'est pas présenté au rendez-vous fixé. Nous sommes inquiets pour lui. »

Le navire égaré est le plus puissant, le mieux armé de la flotte, le meilleur soutien en cas d'attaque des sauvages, ou s'il faut se battre pour conquérir un territoire. À bord de *San Antonio* ont été embarqués les vivres récupérés sur l'épave de *Santiago* et la forge ; dans ses cales et sur son pont a été entreposée la majeure partie des toiles pour tailler des voiles neuves, des bois pour réparer coques et espars. Il faut retrouver le vaisseau disparu.

Chacun dans une direction, *Trinidad*, *Victoria*, *Concepción* partent à sa recherche. Ils explorent chaque anse, s'introduisent dans d'étroits chenaux, frôlent parfois des récifs que signalent de longues algues d'un vert pâle.

Croissant sur les rochers immergés, elles en révèlent le danger. Parfois, les ancres n'atteignent pas le fond et les nefs s'amarrent pour la nuit le long de falaises verticales, accores comme des quais.

Victoria repart vers l'est, explore tout le chemin déjà parcouru, jusqu'au cap des Onze Mille Vierges.

Après six jours, comme il était convenu, les trois navires se rassemblent, rendent compte des résultats de leurs efforts : ils n'ont rien trouvé, pas même une épave, une planche brisée, un morceau de mât, une chaloupe chavirée. Rien. *San Antonio* a disparu sans laisser la moindre trace. L'amiral s'interroge, échafaude des hypothèses. Le vaisseau a-t-il, une nuit, heurté un écueil, a-t-il coulé comme un caillou ? Selon toute vraisemblance, des bois, des cadavres auraient surnagé, des survivants auraient gagné le rivage. A-t-il été entraîné par un courant vers un gouffre où il se serait englouti ? A-t-il été aspiré par un tourbillon ? Dans ces eaux inconnues, tout est possible. Ou bien Mesquita a-t-il emprunté une autre issue menant à la mer libre ? Va-t-il revenir par le chenal du sud-ouest, tout faraud de sa découverte ? Ou bien a-t-il décidé de poursuivre seul sa route directement vers les Moluques, fort de son chargement de vivres, avec l'ambition de réussir, le premier, à boucler le tour de la sphère terrestre ? Mesquita a-t-il été convaincu par Gomez de revenir en Espagne afin d'y annoncer la bonne nouvelle, abandonnant les autres navires aux aléas de leur destin ? Une nouvelle mutinerie a-t-elle éclaté, dont aurait été victime le capitaine ?

Appliquant les instructions données par Magellan, les équipages, au cours de leurs recherches, laissent des messages à l'intention de leurs compagnons disparus. Des chaloupes gagnent la terre. Les marins les plus alertes escaladent des pitons, avec difficulté. La forêt est dense : hêtres aux feuilles sombres, pins rabougris, tordus par le vent. Sur un sol spongieux couvert d'une mousse épaisse, le pied enfonce. Lorsque les hommes tentent de s'aider en s'appuyant sur un tronc, l'arbre, pourri jusqu'au cœur, s'abat, inondant le grimpeur de son feuillage trempé. Le sol est jonché de troncs morts qu'il faut à grand-peine enjamber. Des gorges, des ravins, des torrents entravent la marche. Les marins sont épuisés lorsqu'ils parviennent au sommet. Tous ces efforts pour des camarades qui ont peut-être trahi ! On ne peut pourtant les abandonner s'ils se sont seulement égarés. Les matelots dressent une pièce de bois surmontée d'une étoffe de couleur vive. Sur la rive, en dessous de ce signal, les maîtres déposent une marmite contenant un message à l'intention de *San Antonio.* Le billet indique la direction de la sortie du passage et le cap que suivra la flotte. Les enseignes sont disposées en trois endroits différents, sur des promontoires, sur un îlot situé au milieu du détroit et où abondent les loups marins et les oiseaux. Les signaux sont visibles de loin. Mesquita et ses veilleurs ne peuvent manquer de les voir. Alors, *San Antonio*, plus rapide, ralliera l'armada. S'il n'a pas fait naufrage.

Jean-Baptiste s'accroche à ce mince espoir de revoir un jour son fils.

L'astrologue Andrés de San Martín affirme :

« J'ai consulté les astres. Mesquita est prisonnier à bord de *San Antonio.* Gomez a pris le commandement et vogue vers l'Espagne. »

Magellan et ses seconds s'interrogent : quelle confiance accorder à la prédiction du savant ?

Que Jupiter, Saturne et Pluton aient révélé ou non la vérité n'y change rien. Faut-il, avec seulement trois navires, poursuivre l'expédition, comme y pousse le fougueux Elcano ? Revenir vers l'Espagne comme le conseillait Gomez ? Gréements distendus, voiles rapiécées, coques prenant l'eau, hommes affaiblis, vivres raréfiés, tout justifierait une honorable retraite. Mais l'issue du passage n'est qu'à quelques dizaines de lieues. Les îles à épices sont-elles proches, où l'on trouvera des nourritures en abondance ? La poursuite du voyage n'impose-t-elle pas aux matelots un risque mortel ? Déjà Enrique, l'infatigable Enrique n'est plus que l'ombre du robuste Malais parti de Séville. Il a maigri, il est triste, il se plaint sans cesse du froid. Il assure son service avec lassitude et, dès son travail achevé, s'allonge sur la natte qu'il traîne depuis Malacca, une feuille amincie, perdant ses fibres, mouillée par l'eau salée, toujours humide. Même Vasquito, pris de pitié, a renoncé à poursuivre de ses plaisanteries son souffre-douleur favori.

Le 21 novembre, l'armada, ou ce qu'il en reste, trouve un bon mouillage baptisé Río de Isleo. Magellan convoque son clerc, León de Ezpeleta, dicte un message destiné aux capitaines, officiers et pilotes :

« Au nom du roi et au mien, je vous ordonne de me dire, par écrit, si nous devons continuer ou faire demi-tour. Exprimez-vous sans crainte. Lorsque je connaîtrai votre opinion et vos raisons, je vous donnerai mon avis et vous dirai ma décision. »

Les principaux des équipages s'attellent à la tâche. Duarte Barbosa et Antonio Pigafetta, à l'écart, échangent des sourires entendus :

« On l'a changé !

— Notre amiral est devenu plus modeste.

— Ou plus prudent… »

Comme toujours, l'Italien possède une citation empruntée à son auteur favori : « *Un prince doit sans cesse prendre conseil, mais quand lui le veut et non quand le veut autrui.* »

Les marins ne sont guère gens de plume. La rédaction est d'autant plus laborieuse qu'ils sont hésitants. À l'exception de Sebastián de Elcano, les capitaines et les pilotes ne savent trop eux-mêmes quel parti adopter. S'ils n'écoutaient que leur lassitude, Serrano, Albo, Carvalho, Vasco Gallego, l'alguazil Espinosa préféreraient abandonner, revenir au pays, retrouver la sécurité, ceux qu'ils aiment, leurs amis et leurs habitudes. Après la griserie de l'aventure, la fatigue et le souvenir de tant de drames les rendent pusillanimes face à l'immense inconnu. Oseront-ils avouer leur peur ? Admettront-ils qu'ils craignent la discipline imposée par l'amiral ? Accepteront-ils d'abandonner alors que la flotte se trouve peut-être à la veille de réussir ?

Andrés de San Martín, le premier, remet sa réponse :

« Seigneur très magnifique, écrit-il, mon avis est de profiter des beaux temps de l'été pour continuer l'exploration jusqu'à la mi-janvier, et alors de faire demi-tour avant que ne s'établissent les tempêtes et les jours raccourcis de l'hiver. »

Les messages remis par les autres officiers développent des arguments si alambiqués, contradictoires, fluctuants que Magellan se sent libre d'imposer sa volonté :

« J'ai lu avec attention vos lettres. Fort de votre soutien, je prends la décision de poursuivre le voyage, comme notre souverain Charles Quint nous en a confié la mission, et, avec l'aide de Dieu, pour Sa plus grande gloire. »

Par sa force de conviction, le capitaine général redonne aux hommes confiance et enthousiasme. À l'aube du 26 novembre, les trois navires appareillent. Les oriflammes battent au vent, les canons tonnent, les marins dans les mâtures poussent des cris de joie. Dans le détroit que Magellan baptise *Paso de Todos los Santos*, les vaisseaux cheminent entre des falaises arrondies, trouvent une anse bien protégée pour y passer une courte nuit, une baie profonde aux parois tapissées de coquillages. Mais sur les fonds couverts de longues algues, les ancres glissent, tiennent mal. Il est nécessaire d'assurer la sécurité des nefs en portant sur la rive de longues amarres accrochées à une saillie de roche. Ces manœuvres prennent du temps. Et si, pendant que la flotte est dissimulée au fond de la baie, *San Antonio* passait sans la voir ?

Sous la conduite du pilote, les navires progressent : le chenal vire vers le nord-ouest, devient si étroit que, n'étaient les affirmations d'Albo, l'amiral hésiterait à y engager les vaisseaux. Dans l'impossibilité de louvoyer tant les évolutions se trouvent réduites, et mettant à profit une période de calme, les chaloupes sont mises à l'eau : à la force des avirons, grimaçant sous l'effort, au rythme des coups de sifflet des maîtres, les matelots tirent sur le bois mort afin de remorquer les lourdes nefs.

Le vingt-huitième jour du mois de novembre de l'an 1520, les trois navires approchent de l'extrémité du passage. Le détroit s'élargit, les rives se fracturent vers le nord en petites îles aux roches arrondies, blondes sous le soleil. Au-delà s'amorcent des canaux dont on ne voit pas la fin. À l'ouest s'ouvre la mer libre que domine un haut piton. Francisco Albo le désigne du bras :

« Le cap Désiré. »

Face à une délivrance conquise au prix de tant de souffrances, les hommes crient, hurlent leur joie, lancent leur bonnet, se jettent dans les bras les uns des autres, rient à perdre haleine. Avec peine, les aumôniers calment ces débordements, commandent :

« Rendons grâce à Dieu. »

Sur *Trinidad*, le chapelain revêt son surplis, passe son étole, sort son goupillon. Les marins ôtent leur couvre-chef, découvrant leurs tignasses hirsutes grouillant de poux, s'agenouillent, tracent sur leur poitrine le signe de la croix tandis que le religieux lance quelques gouttes d'eau bénite pour consacrer les flots au Christ.

Sitôt la prière achevée, la liesse reprend de plus belle. Magellan a ordonné que, malgré l'inquiétante diminution des réserves, une double ration de vin soit versée aux marins. Ivres de bonheur et de vin, les équipages sont en fête. Comme par magie, les instruments de musique sortent des recoins où ils avaient été relégués. On chante, on danse, on se congratule. Les plus vaillants grimpent dans les mâts pour contempler au plus loin cet horizon vide de tout récif. Au-delà des dernières roches s'étend une mer bleue, soulevée d'une houle paresseuse, que la petite brise de sud-ouest égaie de moutons. Cet océan paisible, au-dessus duquel planent de grands oiseaux, promet une heureuse navigation vers les toutes proches Moluques. Poussés par ce vent favorable, les navires gagneront des latitudes plus clémentes. Ils laisseront derrière eux le froid, les tempêtes de neige et de grêle, les vents fous qui dévalent des montagnes, les indigènes agressifs, le danger d'être jetés à la côte ou éventrés sur un écueil. C'est la fin des misères.

Fernand de Magellan laisse un sourire d'orgueil éclairer son visage tanné, amaigri, à demi dissimulé par la barbe où, de plus en plus, les fils blancs s'entremêlent aux poils noirs. Il se tourne vers Albo, Polcevera, Pigafetta, montre d'un large geste cette mer si accueillante et décide :

« Nous l'appellerons Pacifique. »

9

Le Pacifique

La traversée du Pacifique

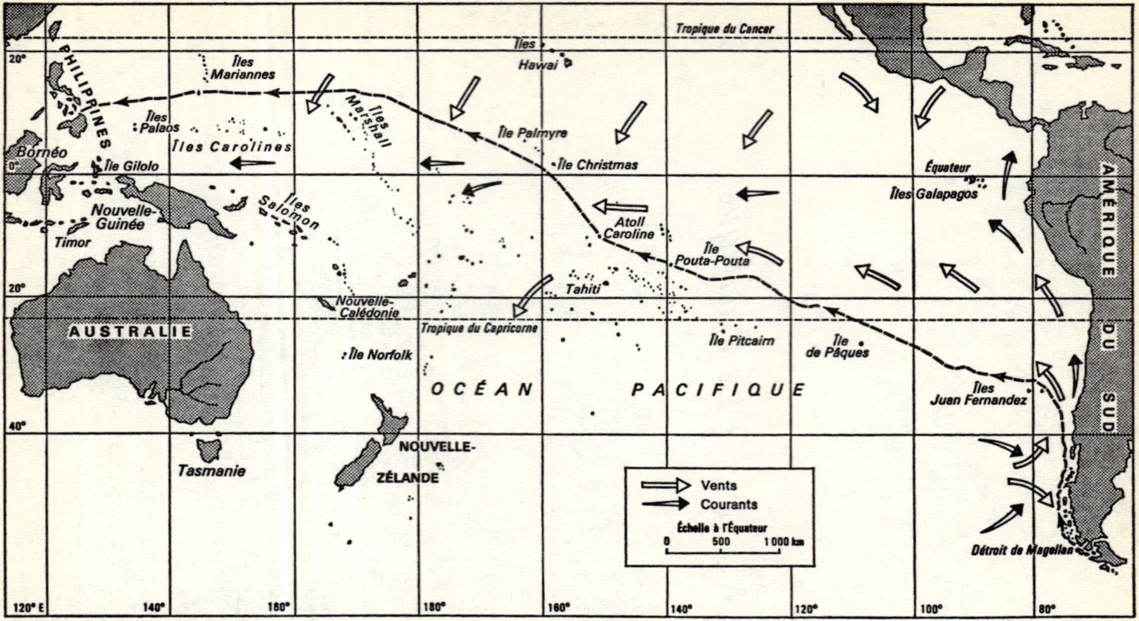

D'après Visconde de Lagoa, *Fernão de Magalhães*.

Le voyage dans la mer du Sud commence dans la joie et l'espérance, par brise douce et portante. À l'entrée des nefs dans cet océan Pacifique, un troupeau de dauphins batifole autour des navires. Rapides et agiles, ils remontent le long des coques, se croisent au ras des étraves, sautent hors de l'eau en de folles cabrioles. Juché à l'extrémité du beaupré, Vasquito joue avec ces amis, sifflant pour attirer leur attention, riant lorsque l'un d'entre eux se retourne et lui lance un clin d'œil.

Après les dauphins, les baleines accueillent les marins : non contentes de nager avec paresse, souffler, plonger dans un grand remous, dressant au-dessus de la mer leur large queue, elles jaillissent hors de l'onde et leur lourde masse retombe en de vastes éclaboussements. Lorsque les cétacés disparaissent, d'autres spectacles s'offrent pour distraire les marins. En dessous des grands oiseaux planant dans le ciel, de petits poissons d'un blanc d'argent déploient leurs ailes diaphanes : pour échapper aux dorades, aux bonites qui cherchent à les attraper, ils bondissent en des vols atteignant une portée d'arbalète tandis que sous l'eau leurs chasseurs suivent leur ombre. Parfois, les poissons volants ricochent sur la crête d'une vague et d'un coup de nageoires se lancent dans une autre direction pour tromper leurs poursuivants.

Au vent de sud-ouest a succédé une brise d'ouest : les navires longent, cap au nord, la côte dominée par de hautes montagnes enneigées débordées de falaises sombres. Après une période de calme, le vent est passé au sud-est et, le 19 décembre, l'armada a pris sa route vers le nord-nord-ouest. Le capitaine général, toujours aussi secret, espère ainsi atteindre Luzon, où l'or regorge. Les commerçants chinois côtoyés à Goa en ont apporté la preuve : ils paient en or, comme si ce métal était monnaie courante. À Luzon, ses navires chargeront leurs cales de barres d'or.

Grand beau temps, jolie brise, peu de manœuvres. Cet océan comble tous les espoirs. En quelques jours, le vent les mènera jusqu'aux îles aux épices. Les marins portugais qui ont déjà accompli le voyage jusqu'aux Indes racontent à leurs compagnons les merveilles qui les attendent : les nourritures nappées de sauces excitantes, le vin de palme et son aimable ivresse, les femmes souples, fluides, habiles danseuses, adroites amantes. Ils s'esclaffent lorsque les mousses ouvrent des yeux ronds, écoutent, bouche bée. Ils les culbutent d'une bourrade, toujours riant :

« T'es trop jeune ! »

Tous supportent le rationnement des vivres et du vin en songeant à l'abondance qu'ils trouveront bientôt. Pigafetta le leur a confirmé. L'Italien aime afficher ses connaissances, jouer au savant devant Francisco Albo plus féru d'un habile virement de bord lof pour lof que de grimoires et de manuscrits. L'écrivain, qui a lu la *Géographie* de Ptolémée, affirme :

« Selon le savant grec et ses calculs sur la dimension de la terre, cette mer du Sud est étroite et nous allons très vite arriver en Orient. »

Ce n'est pas l'avis de San Martín. À l'orée de cette mer inexplorée, l'astronome en a calculé la longitude et, connaissant à peu près la position des Moluques, il a révélé à Magellan, loin des oreilles indiscrètes :

« Cet océan est vaste. Il nous faudra sans doute naviguer au moins deux mois avant d'atteindre Cipango. »

La faim. Le ventre creux. L'estomac vide. Constante obsession : manger, trouver quelque chose, n'importe quoi, pour calmer cette douleur, ce vertige qui saisit la tête. La faim. Toujours. Lancinante. À chaque instant. Même dans le sommeil.

Tout en celant la durée probable de la traversée, le capitaine général a encore réduit les rations de vivres et d'eau. Pourtant, il ne s'inquiète pas outre mesure :

« Nous découvrirons des îles que personne n'a jamais visitées. Nous y trouverons des vivres, de l'eau, sans doute des épices, peut-être de l'or et des pierres précieuses. Nous en prendrons possession au nom de Sa Majesté. »

Le capitaine général n'a pas oublié le contrat que lui a accordé Charles Quint : il deviendra propriétaire de deux îles s'il en découvre plus de cinq. Dans cette vaste mer, il existe sans doute des terres inconnues, et pourquoi pas un continent ? Dans son bonheur d'avoir ouvert le passage, l'amiral s'imagine maître d'un nouvel empire. Parce qu'il est en passe de réussir ce que la plupart jugeaient impossible, il se prend à rêver : à la gloire s'alliera la fortune. Il se rappelle le dénuement de son enfance, dans les montagnes déshéritées de Trás-os-Montes, le sacrifice que représentait à Lisbonne la moindre dépense. Il n'a pas oublié son humiliation lorsque son futur beau-père lui a remis une bourse afin qu'il fasse meilleure figure. Cet homme simple ne se soucie guère de devenir un homme riche. Mais il trouverait dans la fortune une revanche sur les camouflets et les rebuffades, sur la cruauté d'un rire insultant un garçon pauvre qui osait aimer.

Il sera propriétaire d'îles à épices, de rivières charriant l'or et de pierres précieuses. Il n'aura plus à économiser sou par sou. Il agrandira le domaine familial, y adjoindra des terres grasses. Il restaurera le manoir délabré de la Quinta de Souta. Il se fera admirer dans le village de son enfance et, fastueux, distribuera ses aumônes. Il armera des navires. Il offrira à son épouse Beatriz, à son fils Rodrigo, une demeure encore plus vaste, plus raffinée que la Casa Barbosa. Vêtu de soie et de brocart, juché sur un cheval richement harnaché, il paradera dans les rues de Séville. Il sera reçu à la cour, traité avec déférence. La Casa de Contratación sollicitera l'honneur de le compter parmi ses conseillers.

Sur cette mer toujours bleue que ne balaie aucune tempête, les jours passent, nourris de songes et de déceptions. L'horizon demeure vide. La direction indiquée par San Martín a été rectifiée : les aiguilles des boussoles, si elles se dirigent toujours vers le septentrion, sont déviées par la proximité de l'autre pôle. En gagnant dans le nord, les marins retrouvent la tiédeur de l'air. Enrique recouvre sa belle santé et sa bonne humeur, comme s'il se nourrissait de soleil. Ce n'est pas le cas du Patagon. Tandis qu'avec la chaleur le Malais revit, Pol, enfant du froid, dépérit. Sans doute montre-t-il toujours la même bonne volonté : dès que Pigafetta sort sa plume et son cahier, il touche l'un après l'autre les objets et les nomme dans sa langue. Mais, au fil des jours, ses forces déclinent. Malgré les soins dont l'entoure l'Italien, il devient triste et silencieux. Il reste prostré dans l'entrepont. Un matin, il demande au chapelain de lui présenter la croix, la baise et meurt.

La disparition du Patagon étonne les marins, déroute

Pigafetta, irrite Magellan : l'amiral ne pourra pas présenter son spécimen à la cour de Charles Quint.

Un morceau de toile à voile cousu par Jean-Baptiste, le maître-gréeur du bord, un bout de chaîne en guise de lest, une prière hâtivement marmonnée, un signe de croix, une planche suiffée que deux marins basculent, un jaillissement, un remous : c'est toute la cérémonie funèbre accordée à l'homme arraché à sa tribu, à sa famille, à son pays.

De quoi est-il mort ? N'a-t-il pas supporté le soleil, une nourriture inhabituelle, les vêtements qu'on lui imposait ? La captivité a-t-elle eu raison de sa force et de sa gaieté ? S'est-il mal accommodé de la rude vie des hommes de mer ? Les marins les plus endurcis sont eux aussi atteints par la maladie.

À la veille de la Nativité du Christ, Domingo, un gabier portugais de *Victoria*, meurt à son tour, puis, le lendemain de Noël, sur le même bord, un autre marin, Alfonso. Quelle fatalité frappe le navire commandé par Barbosa ? Diego de Peralta s'éteint au premier jour de l'an 1521, son compagnon Gonzalo Rodríguez trois jours plus tard.

Deuil. Malheur. Famine. L'horizon toujours désert. Soudain, une vigie veillant dans la mâture crie :

« Terre ! »

Chacun se précipite, scrute cette masse sombre encapuchonnée de nuages noirs. La terre, enfin, et ses promesses. Puis le nuage se délite, s'effrite, s'évapore, emportant les espoirs.

Quarante jours. Les repas ont été ramenés à un déjeuner et un souper. Bien avant le son de la cloche annonçant le repas, les hommes sont en place, gamelle à la main, tournant autour de la cuisine, humant le fumet de la soupe, cherchant à deviner ce que prépare le coq. Les mousses arrivent enfin, Vasquito Gomez Gallego sur *Trinidad*, Rodrigo Macias sur *Concepción*, Bernard Maury sur *Victoria.* Ils portent le lourd chaudron noirci de suie. Malheur à eux si, dans un coup de roulis, ils renversaient une goutte du précieux contenu. Épiés par les marins, ils le posent sur un morceau de toile pour ne pas salir le pont. Le maître d'équipage, louche en main, distribue le brouet, attentif à ne léser personne, à ne pas s'attirer les protestations de qui se croit volé. La provision de lard est achevée depuis longtemps. Les intendants ont tenté de faire durer les viandes et les poissons séchés ou salés pêchés dans la rivière de Santa Cruz. Il n'en reste plus qu'un minuscule morceau pour chacun, dans la soupe des deux prochains dimanches. À l'ordinaire, le brouet est une soupe fort liquide, à base de pois, de haricots ou de lentilles en petite quantité, sur laquelle flottent les cadavres des charançons. Au début, les délicats jouaient les dégoûtés. Puis chacun s'est accoutumé à manger aussi les charançons qui, à tout prendre, deviennent une nourriture. Les boulangers ont achevé la farine. En guise de pain, les mariniers se contentent de biscuits de mer. Si encore ils en avaient à satiété ! Mais la ration en est limitée à un par repas. Et quels biscuits ! Durs, grouillant de vers, puant l'urine des rats et des souris qui y ont couru. Les gencives douloureuses, les dents déchaussées sont incapables de mordre dans ce biscuit qu'il faut tremper dans le brouet, puis sucer. Les plus avides se ruent sur la nourriture, la liquident en un instant. D'autres s'ingénient à la faire durer, mastiquant avec lenteur, gardant chaque lampée en bouche avant de l'avaler. Quoi qu'ils tentent, le dîner est vite achevé et les marins contemplent, comme incrédules, leur gamelle vide, en lèchent le fond dans l'espoir d'y recueillir un reste d'aliment, un goût, une odeur. Ils restent là, ébahis, avec la sensation d'avoir toujours aussi faim. Ils maudissent *San Antonio*, disparu avec la réserve de provisions. Ils vitupèrent contre les rongeurs qui sont parvenus à percer les caisses de biscuits, y ont laissé leur pisse et leurs crottes.

Le mal des longues traversées sévit sur l'équipage : les jambes enflent, les gencives noircissent, les dents tombent, les forces déclinent. Ils sont une trentaine, au moins, plus bons à rien, ne quittant leur paillasse que pour se traîner sur le pont aux heures des repas. Même les plus vaillants doivent se mettre à plusieurs pour peser sur une drisse ou border une écoute. Par chance, le beau temps persiste. Qui serait capable de manœuvrer dans la tempête, grimper dans les enfléchures, qui oserait s'aventurer au bout des vergues lorsque la tête tourne ?

Manger. Trouver à manger. Remplir cet estomac aux tiraillements obsédants. Tous ont maigri, ombres d'eux-mêmes, ont dû épisser un vieux bout de cordage pour tenir leurs chausses.

À bord de *Victoria* décidément maudit, c'est le pilote Vasco Gomez Gallego qui s'en est allé, laissant orphelin le pauvre Vasquito. Pour les plus cyniques ou les plus affamés, la perte d'un compagnon signifie d'abord une ration de plus à se partager. Les plus habiles pêcheurs ont gréé des lignes. Parfois des cris de joie saluent la capture d'une dorade qui, là-bas, bondit au bout du filin. Avec des gestes précautionneux, le marin l'attire, main sur main, guetté par les spectateurs inquiets que le poisson ne se décroche. D'un coup de poignet, il projette l'animal à bord. Le poisson saute, montrant ses teintes d'or que nul ne s'attarde à admirer. Cette grosse dorade est une providence. Tandis que le poisson agonise, ses couleurs meurent comme une lumière qui décline et s'éteint. L'heureux pêcheur a ses amis, ses compagnons de bordée avec qui partager sa capture sous le regard jaloux des autres. Au début, ils rejetaient les entrailles, la tête. Désormais, ils mangent tout, sucent jusqu'à la dernière arête.

Enrique est l'un des pêcheurs les plus adroits. Il possède sa méthode, utilise les leurres habituels dans son pays, montre une infinie patience. Avec un air de triomphe, il procure à la table de l'amiral, de loin en loin, un thon, un espadon, une tranche de requin.

Pour les uns et pour les autres, l'aubaine est rare. Cette mer Pacifique est-elle peu généreuse, ou les poissons ne se laissent-ils pas séduire par les bouts de chiffon rouge et jaune qui cachent les hameçons ?

Chaque nuit, quelques poissons volants, trompés par l'obscurité, heurtent les voiles ou le pavois et tombent sur le pont. Le battement de leur queue tambourinant sur les lattes alerte les marins. Le plus rapide s'en empare et le met à griller. Mais le poisson à la chair fine, de la taille d'une sardine, n'apporte qu'un médiocre réconfort à ceux qui sont parvenus à arriver sur le pont avant le chat du bord.

Plus encore peut-être que de la faim, les hommes souffrent de la soif. L'unique gobelet d'eau distribué à la méridienne, qui pouvait suffire lorsque la température était basse, se révèle fort insuffisant maintenant que les nefs approchent de la ligne équinoxiale. Le soleil tape droit sur les ponts, ramollit le brai des lattes, assomme de chaleur les matelots réfugiés à l'ombre des voiles. Les bouches sont sèches, les langues gonflées. Cette boisson tant attendue n'est pourtant guère séduisante. La fraîche eau douce puisée dans la rivière de Santa Cruz et les torrents de la Terre de Feu est devenue un liquide jaunâtre, putride, grouillant de vers, où flottent des algues. Il faut s'en contenter : le vin est achevé depuis des semaines et la pluie ne tombe pas d'un ciel toujours bleu. Le matin, les marins, lapant comme des bêtes, lèchent sur le pont, les espars, le bordage, la rosée de la nuit.

Quarante-cinq jours de mer depuis la sortie du passage. Nul n'a eu le cœur de fêter le nouvel an. La messe de la Nativité a été célébrée sans éclat et sans joie. Quelques marins ont cru tromper leur faim en évoquant les réveillons de jadis, les oies ruisselant de graisse, les châtaignes éclatant sous la cendre, le vin de xérès qui échauffait les têtes. Ils ne parviennent qu'à aviver encore leur obsession.

Le 21 janvier tombe de la mâture le cri tant attendu : « Terre ! »

Cette fois, la vision ne disparaît pas avec un nuage. La ligne sombre est nette, sur l'horizon, avec ses espoirs de vivres, de fruits, d'eau douce. Les matelots trouvent un reste de forces pour orienter les vergues, régler les écoutes. *Victoria*, le plus rapide, devance la flotte et, à portée de bombarde du rivage, attend les autres nefs. Les trois navires réunis longent l'îlot. À la joie succède la consternation. La terre aperçue n'est qu'un amas de rocs sombres affleurant à peine au-dessus du niveau de la mer. Rien ne semble y pousser, pas un arbre, pas un de ces cocotiers d'où tombent des noix difficiles à ouvrir mais bonnes à manger ou à boire, dont les plus jeunes contiennent une sorte de lait douceâtre et fort rafraîchissant. Les vaisseaux contournent l'île, les pilotes sondent, ne trouvent pas le fond. Sous le vent de la côte, les nefs mettent en panne et arment une chaloupe. Les marins les plus vaillants gagnent la terre, débarquent sur le récif, parcourent les rochers, reviennent bientôt : l'îlot dépourvu de toute végétation, du moindre point d'eau, n'offre aucune ressource.

San Martín calcule la position de cette terre stérile, la situe à quinze degrés de latitude méridionale. Depuis que les navires naviguent au sud de la ligne équinoxiale, l'astronome observe de nouvelles étoiles. Lorsque le ciel est clair, le soir, au moment où, dans la première pénombre, les astres apparaissent, il braque son astrolabe vers quatre étoiles disposées en croix, vise la plus brillante d'entre elles, qui signale à peu près l'autre pôle. Pour la longitude, il doit s'en remettre aux estimations des pilotes. Albo a sa méthode : il lance un morceau de bois à l'avant de la nef, marche en comptant les secondes jusqu'à ce que le fétu soit à la hauteur de la poupe. Il en déduit, d'une façon approximative, la vitesse du navire. C'est du moins ainsi qu'il agissait au début. Maintenant, avec l'habitude, il déclare avec autorité :

« Nous marchons à deux lieues à l'heure. Nous avons parcouru près de cinquante lieues entre les deux méridiennes. »

Barbosa s'est moqué de Pigafetta, de son Ptolémée et de sa géographie. Vexé, l'Italien s'est enquis auprès de San Martín, tout heureux de trouver un esprit ouvert à la science, désireux d'apprendre les ressources de l'astronomie.

Une nouvelle île, au neuvième degré de latitude, semblable à la précédente, aboutit à une autre déception :

« Nous les nommerons, décide Magellan, les îles du Désappointement. »

S'il existe des terres, même inhospitalières, d'autres doivent émerger, plus accueillantes. C'est l'espoir auquel s'accrochent les marins. Sauf quelques sceptiques, menés par Francisco Ruiz :

« Cet océan est désert, clame-t-il. Nous allons y naviguer jusqu'à la mort. L'amiral nous a trompés. La terre n'est pas une boule, elle est plate comme une assiette et, quand nous serons arrivés au bout, nous allons tomber dans un gouffre sans fond. Jusqu'à l'enfer ! »

Que la terre soit plate ou sphérique n'y change rien : il faut trouver le moyen de ne pas mourir de faim. Même si les intendants ont tenté de les répartir au mieux, au soixantième jour depuis le cap Désiré, les pois, fèves, lentilles et haricots sont épuisés. Dans les caisses de biscuits ne restent plus que des miettes mélangées de crottes de rats, de vers et de charançons. Les cuisiniers diluent cette poussière dans un peu d'eau, pour cuire une sorte de soupe. Presque chaque jour survient un décès. L'immersion n'émeut même plus les marins affamés, n'ayant plus que la force, comme ils disent, de laisser la chaîne filer par le bout.

Andrew, le maître canonnier anglais à l'appétit insatiable, naguère obèse comme un tonneau, n'a pas résisté à la déception des îles du Désappointement. Depuis qu'a été instauré le rationnement, il a d'abord maigri, perdant sa panse. Ses compagnons riaient de le voir contraint sans cesse de retenir son pantalon. Les muscles dont il était si fier ont fondu. Puis ont décliné ses forces, qui faisaient l'admiration des maîtres trop heureux d'y recourir lors des manœuvres. Au moment où la flotte reprenait sa route, laissant dans son sillage les îlots décevants, l'Anglais s'est laissé mourir : un morceau de toile à voile, un peu plus grand que d'habitude, une prière, et adieu !

Depuis la disparition de *San Antonio*, Jean-Baptiste n'est plus le même. L'inquiétude le ronge. Qu'est devenu son fils ? Il se sent coupable de l'avoir entraîné dans cette expédition. Après la mort de la femme qu'il avait engrossée au cours d'une escale, l'enfant avait été élevé par sa grand-mère. Mais Jean-Baptiste avait voulu qu'il devienne un homme. Mieux : un marin. Le gamin ne demandait que ça. Tout petit, il se sauvait de la chaumière et on le retrouvait sur les quais du Croisic, se faufilant entre les cuissardes des pêcheurs. Dès qu'il avait eu l'âge de soulever un aviron, il sautait dans les canots, s'essayait à manœuvrer une godille plus grande que lui et, maintes fois, il avait fallu le récupérer au milieu du Traict où le courant l'avait emporté et le punir d'une raclée méritée. Maintenant, s'inquiète Jean-Baptiste, le gosse a fait son trou dans l'eau avec son navire. Ou meurt de faim dans le pays des sauvages. Rongé par le remords, le maître-gréeur ne parle plus, donne sa ration à Vasquito. Un matin, on le trouve mort sur sa paillasse. Et c'est son aide qui coud la toile à voile, le linceul des marins morts en mer.

Vasquito Gomez Gallego, le gamin qui multipliait les farces et provoquait le rire, le turbulent qu'aucune punition ne domptait, Vasquito pleure. Jean-Baptiste était son ami. Le maître-gréeur l'avait pris sous sa protection. Il lui avait montré comment monter dans la mâture, se glisser sur le marchepied des vergues, se hisser sur le nid-de-pie. Le mousse n'a plus le cœur à grimper en tête de mât pour, tout fier, héler les marins. Jean-Baptiste, vingt ans de métier sur toutes sortes de navires, était un artiste. Il fallait le voir prendre un cordage, le caresser, l'apprivoiser de ses mains aux paumes rudes, aux doigts puissants et habiles, le détoronner, en découvrir l'âme, le tresser en épissures régulières, en surlier l'extrémité d'un fil de caret serré, goudronné, indestructible. Qui désormais apprendra à l'adolescent comment démarrer un cul-de-porc, finir un bonnet turc ? Vasquito se sent doublement orphelin. Le marin français l'avait adopté. Acagnardé contre la lisse, Negrito dans les bras, il reste là, pour une fois immobile, et des larmes plein les yeux.

*

Les marins, durs au malheur et à la peine, assistent à chaque décès dans une sorte d'indifférence : leur estomac les torture. Dans leur quête constante d'une façon de tromper leur faim, les plus ingénieux ont imaginé d'ajouter de la sciure de bois à la poussière de biscuits. Pendant un moment, cette bouillie donne l'illusion qu'on a quelque chose dans le ventre. Ceux qui possèdent encore quelques forces grimpent dans la mâture : ils y déclouent les garnitures en cuir destinées à protéger les voiles contre l'usure. Ce cuir est racorni, durci par le soleil et l'eau salée. Pourtant, cette matière provient d'un animal. Les morceaux de cuir sont mis à ramollir dans un peu d'eau, à bouillir sur le feu trois jours, quatre jours. Alors il devient possible de les mâchonner, d'y puiser un peu de réconfort.

Les rats procurent l'ultime ressource. Les traquer est tout un art. Ils se cachent dans les cales, se tapissent derrière les membrures. Les bêtes qui ont dévoré le biscuit, attaqué les tonneaux de légumes doivent désormais servir de nourriture : ce n'est que justice. Leur capture n'est pas aisée. Les rats, eux aussi affamés, sont agressifs et malins. Ils fuient, et lorsque les marins croient les avoir acculés, ils attaquent, toutes dents dehors. Les chasseurs leur tendent des pièges, se mettent à plusieurs pour organiser des battues, explorent les recoins de la coque en une lutte à qui sera le plus rusé.

Les rats contribuent à éviter que les marins ne meurent d'inanition. Ceux des matelots parvenus à en tuer plusieurs font passer parfois le lucre avant leur appétit et les vendent aux officiers : un animal se négocie un bon prix, un demi-ducat d'or, une somme exorbitante. Les acheteurs ricanent :

« Qu'importe l'or si l'on est mort ? »

Negrito suscite bien des convoitises. Habile à attraper les rats, le chat, prospère et gras, offre une terrible tentation. Quel bon repas il procurerait ! Vasquito veille sur son compagnon, tente de le garder à l'abri dans la chambre de l'arrière, de le serrer, la nuit, dans ses bras. Mais Negrito est un être féru d'indépendance. Inconscient du danger, il se glisse, l'obscurité venue, dans les tréfonds du navire, là où il sait trouver les souris les plus appétissantes, les jeunes rats à la chair tendre ; ou bien, à l'affût sur le pont, il guette les poissons volants. Un matin, Vasquito appelle, comme chaque jour :

« Negrito ! Negrito ? »

Il a beau prendre sa voix la plus enjôleuse, chercher parmi les coussins du carré où le chat a l'habitude de se pelotonner, Negrito a disparu. En surprenant la mine sournoise de certains matelots, leur façon de lui tourner le dos après un regard par en dessous, le mousse comprend. Après Jean-Baptiste, il a perdu son second ami.

Au fil des jours, les étoiles du septentrion sont montées dans le ciel, plus visibles chaque soir et désormais Andrés de San Martín peut observer l'astre familier aux astronomes : l'étoile polaire. Le 13 février, il annonce :

« Nous venons de franchir la ligne équinoxiale. »

À quelle longitude ? L'astrologue explique :

« C'est simple : j'estime la flotte à cent vingt-deux degrés de la ligne de démarcation fixée par le pape à vingt et un degrés, soit trois cent soixante-dix lieues à l'ouest des îles du Cap-Vert qui se situent à trois degrés du méridien de Paris. »

Pigafetta fronce les sourcils, tente de comprendre ces évaluations compliquées, interroge :

« Mais à quelle longitude sont les Moluques ? Du côté attribué à l'Espagne ou au Portugal ? »

La question est importante, la réponse incertaine. Les navigateurs connaissent mieux la latitude et, pour ne pas risquer de manquer l'archipel, l'armada met le cap au nord nord-ouest jusqu'à se trouver à la latitude des îles aux épices. Il suffira alors de faire route à l'ouest pour être certain d'y atterrir.

À condition que ces îles existent. Les marins en viennent à douter de tout dans cette immensité à l'horizon toujours vide. Décembre a passé. Puis janvier. Et février. Les morts ont succédé aux morts. Après tant d'autres, l'intendant Antonio de Coca a trépassé. Dix-neuf fois il a fallu basculer la planche. Elle n'est même plus graissée : les marins et les rats ont mangé jusqu'au suif sans être rebutés par son odeur rance. Depuis maintenant trois mois, les hommes recourent aux moyens extrêmes pour tenter de ne pas crever là, sur les ponts, dans les entreponts surchauffés, parmi la vermine, cafards, cancrelats, puces et poux qui ont envahi les navires, les hardes, les paillasses, les tignasses, les pubis et les barbes. Les vaisseaux comme les hommes sont à bout. Sur les carènes ont poussé coquillages et herbes. Les coques sont délabrées, les bordés disjoints, l'eau suinte, les cales exhalent leur puanteur, l'humidité pourrit tout. Les mâts fatigués grincent. Les cordages blanchis menacent de se rompre à la première survente. Les voiles grises, déformées, rapiécées, peinent à capter le vent. Depuis longtemps la peinture s'est écaillée, les bordages exhibent leur bois nu, les oriflammes ne sont plus que lambeaux déchirés aux couleurs délavées. Des cinq navires qui, dans tout leur éclat, appareillaient de Séville voici dix-huit mois, ne subsistent que trois nefs aux allures d'épaves, vaisseaux fantômes menés par des squelettes. C'est l'agonie. Dans cette mer sans fin, tous mourront, les uns après les autres, conduits par le rêve fou de l'amiral. Ces îles qui depuis vingt ans s'atteignent par l'est, il prétendait les conquérir en faisant route à l'ouest !

Désabusé, Pigafetta utilise ses maigres forces pour continuer à écrire un récit que sans doute nul ne lira jamais : « *Je ne pense pas que personne à l'avenir veuille entreprendre un pareil voyage.* »

Parmi tant de souffrances, de décès, de disette, de déceptions, seul le vent apporte quelque consolation : passé peu à peu au nord-est, il se maintient favorable, ni trop fort ni trop faible, sans calme qui retarderait la flotte, sans tempête qui achèverait les navires.

Magellan tente de maintenir l'espoir. En suivant le treizième degré de latitude septentrionale, affirme-t-il, les îles de l'Orient apparaîtront bientôt. Dans les nids-de-pie, les regards des veilleurs balaient sans conviction le vide de la mer.

6 mars. Quatre-vingt-dix-huitième jour depuis le cap Désiré. Position : douze degrés de latitude septentrionale, cent quarante-six degrés de longitude. Et soudain, au nord-ouest, une ombre bleutée émerge, révèle une petite île assez élevée. Bientôt, au sud-ouest, deux autres terres apparaissent. Les marins à demi morts se relèvent de leur paillasse et personne ne regimbe pour obéir aux ordres : cap sur la terre.

La fièvre saisit les équipages. Massés à la proue, les hommes dévorent des yeux cette île qui, lentement, trop lentement, précise ses contours. De grise la terre peu à peu devient d'un vert sombre, puis les tons s'éclaircissent, se séparent en teintes plus affirmées. Les regards avides distinguent des fumées, des êtres qui bougent, des animaux, des personnages. Sous les frondaisons apparaissent les toits jaunes de huttes. Des bouffées d'odeurs humides, de senteurs musquées, de parfums sucrés font palpiter les narines, enivrent les sens. Déjà, dans leur impatience, afin de ne pas perdre une minute pour gagner le rivage et ses promesses, des matelots ont basculé une chaloupe pardessus bord, l'ont amarrée à la traîne. Dès que les navires seront à l'ancre, sans attendre, ils sauteront dans l'embarcation, feront force d'aviron vers la plage. Manger ! Boire !

Sous voilure réduite, les trois navires cherchent encore le meilleur mouillage. Déjà, sur la rive, de petites silhouettes noires se dirigent vers leurs pirogues, les mettent à l'eau, y embarquent. Les canots, coques étroites stabilisées par une poutre effilée, filent comme des poissons volants sous leur voile lattée, tournent autour des nefs ventrues, les abordent. Les indigènes, hommes bien bâtis et femmes de séduisante tournure, montrent, dans leur nudité, leur peau olivâtre. Ils s'accrochent aux vaisseaux, riant de toutes leurs dents blanches, criant, montrant des poissons, des fruits. Les plus audacieux grimpent à bord, envahissent les ponts. Les marins affamés sont tout excités par ces visiteurs gais et chaleureux, par ces piailleries dans une langue inconnue, par ces femmes vêtues, remarque Pigafetta, « *d'une écorce légère qu'elles mettent comme une feuille subtile devant leur nature* ». Mais les Orientaux se révèlent de fieffés chapardeurs : ils se saisissent de tout ce qui n'est pas fixé, tentent de s'emparer des seaux, marmites, outils, bouts de cordages, cabillots, barres d'anspect, toile à voile. Les marins doivent les chasser, tentent de reprendre ce qu'ils ont volé, les poussent vers leurs esquifs. Les pirogues s'éparpillent, regagnent la rive, les voleurs tout farauds des aubaines qu'ils ont subtilisées. Malgré les efforts des maîtres, les sauvages sont parvenus à dissimuler et à emporter moult larcins. Pire : ils ont coupé la bosse de la chaloupe et la remorquent vers la grève.

Ces vols provoquent la colère de Magellan. Le canot dérobé est indispensable pour gagner la terre et ravitailler *Trinidad* en eau et en vivres. Pour éviter toute attaque nocturne, les trois navires prennent le large, tirent des bords jusqu'au matin. Les indigènes les croient repartis et se réjouissent déjà de leur impunité lorsque, à l'aube, les vaisseaux réapparaissent. Le capitaine général organise une expédition punitive. Quarante hommes choisis parmi les plus valides gagnent la rive. En toute innocence, les indigènes les attendent sur la plage, sont tout surpris de recevoir une volée de flèches décochées par des armes qu'ils ignorent. Lorsque l'un d'eux reçoit un trait, il tente de le retirer sans comprendre ce qui lui arrive. Sept d'entre eux sont atteints et tombent morts avant que les indigènes ne s'enfuient avec de grands cris. Les marins pillent les cases, entassent dans des sacs riz, oranges, poissons séchés, noix de coco, embarquent poules, cochons, jarres d'eau et de vin de palme. Ils mettent le feu aux cases, incendient plusieurs pirogues et, satisfaits des représailles qu'ils ont infligées, regagnent leurs nefs, emportant leur butin et la chaloupe qu'ils ont récupérée.

L'amiral a montré sa force. Mais lui qui avait promis à ses marins des îles enchanteresses aux populations amicales est furieux de l'accueil reçu au terme de tant de souffrances. Il décrète :

« Nous les appellerons les îles des Larrons. »

Après avoir embarqué toutes les nourritures que les marins ont trouvées, empli les fûts d'eau douce, avec désormais la certitude d'approcher des îles aux épices, la flotte reprend sa route vers l'ouest. Lorsqu'ils voient que les gros navires déploient leurs huniers, les indigènes s'enhardissent : ils mettent à l'eau leurs pirogues, montrent des poissons et des fruits, sournoise manœuvre déjouée par les marins braquant leurs arbalètes pour tenir les larrons à l'écart. Tandis que les lourdes coques prennent de l'erre, les légères embarcations, rapides sous leur voile en triangle, virevoltent au ras des vaisseaux. Les indigènes, à coups de pierres, tentent de lapider leurs agresseurs. Des femmes en pleurs, veuves ou parentes des morts, crient des injures de leurs voix aiguës.

Désormais, estime Magellan, la prudence s'impose. Le 16 mars, une approche précautionneuse conduit la flottille près d'une île qui se révèle inhabitée. Une baie en arc de cercle, une plage, des collines couvertes d'arbres incitent au mouillage. Ces rivages déserts offrent de précieuses ressources sous un climat idyllique. Des sources d'eau claire, des fruits en abondance encouragent Magellan à y établir un campement : deux tentes sont dressées sous les frondaisons, les malades y sont installés, abreuvés de lait de coco et de fruits. Chaque jour, l'amiral les visite, s'enquiert de leur santé.

La flotte est là depuis trois jours lorsqu'une pirogue aborde la plage. Neuf indigènes en débarquent, révèlent que l'île s'appelle Humunu. Ils ne montrent aucune agressivité, reçoivent avec plaisir les cadeaux que leur tendent les étrangers : miroirs, bimbeloterie et même une belle veste rouge. Ils donnent les maigres biens que contient leur embarcation, quelques poissons, des fruits, une jarre de vin de palme, promettent de revenir. Quatre jours plus tard, ils sont de retour, leur canot chargé de bananes, de mangues et de noix de coco. Ils ont même apporté un coq.

La baie abonde en poissons. Antonio Pigafetta s'improvise pêcheur. Comme si l'écrivain ne devrait pas laisser cette tâche aux vrais marins ! Il grimpe sur le beaupré, déploie une ligne, se penche pour surveiller l'appât. Soudain, glissant sur le bois mouillé, il tombe à la mer. Nul n'a vu sa chute et l'Italien ne sait pas nager. Il barbote, s'agite, boit de l'eau de mer, s'étrangle, étouffe. Il va mourir. Soudain, sa main saisit un cordage qui, par miracle, pend d'une voile mal serrée. Antonio s'y accroche, tente de se hisser. En vain. Se contenter de tenir une plume ne forme guère les muscles. En grand danger de se noyer, Pigafetta crie, hurle. Un marin l'entend enfin et, aidé par ses compagnons, hisse le malheureux trempé, dépité, ridicule... mais sauvé.

L'escale se révèle bénéfique. Les mousses, Vasquito en tête, reprennent les jeux de leur âge. La vitalité du petit Portugais a raison de sa tristesse. Même si, parmi les amis de Santa Lucía, Guillén Irés s'est noyé, si Colin a disparu avec *San Antonio*, il reste, pour imaginer les quatre cents coups, Bernard Maury, Pierre Arnault, d'autres encore. Les adolescents courent dans la colline, grimpent aux arbres, mordent dans les fruits, manquent s'estropier en s'essayant à ouvrir les noix de coco. Ils lavent leur crasse dans les rivières, plongent dans la mer et, au-dessus des récifs, leurs yeux émerveillés découvrent de petits poissons rayés de jaune et de bleu, aux formes étranges. Les hommes affaiblis reprennent des forces, retrouvent leur vigueur. Les réparations les plus urgentes sont menées à bien. Les coffres sont nettoyés, emplis d'eau claire. Des pavillons neufs et des oriflammes aux vives couleurs sont taillés dans les tissus de réserve. Magellan une nouvelle fois déroule la carte des Moluques naguère envoyée par Francisco Serrão, un document si souvent consulté qu'il le connaît par cœur. Tout autorise désormais le capitaine général à poursuivre le voyage, à en confirmer le succès, à en recueillir le fabuleux bénéfice. Il cinglera vers Cebu et Ternate, où l'attend son ami, puis jusqu'à Luzon, l'île de l'or.

10

Le massacre

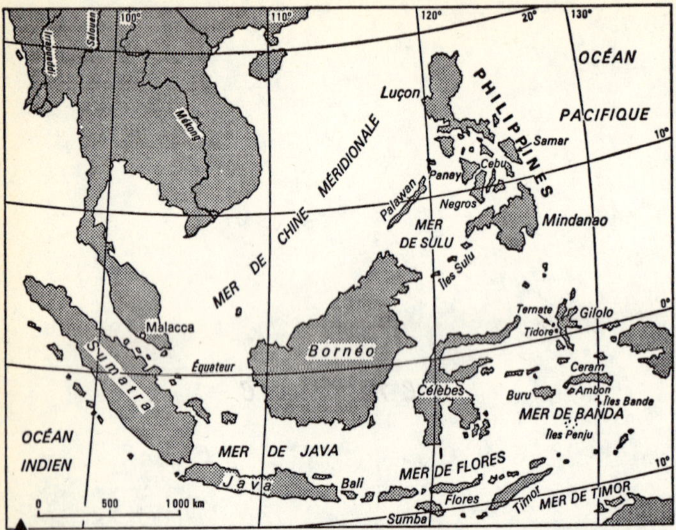

▲ La Malaisie

Route à travers les Moluques ▼

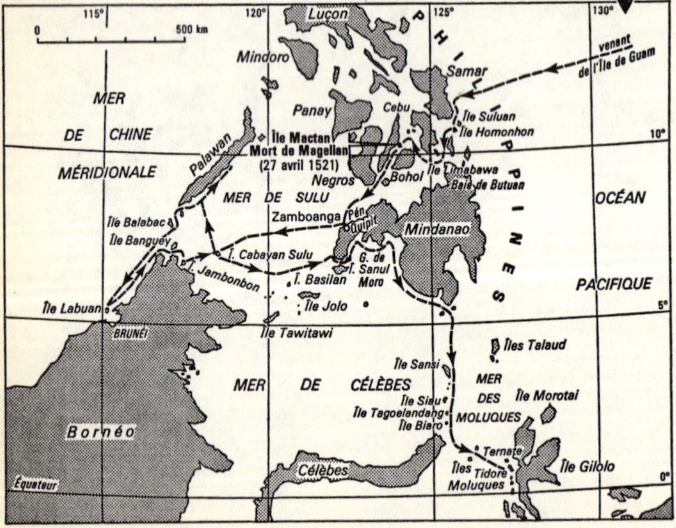

Le plus difficile a été accompli, l'audacieux défi réussi : des navires venus par l'est ont atteint les îles de l'Orient. En comparaison, la suite de l'entreprise paraît aisée : entasser dans les nefs poivre, muscade, clous de girofle, gingembre et lingots d'or, convertir les infidèles à la foi chrétienne, prendre possession des terres au nom du roi en affirmant qu'elles dépendent de la zone dévolue à l'Espagne, puis revenir à Séville. La route est connue : depuis un quart de siècle, chaque année des dizaines de navires l'empruntent. La routine !

Les indigènes venus à Humunu ont indiqué la direction de l'archipel de la fortune. Avec des marins en meilleure santé, partout des anses où mouiller l'ancre, des vivres frais en abondance, parmi une population amicale, la navigation s'annonce une partie de plaisir.

Le 28 mars, les trois navires mettent en panne au large d'une côte : après la déconvenue de l'île des Larrons, le capitaine général se montre prudent. Une pirogue approche. Ses occupants, de pauvres pêcheurs, sont si craintifs qu'ils demeurent à l'écart. Magellan met à l'eau une planche sur laquelle sont disposés un bonnet rouge, divers colifichets, et la laisse dériver vers eux. Encouragés par les cadeaux, les indigènes s'enhardissent, viennent le long du bord, parlent. Enrique se penche par-dessus le pavois, écoute, se redresse, et, sans paraître en être surpris, commente :

« Les pêcheurs disent que l'île s'appelle Massawa…

— Tu comprends leur langage ? »

Pigafetta, Valderrama, Polcevera entourent l'esclave, l'interrogent, s'étonnent : le jeune Malais acquis dix ans auparavant sur le marché de Malacca parle le même idiome que ces indigènes.

« Mais alors, conclut Pigafetta, tu es revenu dans ton pays ! Tu es le premier homme à avoir accompli le tour du monde ! »

Seul le capitaine général garde son calme :

« J'avais affirmé à Sa Majesté que je reconduirais mon esclave dans son pays en empruntant le passage que je connaissais. »

Enrique justifie désormais la qualification sous laquelle Magellan l'a inscrit sur le rôle d'équipage : interprète. Il est envoyé à terre en compagnie de Cristovão Rebelo. Ce jeune Portugais, engagé sans fonction précise, a révélé au fil des mois son énergie et son intelligence. La mission de cette ambassade est simple : affirmer au roi de l'île les intentions pacifiques de la flotte et obtenir des vivres. Le sultan de Massawa accepte de venir à bord. Il apporte en présent trois vases remplis de riz, deux dorades. Magellan le reçoit avec solennité, lui offre en remerciement un habit à la turque, de couleur jaune et rouge, donne à la suite du sultan des couteaux et des miroirs.

Enrique, indispensable truchement entre les représentants des deux nations, Magellan et le sultan Colambu, est devenu l'un des personnages les plus importants du bord.

Pour affirmer la puissance de sa troupe, le capitaine général ordonne au chef des alguazils d'armer l'un de ses hommes. Face à ce soldat revêtu de sa cuirasse, Espinosa mime un combat, donne des coups d'épée, de poignard, démontre que les hommes ainsi protégés sont invulnérables :

« Un de mes soldats peut affronter sans danger cent de vos indigènes, affirme Magellan.

— À bord de chacun des vaisseaux, renchérit Enrique sans se soucier de vraisemblance, deux cents soldats vêtus de fer sont prêts à combattre. »

Le succès de son entreprise a transformé Magellan. Il se vêt avec recherche, devient volubile, s'exprime avec morgue : ne représente-t-il pas la plus puissante nation du monde ?

À l'invite de Colambu, Pigafetta descend à terre pour être reçu par le souverain. Bien que ce jour soit celui du vendredi saint, l'Italien ne peut refuser le banquet qui lui est offert et les multiples libations de vin de palme. Ivre mort, l'écrivain doit passer la nuit à terre, hébergé par le prince héritier.

Le dimanche 31 mars, jour de la fête de Pâques, sera l'occasion d'une messe solennelle, à la fois pour remercier Dieu et impressionner les indigènes. Enrique annonce au sultan que l'amiral et ses hommes viendront sur l'île afin d'y célébrer une cérémonie de leur culte. Tôt le matin, l'aumônier dirige l'installation de l'autel. Afin de donner tout son éclat au Saint-Office, le capitaine général se présente dans son meilleur habit, suivi de cinquante de ses soldats et marins le mieux vêtus possible, tous portant les armes. Au moment de l'élévation, tandis que les fidèles, mains jointes, s'inclinent devant l'Eucharistie, sur un signal, les bombardes des vaisseaux tonnent ensemble en une salve d'honneur. À l'issue de la messe, les équipages s'agenouillent devant une croix que présente le père Valderrama, la baisent, imités par les Malais. Puis le symbole de la chrétienté est dressé sur une colline d'où la croix domine la ville.

À Massawa, pendant sept jours, Pigafetta a tout loisir de satisfaire sa curiosité. Il s'étonne des mœurs des indigènes : ils vont nus, le corps peint, se couvrant seulement parfois d'un morceau d'étoffe, mâchent un fruit qu'ils appellent *arec* et crachent un jus rouge. Dans cette région, note l'écrivain, l'or est aussi commun que le fer au point qu'on obtient un gros lingot pour six fils de grains de verroterie.

L'île ne produit pas en grande quantité les épices que souhaite embarquer Magellan. Le sultan l'a révélé : le grand port commercial se situe dans une autre île, à Cebu. Il se propose pour servir de pilote à la flotte. Dans le sillage de sa pirogue, les trois nefs se dirigent vers cette île. Le dimanche 7 avril, elles approchent de Cebu. Les rives montrent une succession de villages et, dans la baie, une multitude d'embarcations témoignent de la prospérité du port. Pour donner à l'arrivée de l'armada toute sa solennité, les pavillons et oriflammes flottent dans les mâtures et les nefs appuient leur entrée d'une décharge de leurs bombardes, à la grande frayeur des insulaires.

Envoyé à nouveau en ambassadeur, Rebelo trouve le roi entouré d'une foule apeurée. Tout en assurant à ses visiteurs qu'ils sont les bienvenus, le sultan Humabon indique que tous les navires visitant le port doivent acquitter une taxe :

« Mon maître, rétorque l'envoyé de Magellan, représente le plus puissant roi de la Terre et ne payera aucun droit à un autre roi. Nous vous apportons la paix, mais si vous voulez la guerre, ce sera la guerre. »

Un marchand maure, venu quérir ici de l'or et des esclaves, calme le courroux du souverain :

« Seigneur, prenez garde. Ces gens ont conquis Calicut, Malacca, toutes les grandes villes des Indes. »

Enrique confirme les propos du commerçant :

« Le roi d'Espagne est plus puissant encore que celui du Portugal. »

Colambu, lui aussi, conseille au sultan de Cebu de pactiser avec les visiteurs dont l'armement et les armures l'ont impressionné. Deux jours plus tard, à bord de *Trinidad*, un traité de paix est établi. Devant le prince héritier délégué par Humabon, Magellan se fait l'apôtre de la religion chrétienne, en expose les dogmes et les croyances, encourage la population à embrasser la foi catholique et à recevoir le baptême.

Pigafetta, chargé de porter des présents au sultan, lui offre, de la part de l'amiral, une veste de soie jaune et violet, un bonnet rouge, deux tasses de verre doré. Accueilli ensuite dans la maison du prince, l'écrivain admire le spectacle de quatre danseuses : « *Ces filles étaient fort jolies, et presque aussi blanches que nos Européennes ; et quoi qu'elles fussent déjà adultes, elles n'en étaient pas moins nues.* » L'Italien n'a pas fini de s'étonner. Car les coutumes des hommes sont plus surprenantes encore : « *Ils ont la tête de leur pénis traversée de part en part par un bâton d'or ou d'étain gros comme la plume d'une oie. Et à chaque bout de ce bâton, ils ont un ouvrage décoré en forme d'étoile et tout hérissé de poils. Les femmes de ce pays désirent ainsi leurs maris. Ces peuples agissent ainsi par manière d'excitation. Ils ont autant de femmes qu'ils veulent, dont une principale.* »

L'accord entre Magellan et le sultan est mis en vigueur :

les clercs et les intendants du bord créent un comptoir à terre, installent les marchandises, organisent les échanges. « *Pour le bronze, le fer et autres grosses marchandises, ils nous donnaient de l'or* », note Pigafetta. Les indigènes apportent du riz, des animaux, cochons, chèvres, poulets, des fruits, mangues, citrons, bananes, noix de coco.

Pour Vasquito et ses camarades, c'est tous les jours la fête. Dès qu'ils peuvent échapper aux corvées du bord, les mousses retrouvent à terre quelques sacripants de leur âge : les uns et les autres, d'abord intimidés par leurs différences de couleur de peau et de coutumes, ont vite été attirés par une curiosité réciproque. Vasquito, Bernard, Pierre ont donné à leurs nouveaux amis des clochettes, de petits miroirs, ont passé au cou des filles des colliers de perles multicolores. Les indigènes, avides de leur montrer leurs propres richesses malgré la barrière du langage, les ont pris par la main pour les guider vers leurs cases et leur faire goûter leur nourriture. Les Asiatiques aux cheveux raides et noirs se sont étonnés des boucles blondes, encore éclaircies par le soleil et l'eau de mer, du Français Bernard Maury. Avec les filles les plus délurées, les mousses se sont enhardis à des découvertes moins innocentes.

Chaque matin le capitaine général descend à terre, assiste à la messe et, le souverain ayant déclaré qu'il voulait embrasser la religion de ses visiteurs, une cérémonie solennelle est fixée au 14 avril. En grande pompe, devant Magellan superbe dans une robe blanche sur laquelle tranche sa barbe noire tissée de fils d'argent, Humabon est baptisé et reçoit le nom chrétien du roi d'Espagne, Carlos. Le prince hériter est appelé Fernando, Colambu devient Juan, la reine Juana, ses filles Catalina et Isabel. Même le Maure mué en diplomate s'est converti. Les sujets imitent leur souverain : en quelques jours, deux mille insulaires reçoivent le baptême.

L'adoption des principes catholiques par leurs hôtes n'entraîne pas, chez les marins, le respect de tous les préceptes du Décalogue. Les filles belles et faciles accordent volontiers leurs faveurs aux visiteurs, même s'ils n'ont pas le pénis orné selon la mode locale. Sexe et vin de palme aidant, l'expédition tourne à la débauche et Magellan, après avoir exigé de ses hommes autant d'efforts et de souffrances, préfère fermer les yeux. Il n'admet pas toutefois que Duarte Barbosa montre le mauvais exemple. Plus soudard que marin, le beau-frère de Magellan a déserté son bord, délaissé ses devoirs. Installé dans une case, il s'abandonne aux charmes d'une belle Malaise. Irrité par cette inconduite, l'amiral envoie un alguazil arracher Barbosa à ses voluptés. Il le convoque à bord de *Trinidad* et lui signifie sa destitution de capitaine de *Victoria* :

« Tu es indigne d'exercer un commandement. Cristovão Rebelo te remplacera. J'ai apprécié sa fermeté et son habileté. »

Les relations entre les beaux-frères se sont à nouveau détériorées. Magellan avait espéré que la mise aux fers, après ses incartades de Santa Lucía, aurait servi de leçon à Duarte dont l'action courageuse lors de la mutinerie avait incliné l'amiral à l'indulgence. Il est à nouveau déçu. Le frère de Beatriz n'est rien d'autre qu'un paresseux, un jouisseur, un être sans cervelle, un fêtard sur qui on ne peut compter. Barbosa est furieux de l'insulte personnelle que lui inflige sa destitution. Fernand est vraiment trop austère ! Il refuse tout plaisir, aux autres comme à lui-même, ignore le rire et la joie de vivre. Le jeune homme retourne à terre rejoindre sa danseuse : autant en profiter, puisque son beau-frère à la sévérité intransigeante lui ôte ses responsabilités !

*

Entre Magellan et Humabon se développent confiance et amitié. Comme à Massawa, le Portugais organise une démonstration de l'efficacité des cuirasses, promet l'aide de ses soldats s'il en était besoin. Le sultan l'avoue : plusieurs roitelets des îles voisines contestent son autorité. Le capitaine général monte une expédition punitive qui, à titre d'exemple, incendie un village. Qu'on se le tienne pour dit : rien ni personne ne résiste aux combattants du roi d'Espagne.

Le rajah Cipapulapa, qui règne sur l'île de Mactan, ne l'entend pas ainsi : sommé de livrer quelque bétail en signe de soumission, il refuse, défiant Magellan.

« Qu'importe un roitelet d'un médiocre îlot, plaide Valderrama. Le vaincre n'ajoutera rien à votre gloire. Traitez-le par le mépris, c'est tout ce qu'il mérite. »

Pour l'amiral, convaincu qu'un seul de ses soldats est capable de venir à bout de cent indigènes, mater l'insoumis est une question de prestige. Perdre la face devant ces Asiatiques serait lourd de conséquences :

« Nul ne doit ignorer qu'on ne défie pas en toute impunité le représentant de Sa Majesté Don Carlos ! »

Il décide :

« Je prendrai le commandement de la troupe envoyée en représailles. »

Espinosa tente de l'en dissuader :

« C'est moi le chef des alguazils. Mon devoir est de conduire cette expédition. Ne risquez pas un mauvais coup toujours possible.

— J'ai combattu à Goa, à Malacca, au Maroc, une poignée de sauvages ne m'effraye pas. Un bon pasteur n'abandonne pas ses brebis. »

Soixante hommes revêtent leurs cuirasses, coiffent leurs casques, ceignent leurs épées, empoignent leurs lances, préparent les arbalètes qui, à l'île des Larrons, ont prouvé qu'elles suffisaient à mettre en fuite les indigènes. Dès minuit, les combattants embarquent dans trois chaloupes armées de bombardes. Le sultan Humabon, le prince et quantité de leurs soldats suivent dans vingt balangais, les canots locaux. Magellan leur demande de se tenir hors du combat, d'y assister en spectateurs : ils pourront admirer l'invincibilité des Espagnols. Trois heures avant l'aube, le capitaine général charge le Maure d'une ultime ambassade auprès du rajah Cipapulapa :

« Reconnaissez la souveraineté du roi d'Espagne, obéissez au sultan de Cebu, payez le tribut demandé, et vous serez traité en ami. Sinon, a déclaré le capitaine général, vous subirez la puissance de ses lances.

— Ces menaces ne nous font pas peur. Nous aussi possédons des lances, même si elles ne sont fabriquées que de roseaux pointus et de pieux durcis au feu. »

En rapportant cette réponse belliqueuse, le Maure ajoute :

« Le rajah demande que vous ne l'attaquiez pas avant le jour, car il attend des renforts. »

Cette dernière précision est une ruse : le roitelet espère que Magellan ordonnera aussitôt l'offensive et que, dans l'obscurité, les assaillants tomberont dans les fossés creusés par les insulaires entre la rive et les maisons.

Le 27 avril, à l'aube, les chaloupes approchent de l'île. Les hauts-fonds interdisent aux canots de gagner la grève. Les hommes débarquent, de l'eau jusqu'à mi-cuisses, laissant onze marins à la garde des embarcations. Le jour point, révélant une grande foule d'indigènes, au nombre de mille cinq cents peut-être, hurlant des insultes, brandissant des piques, bandant des arcs. Ces démonstrations n'inquiètent guère Espagnols et Portugais : quelques traits de leurs arbalètes, au besoin le tonnerre des bombardes et les ravages des boulets, amèneront vite à merci cette horde d'infidèles.

Dès leur arrivée sur la plage, les quarante-neuf assaillants décochent leurs flèches. Les indigènes se tiennent à l'écart, sautent de-ci de-là, empêchant les archers d'ajuster leurs tirs. Lorsque les flèches atteignent leur cible, elles ont perdu de leur force, ne percent pas les légers boucliers de roseau, n'infligent que des blessures bénignes. Magellan et ses hommes progressent pourtant. Pour créer une diversion, quelques hommes mettent le feu aux premières huttes du village. Rendus furieux par l'incendie, les indigènes s'excitent, approchent, tuent deux des incendiaires. Magellan et ses soldats, pressés par une foule d'énergumènes, sont contraints de reculer. Une salve bien ajustée décimerait cette multitude et permettrait de se dégager. D'un coup d'œil, l'amiral évalue la distance : les chaloupes ont mouillé trop loin, le rivage est hors de portée de leurs canons. Il commande à ses hommes de battre en retraite, sans hâte et en bon ordre. Assaillis, agressés par une grêle de traits et de piques, par des jets de pierre et de mottes de terre, les soldats tentent de gagner la grève. La plupart s'enfuient, abandonnant Magellan qu'une flèche a blessé à la jambe, et que n'entourent plus que sept à huit fidèles, Pigafetta, Rebelo, Enrique… Les indigènes ont compris qu'il était vain de frapper les cuirasses et les casques. Ils visent désormais les visages, les bras et les jambes. Ils ont identifié le chef et s'acharnent sur lui. Pendant près d'une heure, Magellan combat avec fureur, tente de se dégager. Deux fois, il perd son casque, le rattrape. Un Malais brandit une pique empoisonnée, atteint Magellan au front. Le Portugais, furieux, transperce son assaillant de sa lance, cherche à tirer son épée mais une nouvelle blessure rend son bras impuissant. Un coup renverse Magellan. Les indigènes se précipitent sur l'homme tombé, l'achèvent avec des cris de victoire. Les survivants, tous souffrant de blessures et ne pouvant plus rien tenter, profitent de cette diversion pour se replier, pataugeant dans l'eau, trébuchant sur les récifs, abandonnant sur la grève leur capitaine général mort, et six moribonds : l'un d'eux, Rodrigo Macias, a été victime de son courage, et Cristovão Rebelo n'aura connu que quelques jours la gloire de commander *Victoria.*

*

La tristesse, l'effroi, l'ambition, la trahison, les instincts les plus bas : la disparition de l'amiral déchaîne sentiments et passions. Privés du chef qui galvanisait les énergies, imposait sa discipline, dont le prestige et la volonté donnaient confiance, les marins s'inquiètent : qui sera capable de les ramener en Europe ? À Cebu, les soudards, les mauvais sujets, les faibles et les jouisseurs profitent du relâchement pour rejoindre les filles, se vautrer sur les nattes, ivres de stupre et d'alcool. Les petits profiteurs trafiquent, troquent le fer pour de l'or. Pire : Humabon, Colambu, le prince héritier et tout ce que Cebu compte de notables ont assisté à la déroute des soldats. Ils l'ont constaté : les Espagnols ne sont pas invincibles. La confiance qui s'était établie vacille. Le sultan, s'il pleure le décès de son ami portugais, doit aussi prêter l'oreille aux protestations de ses sujets : les étrangers prennent leurs femmes, leurs filles, les violent au besoin, pillent les cases, tuent les animaux. Chacun le sent : les relations entre indigènes et marins se détériorent. Prudents, les intendants ont fermé leur comptoir, rembarqué les marchandises à bord des vaisseaux.

Tout est tenté pour que Cipapulapa rende le corps de sa victime. Les officiers offrent colifichets, tissus, couteaux, cuirasses afin que l'amiral soit enterré en terre chrétienne, dans le lopin qu'a concédé Humabon, où déjà deux marins morts ont trouvé leur dernière sépulture. Le rajah refuse : il veut conserver le cadavre, symbole de son triomphe.

Il faut nommer des chefs. Les survivants votent : parce qu'il est le beau-frère de l'amiral disparu, et parle haut et fort, Duarte Barbosa est élu commandant de l'escadre. Il devient le capitaine de *Trinidad*, le navire amiral. Sebastián de Elcano serait le plus compétent pour prendre la tête de *Victoria*, mais nul n'a oublié sa participation à la mutinerie de San Julián. Un Portugais, Luis Afonso de Goes, est nommé capitaine. João Serrano conserve son poste sur *Concepción* et partage avec Barbosa le titre de capitaine général. Les officiers décident de partir au plus vite. Ils le confirment à Humabon, lui demandent de fournir deux pilotes pour les guider jusqu'à la sortie de l'archipel.

Un marin au moins ne sera pas du voyage : Francisco Piora, un matelot originaire de Gênes, a déserté. L'homme s'est éclipsé, caché sans doute dans une case. Les recherches menées par Espinosa ont été vaines.

À bord de *Trinidad*, Enrique joue les paresseux, reste étendu sur sa natte : il a été légèrement blessé lors de la bataille de Mactan. Ce n'est qu'un prétexte pour cacher l'immense détresse du Malais. Il a perdu son maître bien-aimé. À travers ses larmes, l'esclave acheté à Malacca se souvient aussi de la volonté exprimée par Magellan :

« Dans son testament, il a ordonné qu'à sa mort je devienne un homme libre. »

Ce n'est pas l'avis de Barbosa :

« Esclave tu es, esclave tu restes ! Je te ramènerai en Espagne afin de te mettre au service de Dona Beatriz. Lève-toi ! Je t'y contraindrai à coups de verge s'il le faut. »

De mauvaise grâce, Enrique feint d'obéir. À la première occasion, il descend à terre pour parler au sultan Humabon :

« Les étrangers sont déroutés par la mort de leur capitaine général. Ils veulent partir. Il vous est aisé de vous emparer de leurs vaisseaux, avec toutes les richesses qu'ils contiennent. »

Revenu à bord, même s'il montre un zèle apparent, Enrique se sent délié de toute soumission envers ceux qui refusent de respecter la parole de son maître. Désormais, il est un homme libre. Magellan l'a promis. C'est sans scrupules qu'il traduit, quelques heures plus tard, le message qu'Humabon adresse à Barbosa et aux équipages :

« Avant votre départ, je désire vous remettre un cadeau de pierreries pour votre roi. Je vous le donnerai à l'occasion d'un banquet offert en votre honneur. »

Serrano est méfiant. Il flaire un piège. Barbosa raille sa prudence :

« Tu manques de courage ! »

La plupart répondent à l'invitation du souverain. Un présent de pierres précieuses ne se refuse pas. Et ce sera une dernière occasion de festoyer, de s'empiffrer de ces mets épicés qui brûlent la bouche, poussent à boire. On admirera les danseuses nues au corps souple, aux mouvement lascifs. On les retrouvera sur les nattes.

Antonio Pigafetta reste sur son navire : une flèche empoisonnée l'a atteint au visage qui est vilainement gonflé. Il souffre, se trouve affreux. La mort de l'amiral lui ôte toute envie de s'amuser.

Sur la place du village, le repas est préparé. Les convives prennent place, les musiciens jouent leurs airs criards. Les indigènes les entourent. Leur grand nombre, leurs mines hostiles inquiètent Espinosa qui, en bon soldat, reste attentif aux signes. Il alerte Carvalho. Sous prétexte d'aller chercher un cadeau oublié, les deux hommes s'esquivent, embarquent dans leur chaloupe, regagnent leur bord.

Leur prudence les a sauvés. Dès leur départ, sur un signal d'Humabon, les villageois, kriss à la main, bondissent sur leurs hôtes, les poignardent, leur tranchent la gorge. L'un des premiers, Andrés de San Martín, le savant astrologue, succombe : pour une fois, il n'a pas lu son destin dans les astres. Assassinés le capitaine nouvellement élu Luis Afonso de Goes, le calfat Francisco Ante, le Français Petit Jean, le marin Simon, de La Rochelle, le mousse Rodrigo Macias, un gamin de Séville d'à peine douze ans, Duarte Barbosa et son compatriote Gonzalo Gonzales. Mort, la gorge tranchée, le chapelain Valderrama. Poignardé, dans la hutte où il croyait avoir trouvé refuge, le déserteur Francisco Piora. L'aire au centre du village est jonchée de près de trente cadavres, le sable est imbibé de sang. Dès le début du massacre, Enrique s'est éclipsé en direction des cases.

Sur les nefs, les marins restés à bord ont entendu les cris. Ils ont levé l'ancre, hissé une voile, ont rapproché les navires de la grève afin que le village soit à portée de canon. Sur la rive, les marins horrifiés aperçoivent le capitaine de *Concepción*, cet excellent marin, aussi loyal qu'habile. Le corps ensanglanté, maintenu par deux Malais, João Serrano crie :

« Sauvez-moi ! Rachetez-moi ! Ils vont m'achever.

— Non ! réplique Carvalho. Si nous descendons à terre, nous serons tous massacrés. »

Il ordonne aux matelots de faire porter la voilure, cap au large. Serrano le comprend : ses camarades l'abandonnent. À ses supplications succèdent les insultes :

« Dieu vous voit. Vous serez tous condamnés au jour du Jugement dernier. Vous brûlerez dans les flammes de l'enfer… »

Aussi vite que l'autorise la force du vent, les trois nefs s'éloignent tandis que résonnent, de plus en plus faiblement, les malédictions que hurle Serrano.

11

Le retour

Départ de Tidore

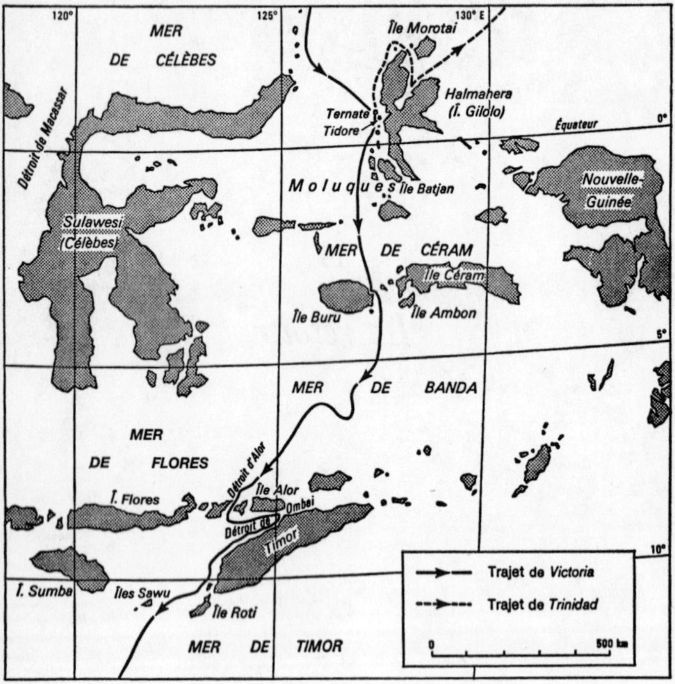

À bord des vaisseaux, aux côtés des rescapés ont embarqué la honte et l'angoisse. Ils ont fui comme des lâches, abandonnant leurs camarades. Quel sera leur propre destin ? Ils ont laissé trop de morts dans leur sillage : Salomone exécuté à Santa Lucía, Quesada décapité, Mendoza poignardé, Elorriaga assassiné, le petit Antonio Baresa qui s'est suicidé, les noyés, les péris en mer, les combattants tués à Mactan, Rebelo, Gomez, Noya, La Torre, Nieto et, pire que tout, leur capitaine général Fernand de Magellan, les victimes du massacre de Cebu, Barbosa, San Martín, Serrano, Valderrama… Des dizaines et des dizaines de braves compagnons. Et eux, maintenant : survivront-ils ?

Ils s'interrogent. Que sont devenus Cartagena et Calmette abandonnés sur la grève ? Qu'est-il arrivé à *San Antonio* ?

*

Lorsque le principal navire de la flotte a disparu dans les canaux de la Terre de Feu, San Martín avait consulté les astres. Les planètes n'ont pas menti. Comme l'astrologue l'avait lu dans son horoscope, Estevão Gomez s'est emparé du vaisseau. Le pilote, mécontent de n'avoir pas obtenu le commandement qu'il estimait avoir mérité, a échafaudé son projet : selon lui, Magellan, ses équipages et ses navires disparaîtraient, morts de faim, naufragés. Jamais on ne les reverrait. Les vivres disponibles à bord de *San Antonio* permettraient de regagner l'Espagne. Il y monterait une nouvelle expédition bénéficiant des enseignements de celle de 1519. Il en serait le chef.

Dès que *San Antonio*, à la faveur de l'obscurité, et grâce à sa plus grande vitesse, s'est trouvé séparé de *Concepción*, Gomez a déclaré au capitaine, son compatriote Álvaro de Mesquita :

« Délaissons la flotte et cet amiral fou. Sauvons notre peau. Rentrons en Espagne.

— Pas question ! »

Les deux hommes se sont affrontés, en sont venus aux mains, s'empoignant comme des matelots. Qui aura le dessus ? À l'appel de Gomez, les complices qu'il avait embusqués se sont saisis du capitaine et l'ont enfermé dans sa cabine. Aussi sournois que rusé, le mutin a confié le commandement du navire à Geronimo Guerra. En apparence simple intendant, Guerra jouait en réalité à bord un tout autre rôle : homme de confiance de Cristobal de Haro, il représentait le banquier et espionnait pour le compte de Cartagena. Lorsqu'ils reviendront en Castille, chacun croira ce comptable que Magellan a nommé trésorier général de la flotte au lendemain de la mutinerie. En destituant Mesquita, affirmera Gomez, ce sont les intérêts du roi et des financiers qu'il a défendus.

San Antonio, rebroussant chemin, a fait route directement vers l'Espagne. Estevão Gomez ne s'est même pas soucié d'effectuer une escale à San Julián afin d'y récupérer Cartagena et Calmette. La traversée, ralentie par les vents contraires et le mauvais état de la nef, a duré plus de cinq mois, mais le seul incident à déplorer fut, à l'approche des tropiques, le décès de son Patagon. Le 6 mai, le trois-mâts fait son entrée à Séville. Sauvés les quarante-six hommes de l'équipage. Sauvé le mousse du Croisic Colin Baseau. Estevão Gomez présente sa version des événements :

« Nous avons perdu le contact avec le navire amiral. Nous l'avons cherché en vain pendant plusieurs jours. Le capitaine de Mesquita est un homme irascible. Dans un mouvement de colère, il a cherché à me poignarder. »

Le récit provoque le scepticisme. Les officiers sont arrêtés, puis relâchés. Seul reste emprisonné, malgré les protestations de Diego Barbosa, le capitaine portugais Álvaro de Mesquita. Les autorités de la Casa de Contratación instruisent une enquête, récoltant, de la part des insurgés, mensonges et faux témoignages. Du moins sont-ils vivants. Tous les autres participants à l'expédition de Magellan, estiment les rescapés, ont péri. Nul ne reviendra jamais contredire leur récit.

*

Au moment où *San Antonio* remonte le Guadalquivir, les trois navires qui ont fui Cebu sont au mouillage à Bohol. Ils n'ont parcouru qu'une vingtaine de lieues, ont jeté l'ancre dans l'île la plus proche. Les rescapés sentent la nécessité de reprendre leurs esprits, de se compter, de pourvoir à une nouvelle organisation. Sur les cinq équipages qui ont quitté l'Espagne vingt mois plus tôt, il ne reste que cent quinze survivants. Certains sont blessés, parfois moribonds. Trois capitaines, l'astrologue, quelques-uns des meilleurs marins ont disparu à Mactan et à Cebu. Qui dirigera les navires ? Qui les manœuvrera ? Elcano, le pilote Albo, le lieutenant Polcevera, l'alguazil Espinosa sont mis devant le fait accompli : João de Carvalho se proclame capitaine général. Était-ce dans ce seul but qu'il a ordonné de hisser les voiles, abandonnant Serrano ? Carvalho est un prétentieux, jouisseur et cupide. Les hommes ne l'apprécient guère. Mais il ne leur laisse pas le choix.

Les marins compétents et en bonne santé sont en trop petit nombre, désormais, pour armer trois vaisseaux. *Concepción* est le plus délabré de la flotte : coque mangée par les tarets, membrures pourries, bordés disjoints, il prend l'eau au point que les hommes doivent pomper sans relâche pour le maintenir à flot. La plus petite nef de ce qui reste de l'armada, déchargée, dégréée, est échouée sur une grève et incendiée.

Les équipages ont été à nouveau répartis. Carvalho garde le commandement de *Trinidad*, assisté par Polcevera, tandis qu'Espinosa devient capitaine de *Victoria*, avec l'aide de Juan Sebastián de Elcano. Le départ précipité de Cebu rend urgent de compléter les vivres.

Sous l'autorité contestée d'un capitaine général qui ne se soucie guère d'imposer une discipline rigoureuse, les deux nefs errent d'île en île. Les indigènes offrent des fruits, des poissons, mais aucun des aliments qu'ils proposent ne se conserve assez longtemps pour entreprendre la longue traversée du retour. Les tourments de la navigation à travers l'océan Pacifique hantent toutes les mémoires. À la recherche d'épices, d'or et de nourriture, sans cartes, sans pilote local pour les guider, les marins naviguent au hasard, victimes d'échouages, d'attaques. Ils abordent enfin dans un port actif, riche, où des jonques chargent toutes sortes de marchandises. Dans cette ville de Brunei, Pigafetta, toujours avide de notations exotiques, est tout excité par la somptueuse réception que leur ménage le sultan : « *Il nous fallut attendre l'arrivée de deux éléphants couverts de soie, et celle de douze hommes dont chacun portait un vase de porcelaine. Nous montâmes sur les éléphants, précédés par les douze hommes qui portaient nos cadeaux dans leurs vases.* » Séduits par le pays, deux marins originaires de Grèce désertent. Les autres, en l'absence de tout prêtre pour leur rappeler les interdits de la religion chrétienne, donnent libre cours à leurs instincts. Se gobergeant de toutes sortes de mets, s'enivrant de vin de palme, nouant avec les femmes des idylles peu appréciées par les pères et les maris, ils se rendent vite importuns. Les relations avec les indigènes se détériorent. Un jour, trois jonques mouillent à l'entrée du port, en interdisant la sortie aux navires espagnols, et plus de deux cents pirogues convergent vers eux. Craignant une attaque, Carvalho ordonne un appareillage si hâtif qu'il abandonne à terre deux marins et son propre fils Joazito. Les deux nefs se frayent leur route à coups de canons, tuant de nombreux Malais. Deux des jonques, tentant de s'écarter, s'échouent, la troisième est abordée et prise en remorque. Durant la nuit, au cours d'un grain, l'aussière se rompt. *Trinidad* et *Victoria* rebroussent chemin, attaquent l'une des jonques échouées, prennent en otages dix-huit indigènes : parmi eux figurent le fils du sultan de Luzon et trois pures jeunes filles d'une exceptionnelle beauté.

Le prince et les superbes adolescentes pourront servir de monnaie d'échange pour récupérer les trois hommes laissés à terre et obtenir vivres et épices. Ce n'est pas l'avis de Carvalho. Au mépris de l'intérêt général, le capitaine exige du fils du sultan une forte somme en or qu'il conserve pour lui, et relâche l'otage. L'une après l'autre, il viole les trois jeunes filles. Le harem personnel que Carvalho se constitue provoque à la fois la jalousie et la réprobation des marins, car les vierges déflorées ont dès lors perdu toute valeur marchande.

L'errance se poursuit. Hommes dépenaillés n'obéissant qu'à leur bon vouloir, navires en piteux état, voiles déchirées, pavillons en lambeaux, ponts jonchés de détritus, la glorieuse flotte armée par Magellan s'est muée en deux nefs puantes menées par des forbans. Ce ne sont plus des marins et des soldats au service du roi d'Espagne, mais des pirates qui violent et pillent, embarquent de force femmes et jeunes filles, arraisonnent les jonques de rencontre, rançonnent leurs équipages, capturent leurs pilotes et les obligent à les guider.

Après quatre mois à voguer presque au hasard, les navires n'en peuvent plus. À l'île de Cimbonbon, les capitaines trouvent une anse assez sûre, aux rives pourvues d'arbres de bonne taille. Pendant quarante-deux jours, charpentiers, gréeurs, calfats, voiliers s'affairent à réparer les coques, changer les bordés pourris, aveugler les voies d'eau, remplacer les haubans, coudre de nouvelles voiles. Le 21 septembre, les marins les plus lucides s'insurgent : ils ne supportent plus Carvalho, son égoïsme, ses mœurs dissolues, ses décisions erratiques. Ce n'est pas avec un capitaine général aussi médiocre qu'ils regagneront l'Europe. Ils déposent ce commandant lâche et frivole. Ils votent : Espinosa, le chef des alguazils, qui a montré son caractère ferme, prend le commandement de *Trinidad*, Sebastián de Elcano celui de *Victoria.* Giovanni Battista Polcevera devient le gouverneur de la flotte, Martín Mendez son trésorier.

Le malheur vient encore décimer ce qui reste des équipages : aux déserteurs et aux trois marins abandonnés à

Brunei s'ajoutent le décès d'un des blessés de Mactan, la mort de deux hommes victimes d'explosions d'armes ou de poudre. Ils ne sont plus désormais que cent sept, sur deux cent quarante-cinq au départ de Séville, à cultiver l'espoir incertain de revoir un jour leur pays.

Le 27 septembre, les navires sont à nouveau en état de naviguer. Ils reprennent leurs errances d'île en île, continuent leurs méfaits. Avec beaucoup de difficultés, Espinosa tente de restaurer parmi les hommes un semblant de discipline et de sens moral. L'objectif est désormais d'atteindre les Moluques, ce fabuleux archipel que visait Magellan, où ils chargeraient les précieuses épices. Le 8 novembre, enfin, les deux vaisseaux font à Tidore une entrée aussi solennelle que le permet leur état : il n'est plus question de s'affirmer en conquérants. Le pilote Francisco Albo l'a mesuré sans ambiguïté : Tidore se situe à au moins dix degrés à l'ouest de la ligne de partage, et sans contestation possible les Espagnols se trouvent dans la zone concédée au Portugal. Le mieux que l'on puisse obtenir est un accord de paix et de commerce avec le sultan Almanzor.

L'île de Ternate est voisine de Tidore. Les marins sont impatients de rencontrer Francisco Serrão, l'ami d'enfance de Magellan, celui que le capitaine général avait décidé de rejoindre par la route de l'est. Mais Serrão est mort. Il avait voulu jouer les intermédiaires dans la querelle qui opposait les sultans de Tidore et de Ternate. Almanzor lui en gardait rancune. Huit mois auparavant, Serrão était venu à Tidore acquérir des vêtements. Le sultan l'avait invité à dîner. Le Portugais avait accepté sans méfiance. Le souverain l'avait empoisonné.

Des relations amicales ont été nouées avec Almanzor. Les intendants ont installé à terre leur comptoir, fixé le tarif des échanges, tissus, couteaux, haches contre clous de girofle. Les deux navires sont prêts à partir. Sur les voiles ont été peintes des croix de Saint-Jacques, les cales sont pleines d'épices, au point que *Victoria* a dû en débarquer soixante quintaux : il menaçait de couler bas. Les cambuses ont été emplies de riz, dans les entreponts sont parqués cochons, chèvres et poulets. Les équipages ont été répartis : soixante sur *Trinidad*, quarante-sept Européens et treize indigènes des Moluques sur *Victoria.* Des pilotes ont été recrutés pour les guider au large de l'archipel, et jusqu'à Timor. Le 18 décembre, le navire que commande Elcano appareille le premier, met en panne au large pour attendre son navire de conserve. *Trinidad* n'arrive pas. « Que fiche-t-il ? » s'énerve Elcano qui remet le cap sur le port.

En forçant pour remonter l'ancre, les marins de *Trinidad* ont provoqué une importante voie d'eau. Malgré deux jours d'efforts, la colmater se révèle impossible. D'importantes réparations sont indispensables. Mais la mousson favorable rend l'appareillage urgent. Elcano s'impatiente. Le sultan propose :

« Je fournirai aux marins de *Trinidad* un logement à terre et tous les charpentiers indispensables pour réparer leur navire. Ensuite, ils pourront reprendre la mer en toute sécurité. »

C'est peut-être un piège. Mais comment agir autrement ? Le 21 décembre, Elcano décide de partir. Un passager supplémentaire embarque au dernier moment sur *Victoria* : Antonio Pigafetta veut au plus vite regagner l'Europe et y publier son récit. Jusqu'à midi, Elcano doit attendre que lui soient remises les lettres que les marins de *Trinidad* ont écrites ou dictées, racontant en termes maladroits leurs aventures, leurs souffrances, leur espoir

Trajet de *Trinidad* (avril à octobre 1522)

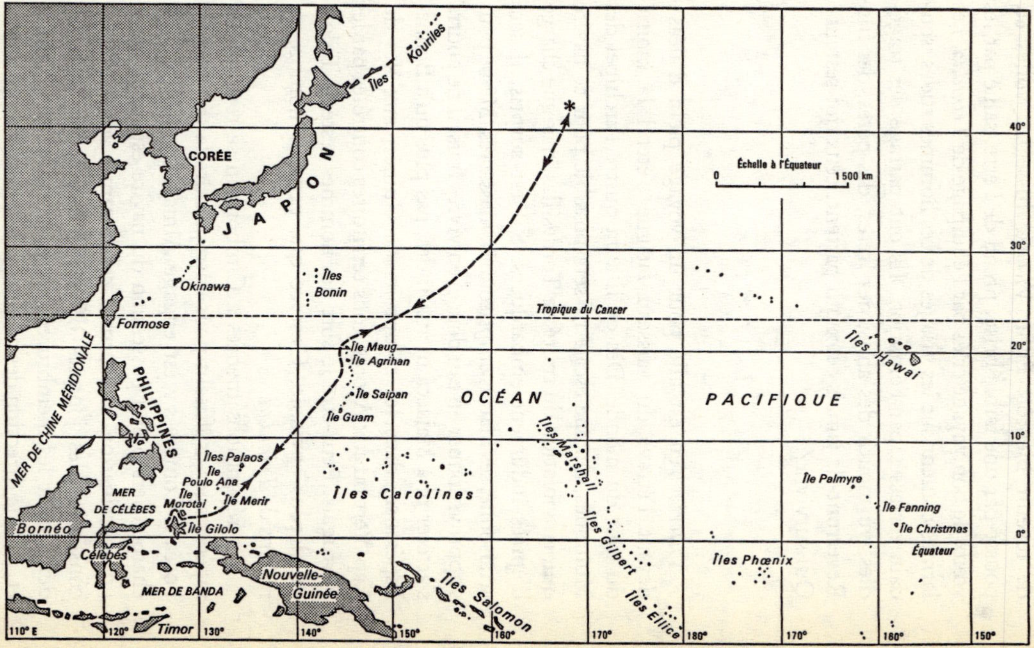

de revenir bientôt. Enfin *Victoria* hisse ses voiles et, poussé par une faible brise, prend de l'erre, salué par les vœux de bon voyage criés par l'équipage de *Trinidad.* Les larmes coulent sur les visages de ces hommes rudes, soudain terrassés par l'émotion. Ils ont partagé des tragédies, vu mourir des amis, des frères, des pères, des fils. Reverront-ils jamais ceux qui partent, ceux qui restent ? Qui survivra ?

*

Victoria s'en est allé pour un voyage plein d'aléas : devant l'étrave du vaisseau fatigué s'étend la moitié du tour du monde. Dès qu'il aura quitté l'archipel des Moluques, aucune escale ne sera possible pour ce navire qui, en violation du traité de Tordesillas, navigue chargé d'épices indûment embarquées. S'il est surpris, il sera arraisonné, ses marins emprisonnés, massacrés. Même pour s'approvisionner en eau douce, en vivres frais, il ne pourra s'arrêter ni à Malacca ni aux Indes, pas plus qu'à Bonne-Espérance, dans les comptoirs de Guinée, aux îles du Cap-Vert ou aux Açores, tous territoires contrôlés par les Portugais. Peut-être le sort des hommes restés à Tidore est-il plus enviable. C'est ce que pensent nombre de marins de *Trinidad.*

Les réparations menées à Cimbonbon se révèlent un rapetassage insuffisant pour entreprendre la traversée de l'océan. Comme s'y est engagé Almanzor, une nuée de charpentiers prend possession du navire espagnol. Avec une obstination de fourmis, ces hommes accoutumés à construire des jonques déclouent les bordés pourris, démontent les membrures rongées, forgent des ferrures et, sous la direction des calfats de *Trinidad*, s'emploient à remettre en état le navire. Les soixante marins habitent à terre où nombre d'entre eux trouvent une épouse provisoire. Ils apprécient la douceur des habitants, la saveur des mets, l'habileté des amantes. S'installer pour toujours aux Moluques, songent certains, serait plus sûr que d'oser le difficile voyage du retour. Les marchandises débarquées de *Trinidad*, les vivres, les épices et ce qui reste des biens d'échange, couteaux, haches, tissus, ont été placés dans un entrepôt aux murs renforcés de ciment. Pour veiller sur ces richesses et organiser le commerce avec les Asiatiques, cinq volontaires se sont proposés : sous la responsabilité du clerc Juan de Campos, ils demeureront à Tidore lorsque *Trinidad* partira.

Carvalho, destitué de toute fonction, ne profite pas de cette longue escale. Terrassé par la maladie, démoralisé par l'échec, il sent ses forces décliner. Il dicte ses dernières volontés, reconnaît devoir vingt-huit mille maravédis aux héritiers de Magellan, et meurt le 14 février 1522.

Lorsque, après quatre mois de travaux, le navire est à nouveau à flot, la bonne saison, avec sa mousson de nord-est, est depuis longtemps révolue. Espinosa a une autre idée : il a participé, dans le sillage de Colomb, aux voyages vers les Indes occidentales. Il connaît le régime des vents qui règnent dans l'Atlantique Nord, la route de l'aller poussé par les alizés, le retour en allant chercher, plus au nord, les vents d'ouest. C'est la *volta.* Le capitaine de *Trinidad* escompte qu'un système similaire s'établit dans le Pacifique. Or, sur la côte de l'isthme de Panama découvert par Balboa, les Espagnols ont installé, sur l'océan Pacifique, des établissements. En allant chercher les vents favorables, affirme le capitaine à son équipage, en sept à huit semaines le navire arriverait en Amérique centrale, où les rescapés seraient accueillis par leurs camarades espagnols. Avec l'un des convois de mulets qui transportent l'or du Pérou, ils traverseraient à pied l'isthme, atteindraient la côte de la mer des Caraïbes et pourraient embarquer à bord de l'un des convois en route pour Séville. Ils seraient sauvés.

Le 6 avril 1522, chargé de cinquante tonnes de clous de girofle, avec à son bord cinquante-quatre hommes, le navire met le cap vers le nord-est. Une première escale est mise à profit pour compléter l'avitaillement et embarquer cochons, chèvres, poulets, noix de coco, eau douce et bois pour la cuisine. Très vite, la mousson de sud-ouest cède. Les vents passent au nord-est et, pendant plus de six semaines, le trois-mâts louvoie, alternant de minables bordées. Le 11 juin, une escale dans un îlot procure quelques noix de coco. Un indigène accepte d'embarquer avec le titre de pilote. La brise passe à l'est, adonne et *Trinidad* peut enfin mettre le cap sur une route plus directe, à la rencontre des vents d'ouest tant attendus. Les vivres frais et les animaux ont été mangés, le riz est désormais la seule alimentation tandis que, avec la venue de l'automne, plus ils gagnent vers le nord, plus le froid est vif. Les hommes mal nourris, mal vêtus, souffrent. La maladie qu'ils avaient subie durant l'interminable traversée de la mer du Sud sévit à nouveau. Les hommes affaiblis commencent à mourir. Pour essayer d'en comprendre la cause, le chirurgien Morales découpe le cadavre de l'une des victimes, Juan Gonzáles.

Au lieu des bonnes conditions espérées, une terrible tempête les assaille. Durant cinq jours, le vent souffle avec furie. Voiles en lambeau, grand mât brisé, la nef est le jouet de lames monstrueuses. Une vague meurtrière arrache les châteaux avant et arrière, ôtant aux marins affolés, transis, affamés, le peu de protection qu'il leur restait.

Lorsque l'ouragan s'éloigne, la brise devient à nouveau contraire. Par quarante-trois degrés de latitude nord, Gomez de Espinosa, le lieutenant Giovanni Battista Polcevera, León Pancaldo promu maître d'équipage, ne trouvant pas les vents portants escomptés, décident de faire demi-tour. Au bout de vingt jours, ils aperçoivent une île, cherchent en vain une passe dans le récif, parviennent enfin à mouiller dans un lagon : l'îlot est habité par une quarantaine d'indigènes qui, avec générosité, offrent leurs seules ressources, fruits et canne à sucre. Faute de trouver une rivière, Espinosa doit se contenter d'emplir quinze tonneaux en puisant l'eau trouvée dans des trous de roches. Quatre marins en profitent pour déserter. L'un d'eux est repris.

La navigation se poursuit, terrifiante. Les hommes meurent, un chaque jour, puis deux. Le chirurgien Juan Morales qui, malgré son autopsie, n'a pas découvert l'origine de la maladie, est au nombre des victimes. Les deux mousses français Pierre Arnault et Jean Blaise succombent à deux jours d'intervalle et ce sont des corps bien légers que les survivants basculent par-dessus bord. L'équipage n'est plus composé que de malades et de moribonds. Leur navire se traîne sous de faibles brises. Au bout de six nouvelles semaines les trente-trois rescapés aperçoivent les hauteurs de Gilolo, l'île principale de l'archipel des Moluques. Un autre marin n'atteindra pas la terre : Francisco Ruiz n'a plus le cœur à inciter ses camarades à la rébellion. Depuis plusieurs jours, ventre gonflé, visage noir, il ne quitte plus sa paillasse. Le 5 octobre, il succombe. Son comparse Sebastián García lui survivra-t-il ? Il suffirait de descendre à terre, de trouver de la bonne eau et des fruits. Elle est là, à portée d'étrave. Encore faudrait-il l'atteindre. Les calmes ajoutent à la difficulté de capter la moindre brise avec des voiles déformées, un gréement amputé et un équipage de fantômes qui gît dans les entreponts, dans les hamacs déchirés, luisant de crasse, puant la merde, l'urine et le vomi. Les décès succèdent aux décès. Squelettiques, à bout d'espoir, les plus faibles abandonnent la lutte, laissent « la chaîne filer par le bout » comme le dit, dans un dernier soupir, le charpentier Domingo de Yarza. Une jonque les aborde, leur donne des fruits et fournit à Gomez de Espinosa une information inquiétante : deux semaines après le départ de *Trinidad*, une flotte de sept navires portugais est arrivée aux Moluques sous le commandement d'Antonio de Brito. Les hommes restés à Tidore ont été capturés. Le sultan a affirmé qu'il avait été contraint par la force de traiter avec les Espagnols et a juré fidélité aux Portugais.

Au mois d'octobre, parvenus à grand-peine dans une baie, les moribonds jettent leur dernière ancre, un mouillage léger qui ne résisterait pas au premier coup de vent. Cela fait désormais plus de six mois qu'ils ont quitté Tidore. Si personne ne les sauve, ils vont tous mourir. Espinosa écrit un message de détresse, un appel désespéré à la charité chrétienne. Le clerc de *Trinidad*, Bartolomeo Sánchez, embarque à bord d'une pirogue menée par des indigènes afin de délivrer au capitaine Antonio de Brito cette missive de la dernière chance. Pour Sebastián García, il est déjà trop tard. Il s'en est allé, vomissant un flot de bile noire et d'imprécations comme un ultime défi aux injustices dont les pauvres matelots sont les éternelles victimes.

Le capitaine général portugais, à qui est amené l'envoyé des Espagnols, commence par ordonner qu'il soit jeté en prison. Sánchez proteste, supplie que les Portugais viennent en aide aux survivants :

« J'ai tout mon temps, ricane Brito. Attendons quelques jours, qu'il en meure encore quelques-uns ! »

À bord de *Trinidad*, désespéré de ne pas voir arriver le secours demandé, Espinosa réunit les hommes les moins affaiblis : ils parviennent à remonter l'ancre, à hisser une voile, à conduire le navire à Benaconora, dans un mouillage mieux protégé.

Quand enfin Simon de Abreu, envoyé par Brito, arrive auprès du navire espagnol, les Portugais sont d'abord repoussés par l'atroce puanteur qui en émane. Le fier équipage est réduit à vingt et un moribonds, dont la plupart n'ont même plus la force de se lever. Dans un entrepont souillé de déjections, les morts pourrissent sur place, charognes en décomposition. Les sauveteurs prennent possession du navire, le pillent, s'emparent des papiers, des instruments de navigation, des biens personnels, ne laissant aux survivants que leur chemise sur le dos. À Ternate où ils les emmènent, ceux qui peuvent encore marcher sont jetés en prison, contraints à construire un fort. Les plus mal en point sont soignés jusqu'à ce qu'ils puissent être mis au travail, ou meurent.

*

Le 21 décembre 1521, pour *Victoria*, le voyage de retour commence sous les meilleurs auspices. Avec la perspective de rentrer chez eux, les marins ont retrouvé tout leur enthousiasme, ont peint sur les voiles neuves une formule riche d'optimisme : *Esta es la enseña de nuestra buenaventura.* Grâce aux escales dans les îles, ils ont recouvré la santé. Leur navire est chargé des richesses de l'Asie :

Voyage de retour de *Victoria* (8 février-6 septembre 1522)

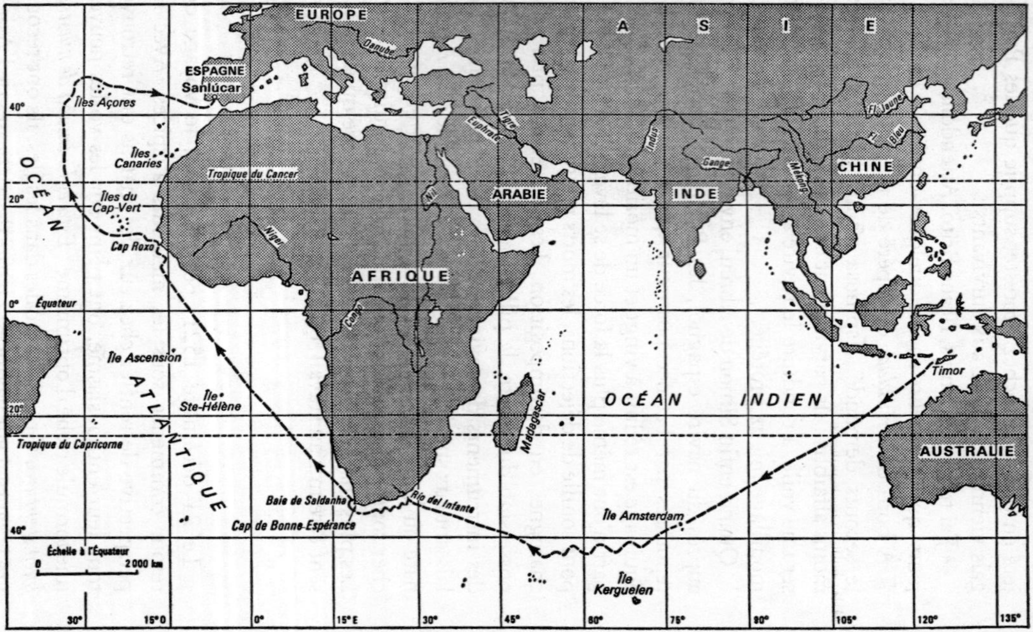

clous de girofle, gingembre, or. Les cambusiers ont entreposé une ample provision de riz, figues, bananes, goyaves, huile de coco, canne à sucre, miel, concombres, melons, citrouilles et autres légumes. Ils ont embarqué des animaux vivants, chèvres, cochons, poulets. Près d'une île voisine de Tidore les attendent, comme le leur a promis le sultan, quatre sampans chargés du bois nécessaire pour les foyers. L'opération est vite achevée et, au bout d'une heure, le vaisseau reprend sa route. Bénéficiant des vents favorables de la mousson de nord-est, la nef descend vers le sud. Parfois, craignant de heurter un haut-fond dans l'obscurité, ou de mal négocier une passe délicate, les pilotes demandent d'ancrer pour la nuit à l'abri d'une île. À Buru, où les vivres abondent, ils complètent leur approvisionnement. Par huit degrés de latitude sud, une tempête malmène leur navire au point qu'ils doivent passer quinze jours à réparer leurs avaries, à l'abri de Malva. Ils trouvent dans cette île du cuivre, du poivre et de la cire, obtiennent l'aide d'un nouveau pilote. Cet homme âgé sillonne depuis des lustres la mer de Chine. Bavard impénitent, il trouve chez Pigafetta une oreille complaisante et, chaque soir, l'écrivain crédule note avec innocence les contes et les légendes qu'il lui confie.

Un mois après avoir quitté Tidore, le 25 janvier, *Victoria* arrive à Timor. Le capitaine Elcano, aux manières de forban, ne s'embarrasse guère de scrupules : il prend en otage le chef du village, n'accepte de le libérer que contre une rançon de sept buffles, cinq chèvres et deux cochons. Bon prince malgré tout, il donne en échange tissu, haches, coutelas, couteaux et miroirs.

Deux des Espagnols ne supportent pas la perspective d'une navigation aussi aventureuse. Au moment où, dans la nuit, *Victoria* longe la côte, leurs ombres se glissent dans l'obscurité. Martín de Ayamonte, un mousse, et Bartolomeo de Soldana, un garçon de cabine, préfèrent la désertion et ses risques aux aléas du voyage. Les hommes de veille entendent le bruit d'un plongeon, aperçoivent deux nageurs qui s'éloignent en direction de la terre. Inutile de tenter de récupérer les fuyards : le temps de manœuvrer, de louvoyer contre le vent, ils auront gagné la rive et se seront dissimulés dans la forêt.

Un dernier arrêt est mis à profit pour débarquer les pilotes locaux : passé Timor, la mer libre s'étend devant les étraves, longue route sans escale qu'ils entament le 8 février. Aux calmes des premiers jours succède la jolie brise de l'alizé de sud-est. Pour éviter toute mauvaise rencontre, Elcano choisit de mettre le cap au large de toute terre. Depuis que, au départ du Brésil, il a été promu pilote, Francisco Albo, prenant son rôle au sérieux, tient un journal de bord méticuleux. Son importance s'est encore accrue avec la mort de San Martín. Devenu l'astrologue du bord, il cherche à utiliser au mieux les instruments de navigation et les tables confiées par Faleiro.

Le vent puissant permet à la nef de donner toute sa vitesse. Par crainte des mauvaises rencontres, et faute de savoir déterminer la longitude, pour être certain de doubler Bonne-Espérance hors de portée des navires portugais, *Victoria* a plongé vers le sud. Le 18 mars, lorsque les hommes de quart aperçoivent une île élevée, le navire se trouve déjà, selon les calculs d'Albo, par trente-huit degrés de latitude. Cette terre se révèle inhabitée et dépourvue de mouillage. L'équipage aurait pourtant souhaité s'y arrêter, renouveler l'eau des coffres, tenter de calfater la coque dont les voies d'eau exigent de pomper en permanence. La difficulté est maintenant de doubler le redoutable cap de Bonne-Espérance. Alors que l'extrémité de l'Afrique qu'a découverte Dias se situe sur le trente-sixième parallèle, *Victoria*, luttant contre les vents d'ouest, est descendu jusqu'à quarante-deux degrés de latitude. L'automne est bien avancé, le froid est terrible, les vivres frais sont épuisés, les animaux ont été tués et dévorés, la viande, faute de sel pour la conserver, a dû être mangée avant qu'elle ne tourne à la pourriture. L'eau douce est à nouveau putride, grouillante de vers. Les vents sont glacials, toujours contraires, soufflent en tempête la plupart du temps, soulèvent des vagues énormes. Sous le château avant où les hommes affaiblis, affamés, tentent de s'abriter du froid, la mutinerie gronde.

Depuis plusieurs semaines, *Victoria* louvoie contre une mer forte, des vents furieux. Les hommes découragés, fatigués, menacent de se révolter. Elcano tergiverse, biaise, accepte enfin de mettre le cap vers l'Afrique. Le 8 mai, la terre est en vue, le lendemain, le bateau mouille dans une baie. La rive est déserte, d'une inquiétante sauvagerie : sans doute, derrière les premières frondaisons se tapissent des anthropophages prêts à dévorer les Espagnols s'ils débarquent. Les matelots en délégation, bonnet à la main, demandent à parler au capitaine :

« Nous voulons remonter vers la chaleur. Nous n'en pouvons plus de froid, de faim, de mauvais temps. Au Mozambique, nous pourrons trouver à manger.

— Vous serez capturés par les Portugais qui y tiennent comptoirs.

— Mieux vaut être prisonniers que morts. »

En un concert d'approbations, les matelots soutiennent leur porte-parole. Elcano attend que s'apaise la grogne, fixe son regard sur chacun des marins, s'attarde sur quelques-uns d'entre eux et, après un silence, jette d'un ton cinglant :

« Et votre honneur ? Si nous allons au Mozambique, nous serons jetés aux fers, massacrés sans doute pour avoir osé commercer dans la zone des Portugais. Vous connaissez leur cruauté. Nous n'avons pas parcouru un aussi long chemin, enduré autant de souffrances pour renoncer au moment où le succès est proche. Il faut continuer, rentrer en Espagne : vous y serez fêtés en héros, les premiers marins à avoir réussi le tour du monde ! Je vous offre la fierté et la gloire ! »

La question est vite résolue : le vent tourne, mettant le vaisseau en position périlleuse. Les marins lèvent l'ancre, cherchent en vain un meilleur abri, gagnent le large : le louvoyage fastidieux reprend, décimant l'équipage. Le 13 mai meurt Lorenzo de Iruna. Enfin, le 16 mai, selon l'estime du pilote, *Victoria* double très au large le cap des Aiguilles, une langue de sable qui marque l'extrémité sud de l'Afrique. Les marins se réjouissent : désormais, ils se trouvent dans l'Atlantique. Ils s'imaginent déjà presque arrivés. Erreur. Un énorme coup de vent les repousse, brise le mât de misaine. Il faut mettre à la cape, attendre que passe la tornade, improviser un gréement de fortune, tenter de regagner le chemin perdu. Le 18 mai s'éteint Bernard Maury, le joli mousse aux boucles blondes.

Depuis deux mois, ils tirent des bords dans des conditions inhumaines, ils sont fatigués, transis, et pire que tout, désespérés. Ils s'obstinent pourtant et, le 19 mai, entrent pour de bon dans l'Atlantique. Ils peuvent enfin laisser porter, cap au nord, vers la chaleur, vers chez eux. Cette satisfaction survient trop tard pour deux des gabiers qui meurent le lendemain. Une escale s'impose, d'urgence : dans une baie à vingt lieues du Cap, ils s'arrêtent, le temps de s'approvisionner en eau, en bois, de laisser se reposer les hommes. Un navire est au mouillage, un portugais qui, préoccupé par sa propre route, néglige de les arraisonner, les salue et passe son chemin, au grand soulagement des Espagnols : épuisés comme ils sont, ils n'auraient guère été vaillants s'il avait fallu combattre.

L'escale est brève, dans la terreur que survienne un autre navire battant pavillon de la nation adverse. Le répit accordé aux marins n'a pas suffi. Ils n'ont plus à manger que du riz, un poisson parfois lorsqu'ils ont le courage de gréer une ligne, la chance que morde une dorade ou un thon, et qu'il leur reste assez de force pour remonter leur capture. Même si l'alizé de sud-est et la température clémente rendent la navigation plus aisée, la maladie étend son emprise. Les ventres gonflent, les dents tombent, les hommes périssent : le 1er juin, le marin de Castille Martín de Insaurraga, le 6, le Français Étienne Villon, le lendemain Domingo Álvares, un mousse portugais débarqué de *Trinidad*, le jour suivant un autre marin espagnol, Lope Navarro. Le 14 juin s'éteint un gabier de Gênes, Domenico Battista, le fils de Giovanni Battista Polcevera, le lieutenant de *Trinidad.* Le 21 et le 22 meurent le marin français Pierre Gascon, rescapé du naufrage de *Santiago*, et Pedro de Valpuesta, un domestique. Le propre neveu de Magellan, Martín, décède le 26 juin, et avec lui disparaît la chance qu'il y ait au moins un Magalhães à avoir réussi le tour du monde. Vont-ils tous mourir ? Le petit Vasquito, seul survivant des apprentis marins, a assisté, désespéré, à la mort de ses camarades. Le garçon a grandi, mûri, entouré de deuils et de disparitions : son père, son grand ami et protecteur Jean-Baptiste, son chat Negrito, l'esclave Enrique, cet Asiatique dont il avait fait son souffre-douleur et qu'il aimait bien. Maigre, efflanqué, animé par la rage de vivre, les muscles durcis, la peau tannée, il manœuvre comme un homme, joignant son énergie à celle des matelots encore assez vaillants pour étarquer les drisses, border les écoutes, affaler les huniers dans les grains.

Le 8 juin, *Victoria* franchit l'équateur, passant dans l'Atlantique Nord. L'alizé de sud-est mollit, s'évanouit. Sur une mer lisse, la nef reste engluée, se dandinant sur une lente houle, voiles flasques, espars grinçants, hommes désespérant d'achever un jour leur périple. Depuis le passage de Bonne-Espérance, vingt et un cadavres, enveloppés d'un morceau de toile à voile en guise de linceul, ont été immergés. Au fil des jours, les marins se sont mis à honnir leur nouveau capitaine, un fier-à-bras, un ambitieux qui n'avait pas craint de trahir l'amiral, un Basque, pas même un Castillan. Ils le croyaient au moins compétent. Désormais, ils mettent en doute sa capacité à les conduire jusqu'en Europe. Il n'a pas été capable de disposer de vivres en quantité suffisante, de s'arrêter pour s'approvisionner en fruits, en animaux, en eau douce, de trouver les vents favorables au lieu des calmes qui s'éternisent. Les uns après les autres, tous, ils vont y rester.

Exploitant au mieux des bouffées erratiques, la nef peu à peu gagne quelques degrés de latitude, s'approche de la côte d'Afrique. Le 21 juin, *Victoria* trouve la terre. Au large du cap Roxo, par crainte d'une attaque des indigènes, le navire est mis en panne, hunier bordé à contre. Une chaloupe gagne la terre à la recherche de vivres. L'équipe revient bredouille et, pendant son absence, trois nouveaux marins sont morts. Il ne reste plus dans la cambuse que quelques poignées de riz charançonné. Nul ne songe à manger les clous de girofle qui, par quintaux, bourrent la cale. Même les rats ont disparu, morts d'inanition ou dévorés depuis longtemps. Francisco Albo supplie le capitaine : il faut s'arrêter quelque part. La seule escale possible se situe dans les îles du Cap-Vert.

« Elles sont tenues par les Portugais, objecte Elcano.

— Nous raconterons que nous arrivons des Indes occidentales ! »

La supercherie n'est guère crédible mais ils n'ont pas le choix. Il leur faut jouer leur va-tout. Ou périr. Le mercredi 9 juillet, *Victoria* jette l'ancre dans l'île de São Tiago. Le clerc Martín Mendez et Martín de Judicibus descendent à terre. Avec innocence, ils se font accompagner par l'un des indigènes embarqués à Tidore. Mendez ne craint pourtant pas d'affirmer que la nef appartient à un convoi retour d'Amérique, qu'une réparation au mât de trinquette l'a écartée de la flotte. Afin de vérifier la bonne tenue du journal de bord, le clerc demande :

« Quel jour sommes-nous ?

— Le jeudi 10.

— Vous êtes sûr ?

— Sûr et certain ! »

L'information étonne Pigafetta :

« J'ai écrit chaque soir sur mon cahier. Je n'ai pas pu sauter une journée ! »

Francisco Albo confirme que, sur le journal de bord qu'il tient, la date est bien celle du mercredi 9 juillet. Où et comment se sont-ils trompés ? L'écrivain réfléchit, trouve enfin l'explication, note dans le dernier de ses cahiers : *« Ayant toujours voyagé vers l'ouest, en suivant le cours du soleil, et étant revenus au même point, nous devions avoir gagné vingt-quatre heures sur ceux qui étaient restés en place. »*

L'approvisionnement commence, payé — nouveau démenti à la vraisemblance — en clous de girofle. Tandis que la chaloupe, à deux reprises, revient chargée de riz, Elcano, par prudence, manœuvre : un ciel aux nuages menaçants l'inquiète. Il craint que, si le vent se lève, l'ancre ne chasse, jetant son navire dans le fond de la baie. Il mouille vers la sortie du port, prêt à appareiller à la moindre alerte.

Le lundi 14 juillet, treize hommes se rendent dans la bourgade. Martín Mendez continue à conduire les échanges. Désireux de courir sur la grève, de parcourir les ruelles, de voir de nouvelles têtes, de humer des odeurs de terre, Vasquito Gallego a demandé à participer à la corvée malgré la présence de Simon de Burgos, un homme au caractère difficile que les marins n'apprécient guère. Pendant que les hommes transportent les sacs de vivres, ce Simon de Burgos tire au flanc, comme à son habitude. À demi portugais, il parle la langue des maîtres du lieu. Pour se donner de l'importance, il fanfaronne :

« Nous n'arrivons nullement des Indes occidentales, mais des Moluques. Notre navire appartient à la flotte de Magellan et moi, Simon de Burgos, tel que vous me voyez, je suis le premier homme à avoir réussi le tour du monde ! »

La confidence, très vite, est transmise aux autorités. La garde se saisit des treize marins de la corvée, le capitaine de port se dresse sur le quai et se met à crier. Ses propos, portés par le vent, parviennent jusqu'aux matelots restés à bord :

« Vous êtes arraisonnés. Vous, vos hommes et votre nef seront conduits au Portugal !

— Rendez-moi d'abord mes marins ! » réplique Elcano.

Déjà, il aperçoit des soldats qui courent sur la grève, embarquent dans une grande chaloupe. Il n'attend pas, ordonne de hisser la voilure, de déraper l'ancre. De justesse, abandonnant ses treize marins capturés, *Victoria* s'enfuit.

Serrant du mieux qu'il peut l'alizé de nord-est, sous ses voiles usées, déformées, rapiécées, avec sa carène souillée d'herbes et d'anatifes, le navire reprend sa route, cap au nord afin d'atteindre la zone des vents d'ouest. Le 4 août, Francisco Albo identifie la haute montagne de Pico, aux Açores, une nouvelle terre portugaise, escale prohibée. Au lieu des brises d'ouest habituelles, *Victoria*, jouant de malchance, est retardé par des calmes et des courants contraires au point que, trois semaines plus tard, la nef est encore en vue des Açores. Le vent se lève enfin, une forte brise qui porte vers l'est : le 4 septembre, spectacle merveilleux, apparaît devant le beaupré une haute pointe, tombant à pic, que les marins connaissent bien pour l'avoir tant de fois doublée, si souvent guettée : le cap Saint-Vincent.

Deux jours plus tard, le 6 septembre, un navire aux voiles en lambeaux, à la coque percée de toutes parts, faisant eau comme un panier, se présente à l'embouchure du Guadalquivir. Les pilotes qui stationnent à l'estuaire seraient bien en peine de reconnaître dans cette épave, dans ces hommes faméliques, dans ces êtres hâves qui n'ont plus que la peau sur les os, dont les corps émaciés apparaissent à travers les déchirures de leur hardes, l'un des fiers navires et les marins qui, voici trois ans, le 21 septembre 1519, appareillaient en grande liesse, pavillons et oriflammes déployés, canons tonnant en joyeuses salves, hommes clamant leur plaisir et leur orgueil.

Comme c'est l'usage, un canot élonge le nouveau venu. Pedro Sordo, le pilote, monte à bord. C'est lui qui avait guidé *Victoria* dans sa descente du Guadalquivir. Effaré, il identifie, sous les traits des moribonds, Juan Sebastián de

Elcano, Francisco Albo, Martín de Judicibus, Pigafetta, cet Italien qui l'avait amusé par sa maladresse et sa naïveté... Il compte... et ne trouve que dix-huit hommes et trois indigènes. Il interroge :

« Et les autres ? Et Magellan ? »

Un geste fataliste tient lieu de réponse.

Sordo hèle son canot, donne ses instructions : dans l'état où ils se trouvent, les survivants sont incapables de mener leur navire jusqu'à Séville. Un équipage grimpe à bord, apportant des paniers de vivres frais, légumes, viandes, fruits sur lesquels se jettent les hommes affamés.

8 septembre 1522. En quarante-huit heures, la rumeur née à San Lucar est remontée jusqu'à la ville :

« Ils sont de retour ! »

Depuis l'aube, la foule s'entasse sur les bords du fleuve, s'agglutine sur les quais. Les plus petits se dressent sur la pointe des pieds, les pères ont juché les enfants sur leurs épaules. Enfin, ils aperçoivent par-dessus la rive le gréement noirci, les voiles maculées de moisissures. En haut des mâts de *Victoria* flottent, étamines délavées, couleurs ternies, tissu effrangé, ce qui reste des oriflammes et des pavillons. La coque émerge, grise, dépeinte, bordés disjoints. Les survivants sont parvenus à charger les bombardes et tirent une ultime salve d'honneur et d'allégresse. L'artillerie des forts leur répond. Les canons tonnent. Les cloches sonnent sur la cathédrale, sur toutes les églises. La multitude hurle sa joie. Une vague d'ovations déferle. Puis de proche en proche, tandis que grossit le navire apparu au coude de la rivière, que se précisent les détails du gréement et de la coque, que grandissent les silhouettes des hommes groupés à la proue ou dressés sur le château arrière, les cris d'enthousiasme se transforment. Une onde de lamentations gagne la foule saisie d'émotion et de pitié. Sur maint visage coulent les larmes tandis qu'approchent du terme de leur calvaire les marins. Partis vers l'ouest, ils reviennent par l'est. Leur chair meurtrie, leurs corps efflanqués révèlent leurs deuils et leurs souffrances. Sans doute était-ce le prix à payer pour que, au terme de leur périple, les dix-huit moribonds en portent témoignage : la terre est ronde.

12

La malédiction

Les audacieux qui osent s'aventurer aux confins du monde sont-ils voués à la malédiction ? Les marins fascinés par la mer ne trouvent-ils plus à terre aucun repos ?

Le 9 septembre 1522, comme ils l'avaient promis dans les pires moments de détresse, les survivants du premier tour du monde, du moins ceux qui peuvent encore marcher, se rendent en pèlerinage, pieds nus et en chemise, au tombeau de Notre-Dame de la Victoire puis à l'église Santa María.

Dès son arrivée à San Lucar, Juan Sebastián de Elcano s'est empressé d'adresser une longue lettre à l'empereur pour annoncer l'issue du voyage, prier Sa Majesté d'intervenir afin que soient libérés les hommes capturés aux îles du Cap-Vert et revendiquer, pour l'équipage qui a réussi le tour du monde, un quart de la part du bénéfice que s'est réservée la Couronne. Charles Quint, au reçu de la missive du capitaine, le convoque à Valladolid, lui demandant de se faire assister par deux témoins principaux. Elcano choisit Francisco Albo et Fernand de Bustamante. Pigafetta est vexé : il s'estime, à juste titre, bien mieux informé que Bustamante, un simple barbier.

Mais sans doute Elcano a-t-il préféré écarter l'Italien qui n'a jamais caché sa dévotion à Magellan.

Pigafetta en profite pour mettre au point son récit. Il rend aussi visite à Diego Barbosa. Le beau-père de Magellan a bien changé. Il apprend au jeune homme que Beatriz, enceinte au moment du départ de l'expédition, a accouché d'un enfant mort-né. Son fils Rodrigo a disparu quelques mois plus tard et elle-même s'est éteinte au mois de mars 1522. En trois ans, Barbosa a perdu son fils, sa fille, son gendre, ses deux petits-enfants et le brillant alcade est devenu un homme vieilli, miné par le chagrin.

À Valladolid, le jeune souverain reçoit avec enthousiasme Juan Sebastián de Elcano. Le capitaine de *Victoria* expose à son avantage les événements du périple qu'il a su mener à bien. Le roi, impatient, l'interrompt :

« Et Magellan ?

— N'en déplaise à Votre Majesté, la vérité m'oblige à révéler que le capitaine général s'est révélé d'une grande dureté envers les capitaines que Votre Majesté avait désignés. Il n'a manifesté que mépris pour leur noblesse, la qualité de grand d'Espagne et le titre de Veedor de Juan de Cartagena.

— Mais la mutinerie ?

— Les capitaines, d'un commun accord, se sont adressés avec respect au capitaine général, sollicitant qu'il prenne avis de leurs conseils comme il est d'usage. Le capitaine général a réagi avec brutalité. Le capitaine Mendoza a été poignardé, le capitaine Quesada décapité, le Veedor et l'aumônier abandonnés sur un rivage désert.

— Et Magellan ?

— Mort.

— Mais a-t-il tenu sa promesse ?

— Quelle promesse, Sire, sauf le respect que je dois à Votre Majesté ?

— Il s'était engagé à découvrir une route nouvelle qui me donnerait accès aux richesses de l'Orient.

— Que Votre Majesté veuille bien considérer que le capitaine général ne se trouvait pas à bord des navires qui furent les premiers à découvrir le passage et sur lesquels je me trouvais moi-même.

— Continuez ! »

Poursuivant son compte rendu, Juan Sebastián de Elcano se donne le beau rôle, s'attribue toute la gloire. N'est-ce pas sous son commandement, et grâce à son énergie, qu'est revenue en Espagne l'unique nef rescapée de l'expédition ? Il obtient le pardon de sa faute passée, lorsqu'il avait vendu le navire qui lui avait été confié. Le roi lui offre une sphère gravée de la devise *Primus circumdediste me*, l'élève au rang de chevalier avec une pension de cinq cents florins.

Albo et Bustamante n'ont pas osé contredire leur capitaine et, dans l'euphorie du succès, un voile d'oubli est jeté sur les drames, les mutineries et les trahisons. Estevão Gomez, le félon, le menteur, reçoit le commandement d'une caravelle avec mission de rechercher un passage par le nord-ouest de l'Amérique. Anobli, il sera ensuite le pilote d'une expédition au Río de la Plata. Tandis que le traître est honoré, Álvaro de Mesquita, le capitaine qu'il a déchu de sa fonction, est enfin libéré de prison et, dégoûté, retourne au Portugal.

En dépit de la gloire qui l'auréole, la vie devient inconfortable pour Elcano. Ses mensonges ont indisposé quelques-uns de ses anciens compagnons, au point qu'il demande au souverain l'octroi d'une garde armée. Sa position matrimoniale n'est pas plus heureuse : le Basque entretient deux ménages, avec des enfants dans chacun d'eux. Il choisit de préférer aux difficultés conjugales les aléas de la vie en mer et embarque comme *piloto mayor* et capitaine de *Sancti Spiritus*, l'un des deux navires de l'expédition qui appareille de La Corogne, le 24 juillet 1525, sous les ordres de Jufré de Loaisa. À l'entrée du passage baptisé désormais détroit de Magellan, *Sancti Spiritus* s'échoue et est détruit. Elcano poursuit le voyage sur *Santa María de la Victoria* et meurt durant la traversée du Pacifique.

Comme s'y était engagé Charles Quint, les treize marins capturés aux îles du Cap-Vert ont été libérés et rapatriés après plusieurs mois passés en prison. Le plus jeune des circumnavigateurs, le mousse Vasquito, le Napolitain Niccolo qui chantait de si belles chansons et dansait face au géant Patagon, sont ainsi rentrés en Espagne, comme le charpentier Richard Normand, le premier Français à accomplir le tour du monde. Parmi les treize hommes figurait aussi celui qui, en grimpant sur une colline, avait aperçu la sortie du passage, Roldan de Argot. Ce Flamand ouvre un magasin à Séville mais ne peut résister à l'appel de la mer et s'embarque à nouveau dans l'expédition de Loaisa. En février 1528, lors d'un combat face aux Portugais, dans l'île de Gilolo, Roldan est atteint à la face d'une blessure mortelle. L'ancien barbier Bustamante choisit, lui aussi, de reprendre le large : nommé trésorier de l'expédition, accusé, aux Moluques, d'avoir trafiqué ses comptes, emprisonné puis relâché, il est empoisonné lors du voyage de retour vers l'Europe.

Miguel de Rodas, l'un des dix-huit survivants de *Victoria*, ne gagne dans l'aventure que deux sacs de clous de girofle et une carte marine. La pension allouée par l'empereur se révèle une vaine promesse et, faute de percevoir le premier maravédis des sommes prévues, le marin s'engage comme chef-pilote dans une flotte réunie par Sebastien Cabot, à destination des Moluques. Incapable de supporter le mauvais caractère du capitaine général, Rodas déserte sur une île au large du Brésil en compagnie de Martín Mendez, autre héros de l'expédition de Magellan, et d'une espèce de fou nommé Francisco de Rojas. Pour échapper à leur dangereux compagnon, Rodas et Mendez s'enfuient à bord d'une pirogue et se noient.

Les moribonds rescapés de *Trinidad* ne sont guère plus heureux. Deux des hommes qui avaient déserté dans un atoll sont assassinés par les indigènes. Les autres, emprisonnés à Ternate, terrassés par la malaria, enchaînés, sont affectés aux plus durs travaux, torturés pour qu'ils avouent où se situe le passage entre Atlantique et Pacifique. Certains meurent durant leur transfert entre les Moluques et les Indes, ou disparaissent avec la jonque qui les a embarqués. Les rescapés, finalement libérés après plusieurs années de captivité, contraints de mendier pour survivre, tentent de trouver un navire qui les ramène vers l'Europe. En 1526, au Mozambique, Giovanni Battista Polcevera succombe à tant de misères.

Trinidad, mal mouillé à Tidore, chasse sur ses ancres, va à la côte et s'y détruit. Cinq survivants parviennent à gagner Lisbonne. Ils y sont jetés en prison, où meurt Hans Bergen, le canonnier scandinave. Ils ne sont que quatre à atteindre l'Espagne : le loyal Gomez de Espinosa obtient, pour récompense de ses services, cinquante ducats puis une pension annuelle de trente mille maravédis et le titre d'inspecteur des navires en partance pour les épices. Le pilote génois Leone Pancaldo, fort sollicité à la fois par les souverains de France et du Portugal, décline leurs invites, se déclarant « trop vieux pour vouloir encore aller en mer ». Son amour de la navigation est toutefois si puissant qu'il reprend le large, en 1537, comme capitaine d'un navire marchand. La nef s'échoue et est détruite dans le Río de la Plata, où Pancaldo meurt en août 1540.

Revenu en Espagne en 1526, Juan Rodríguez, marin sur *Concepción* puis sur *Trinidad*, devient l'heureux propriétaire d'une caravelle qu'il mène aux Indes occidentale avant de se retirer à Séville, tentant sans succès de récupérer le montant d'un sac de girofles qu'il avait mis à bord de *Victoria* afin de l'offrir à sa femme.

Le quatrième, Ginés de Mafra, est resté plus longtemps emprisonné à Lisbonne, car il détient une caisse au contenu précieux : les livres et documents de *Trinidad*, parmi lesquels figurent les notes de navigation d'Andrés de San Martín. Lorsque, libéré en janvier 1527, Mafra gagne sa ville de Palos, sa femme qui le croyait mort s'est remariée, a vendu leur maison et leurs biens. Le pauvre marin n'a d'autre solution que de repartir en mer.

Quant aux deux hommes abandonnés à San Julian, Juan de Cartagena et Bernard Calmette, nul ne connaîtra leur destin.

L'expédition menée par Magellan s'est soldée par un confortable bénéfice : une fois déduites toutes les dépenses, la vente des épices a rapporté plus de quatre cent vingt-huit mille maravédis que s'est attribués la Couronne : le financier Cristobal de Haro, malgré ses relations et son entregent, doit batailler dix-huit ans pour recouvrer son investissement.

Victoria, l'unique navire rescapé de la flotte, effectue deux voyages vers les Indes occidentales avant de se perdre corps et biens.

*

« *Je ne pense pas que personne à l'avenir veuille entreprendre un pareil voyage* », avait prédit Pigafetta. Et pourtant...

Le mauvais sort allait-il épargner les expéditions ultérieures ? Cinquante-sept ans après Magellan, Drake fait escale à San Julián et y ordonne que soit décapité, comme Quesada et sur le même billot, son capitaine Thomas Doughty, coupable de mutinerie.

En 1583, Sarmiento quitte l'Espagne. Sa mission est de créer, dans le détroit de Magellan, une colonie. Pigafetta ne l'avait-il pas décrit, en termes idylliques : « *À chaque demi-lieue on y trouve un port sûr, de l'eau excellente, du bois de cèdre, des sardines et une grande abondance de coquillages. Je crois qu'il n'y a pas au monde meilleur endroit que celui-ci.* » Fort des affirmations de l'Italien, trois cents colons et cent soldats s'installent à San Felipe. En 1597, lorsque Cavendish y fait escale, il ne reste plus que deux survivants. Tous les autres sont morts de faim. Cet endroit sinistre sera désormais appelé « Port-Famine ». Deux siècles et demi plus tard, lors de l'expédition de *Beagle*, c'est à Port-Famine que se suicidera le capitaine Pringles Stokes, devenu fou de fatigue.

Lorsqu'il évoque la Patagonie, Darwin est moins complaisant que Pigafetta : « *Dans les ravins profonds, de mortelles scènes de désolation échappent à toute description ; hors du ravin, le vent soufflait en tempête ; au fond, pas un souffle d'air. De toutes parts, le sol est si froid, si humide, si assombri, que ni mousses, ni fougères, ni champignons ne peuvent croître. On enfonce jusqu'au genou dans le bois pourri. D'autres fois, on s'appuie contre ce qui semble un arbre magnifique, et on est tout étonné de trouver une masse de pourriture prête à tomber.* »

Même les indigènes, les Yaghans et les Alakalufs de la Terre de Feu, sont décimés par l'excessive sollicitude des missionnaires.

Pourtant, plus de quatre cent cinquante ans après sa découverte, le passage exploré par Fernand de Magellan continue d'exercer sa fascination sur les marins en quête d'austère beauté. Ils y vivent souvent des heures tumultueuses, affrontant vents furieux, froid intense, neige, grêle, williwaws déferlant des sommets. Mais ils côtoient aussi un univers d'une rare splendeur, paysages vierges, sommets grandioses, glaciers vêlant dans la mer, roches mauves, phoques, pingouins manchots, albatros, baleines. Ils y mesurent le courage et les souffrances des premiers conquérants. Pigafetta avait raison : il n'y a pas de meilleur détroit au monde.

Que serait la gloire de Magellan si son chroniqueur n'avait raconté les péripéties du prodigieux voyage avec le constant souci de rétablir la réalité des événements ? Le jeune Italien, curieux de tout, a tout noté. Sa robuste santé a triomphé des privations, du scorbut, des flèches empoisonnées, de la noyade : « *Je ne puis trop remercier Dieu*, se réjouit-il, *de ce que pendant tout ce temps, au milieu de tant de malades, je n'aie pas éprouvé la moindre infirmité.* » Dès que son livre a été achevé, Antonio Pigafetta s'est rendu à Valladolid et a remis son manuscrit à l'empereur Charles Quint, cadeau bien plus précieux que les éphémères épices ou les comptes rendus oraux. Reçu par les rois de France et du Portugal, par Sa Sainteté le pape, le mémorialiste a achevé sa vie dans sa maison de Toscane, persuadé, avec sagesse et sérénité, qu'au fil des siècles se perpétuerait cette vérité éternelle : *Scripta manent.*

BIBLIOGRAPHIE

Antonio PIGAFETTA, *Relation du premier voyage autour du monde de Magellan.*

ANONYMOUS, *The* Beagle *(Narrative of the Surveying Voyage)*, Londres, 1839.

Charles DARWIN, *Voyage d'un naturaliste autour du monde*, Paris, 1875.

Stephan ZWEIG, *Magellan*, Grasset, 1938.

Rudolph BAUMGARDT, *Magellan*, Denoël, 1943.

Léonce PEILLARD, *Magellan*, Éd. Lumière, 1948.

Pierre CHAUNU, *Séville et l'Amérique*, Flammarion, 1977.

Philippe ERLANGER, *Charles Quint*, Perrin, 1980.

Michel MOLLAT DU JOURDIN, *La vie quotidienne des gens de mer*, Hachette, 1983.

Michel MOLLAT DU JOURDIN, *Les explorateurs du* XIIIe *au* XVIe *siècle*, Lattès, 1984.

Charles DE LA RONCIÈRE et Michel MOLLAT DU JOURDIN, *Les Portulans, cartes marines du* XIIIe *au* XVIIe *siècle*, Nathan, 1984.

Bartolomeo BENNASSAR, *Histoire des Espagnols*, Colin, 1985.

Jean FAVIER, *Les grandes découvertes*, Fayard, 1991.

Tim JOYNER, *Magellan*, McGraw-Hill, 1992.

François BELLEC, *Tentation de la haute mer*, Seghers, 1992.

Oliveira MARTINS, *Histoire du Portugal*, La Différence, 1994.

Florence TRYSTRAM, *Terre ! Terre !*, Lattès, 1994.

François BELLEC, *Le livre de l'aventure maritime*, Philippe Lebaud, 1995.

Cartes réalisées par André Leroux

DU MÊME AUTEUR

Romans

... ET LES BISONS BROUTERONT À MANHATTAN (Julliard).

BRIGANTIN (Arthaud).

LA VIE SAUVE (Lattès et Reader's Digest). Grand Prix de la mer.

RESSAC (Lattès et L'Ancre de Marine). Prix des écrivains bretons.

AMOURS OCÉANES (Gallimard).

MER MISÈRE (Seghers, France Loisirs et Folio Junior Gallimard). Dauphin d'or du Yacht Club de France. Prix Jules Verne.

Humour

LE COUP DU YACHT (Arthaud).

VADE-MECUM DU PETIT P.-D.G. (Arthaud).

VADE-MECUM DU PARFAIT MÉDECIN (Arthaud).

VADE-MECUM DU PETIT YACHTMAN (Arthaud). Prix Scarron.

VADE-MECUM DU PARFAIT AGENT SECRET, avec Jacques Henri (Arthaud).

LE PARCOURS DU PREMIER ROMAN (Le Félin). Prix Bel Ami de l'Académie Alphonse Allais, Prix de la Fondation Charles Oulmont.

Mer

NAVIGATION DE PLAISANCE (Flammarion).

LES GRANDES HEURES DU YACHTING (Laffont). Prix de l'Académie de Marine.

INITIATION AU YACHTING (Arthaud).

AU CAP HORN À VINGT ANS (Gallimard).

GUIDE DE LA NAVIGATION DE BANYULS À MENTON (U. Bär, Zürich).

GUIDE DE NAVIGATION CORSE-SARDAIGNE (U. Bäv, Zürich).

JE SAIS TOUT SUR LA MER (Hachette).

PASSION DE LA VOILE ET DU LARGE (Arthaud). Ouvrage couronné par l'Académie française. Prix Étoile de la mer.

VAGABOND ET LES EXPÉDITIONS POLAIRES D'AUJOURD'HUI, avec Janusz Kurbiel (Lattès).

INITIATION À LA NAVIGATION (Pen Duick).

MOUILLAGES ET APPARAUX (Pen Duick).

GRANDE CROISIÈRE, avec Dany Barrault (Lattès).

LE LIVRE DES GRANDS VOILIERS (Découvertes Gallimard).

ESCALES : ANTILLES (Gallimard).

LARGUEZ LES AMARRES !, avec Dany Barrault (Ouest-France-EMOM).

LE SACRE ET LA PENSÉE, DE DIEPPE À SUMATRA EN 1529 (Seghers et Payot/Voyageurs). Grand Prix du Livre maritime. Prix La Reinty.

ERWAN, MOUSSE À BORD D'UN TERRE-NEUVAS (Le Patio).

MER BONHEUR (Glénat). Prix Aigue-Marine.

MAGELLAN : LA TERRE EST RONDE (Gallimard).

TABARLY, SES BATEAUX DE LÉGENDE (La rivière).

ESCALES (Glénat).

Composition Interligne.
Impression Brodard et Taupin
à La Flèche (Sarthe),
le 26 avril 1999.
Dépôt légal : avril 1999.
Numéro d'imprimeur : 1383W.

ISBN 2-07-040846-9 / Imprimé en France.

89569